LUPE WONG
NO BAILA

LUPE WONG NO BAILA

Donna Barba Higuera
Traducción de Libia Brenda

LQ
LEVINE QUERIDO

Montclair · Amsterdam · Hoboken

Este es un libro de Em Querido

Publicado por Levine Querido

LQ
LEVINE QUERIDO

www.levinequerido.com • info@levinequerido.com

Levine Querido es distribuido por Chronicle Books LLC

This title won a 2021 Pura Belpré Honor Medal for the
English edition published by Levine Querido in 2020.

Número de Control (Library of Congress): 2021932230

ISBN 978-1-64614-032-9

Impreso y encuadernado en China

Publicado en septiembre de 2021

Primera impresión

PARA MI SOPHIA,
QUE HA SUPERADO CONFLICTOS
Y ADVERSIDADES (Y BAILES DE
COUNTRY) CON GRACIA,
AMABILIDAD Y BUEN HUMOR

CAPÍTULO 1

La costura de mis shorts se mete en la raya de mi trasero como una marmota asustada. Nota para mí misma: 'acuérdate de traer tus propios shorts para que nunca jamás tengas que usar los shorts rasposos que presta la escuela'. Pero yo puedo con esto. Me subo las rodilleras, me ajusto las muñequeras y me aprieto más la coleta con un buen jalón. Lista para el campo de batalla, mejor conocido como la clase de Educación Física de séptimo grado.

Con todo y media nalga de fuera, echo un vistazo alrededor de los vestidores, para asegurarme de que no haya moros en la costa. Con gesto casual, pongo un pie en el banco, sujeto discretamente mi ropa interior y le doy un jalón hacia abajo.

Samantha Pinkerton azota la puerta de su casillero con tanta fuerza que todas las chicas en el vestidor voltean a verla.

—¿Encontraste algo bueno ahí, Lupe? —dice, y se empieza a reír.

La mitad del grupo lanza risitas al unísono.

Yo le quiero contestar "Sí, a tu mamá", pero logro detenerme justo en el último segundo.

Samantha da un paso hacia mí y pone su nariz a unos centímetros de la mía.

—¿Ah, sí? —le digo, en cambio. Esta vez, las palabras se me escapan antes de que pueda evitarlo.

Samantha arruga la cara y se rasca la sien, evidentemente confundida por mi extraña respuesta. Mi mejor amiga, Andy, se encoge detrás de ella. La ofensiva verbal no es uno de mis fuertes.

El silbato de la profesora Solden atraviesa el aire.

—¡Guadalupe Wong, Samantha Pinkerton! —grita la profesora de Educación Física, con los brazos cruzados sobre el pecho y bloqueando por completo la puerta de su oficina—. ¿Hay algo que quieran compartir con nosotras?

Aprieto los dientes y sacudo la cabeza. No puedo arriesgarme a que me bajen puntos, necesito una calificación excelente en esta clase.

La voz de Samantha es de repente tan dulce como la loción frutal que usa.

—Solo estaba admirando los shorts de Lupe, profesora Solden.

—Bueno, pues admíralos después de la clase —contesta la profesora, indicándole a Samantha que se ponga en fila.

Samantha me mira con los ojos entrecerrados, como si estuviéramos en una especie de duelo de miradas, pero no puedo enfocarme en otra cosa que no sea el dibujo del salmón con el pulgar hacia arriba que tiene en la camiseta. Al parecer, nadie le dijo al alumno que diseñó la mascota de la escuela que Samuel Salmón debería tener aletas, no dedos. Samantha se pone en la fila justo detrás de mí.

—¿Ah, sí? —dice en voz baja, imitándome.

Gracias a Dios que Andy está conmigo este trimestre.

—Ignórala —murmura Andy con calma desde su lugar en la fila, y me lanza una mirada—. Te puedo traer mis shorts de repuesto mañana.

La mamá de Andy probablemente insistió en que tuviera cuatro pares "para asegurar su éxito académico" y para que vayan en conjunto con su nueva laptop y sus clases particulares.

Yo me trueno los nudillos.

—Nop. Ya lo resolví. No voy a olvidar otra vez los míos.

Nos quedamos en la fila y arrastramos los pies a la espera de entrar al gimnasio para jugar baloncesto, o voleibol, o lo que sea que nos toque hacer a esta hora. La profesora se aparece con una tele en una mesita con ruedas, que sacó del clóset de equipamiento detrás de los vestidores.

—Nadie se mueva ni hable —dice, y empuja el carrito hacia la puerta del gimnasio.

—Un momento, algo no está bien —digo, al verla entrar al gimnasio sin una pelota.

3

La voz de Andy suena como si ella estuviera poniendo los ojos en blanco.

—Ya sé, ya sé... —dice, y pone la mano para que parezca la boca de un títere y habla imitando mi voz—. Los chicos con brazos largos deberían usar shorts que les lleguen hasta las muñecas, en vez de hasta la punta de los dedos. No debería de ser responsabilidad de una chica preocuparse si su ropa distrae o no a los chicos... —Mueve la mano de tal modo que parece tener la boca muy abierta—. Yyyy debería de existir una casilla específica debajo de 'etnia' para la gente de ascendencia mexichina o chinamex...

—¡Es que sí debería! —replico—. Tú tienes una casilla para 'negra'. ¿Por qué yo tengo que elegir entre las casillas 'Una de estas opciones' u 'Otro'? ¿Por qué alguien tendría que hacer eso?

Aunque la mayoría de mis causas nunca llegan más allá de una indignada carta al director. Andy se encoge de hombros.

—Pero no era de eso de lo que estaba hablando —continúo, mordiéndome el labio inferior. Educación Física mixta es justo el tema que yo debería dominar. En todas las asignaciones excepto saltar la cuerda en segundo grado, he estado en el equipo de los niños—. ¿Qué no viste esa tele? ¿Qué tal si tenemos que aprender algún deporte antiguo... como el de las miniraquetas de tenis y los conitos de plástico?

—Se llaman volantes —Andy se ríe, y sus rizos oscuros rebotan arriba y abajo.

4

—Muy chistosa, Andy. De verdad, necesito pasar esta asignatura con una *A* —le digo.

—Ya sé, y *de verdad* es así como se llaman —me contesta—. Vamos, no te preocupes. Tú eres la mejor de esta clase, y sabes que puedes con cualquier cosa. Dentro de nada vas a estarle lanzando latas de maíz, o como se diga, a Fu Li.

Hace poco le conté a Andy que mi tío me hizo una promesa. Si saco puras *Aes*, mi tío Héctor, quien trabaja para el equipo de los Marineros, me va a llevar a conocer a Fu Li Hernández, el primer pitcher asiático-latino en las grandes ligas de beisbol. Y si Fu Li puede ser el primer chinomex en lanzar en las mayores, a lo mejor yo puedo ser la primera mexichina o chinamex en lanzar un juego sin hits.

¿Ya mencioné que el beisbol es la vida misma?

Me he esforzado mucho para volver al buen camino y tener *Aes* en todas mis otras clases. Me muerdo el interior de las mejillas pensando en que la profesora Solden y un nuevo juego podrían poner en riesgo mi oportunidad de conocer a Fu Li. Además de llegar a las grandes ligas algún día, no creo que nunca antes haya deseado algo tanto en la vida.

La profesora regresa a los vestidores y enciende y apaga las luces fluorescentes. Las últimas rezagadas se apresuran a meterse en la fila. La profesora Solden levanta el silbato que le cuelga sobre el pecho y emite cuatro silbatazos cortos, como si estuviera conduciendo una tropa del ejército a la batalla.

Sus shorts llegan incluso más arriba de su trasero que los

míos, pero a ella no parece importarle. Nos conduce al gimnasio, en donde un grupo de veinte chicos ya está esperando. Mi amigo Niles me saluda con la mano desde su fila. Le respondo el saludo y sonrío, pero él alza la mano y hace el gesto de desenroscar el destornillador sónico del Doctor Who, nuestra señal para "tenemos que hablar" (y esta es una emergencia nivel "el universo está en peligro").

Tenemos medio segundo antes de que empiece la clase, así que le señalo una zona entre el grupo de chicas y el de chicos que está fuera del campo de visión de la profesora, y nos salimos de la formación para encontrarnos allí.

—Hola, Lupe —me dice Niles, soltando el aire.

Me acerco a él, para que tengamos más privacidad.

—¿Qué onda?

Unas amigas de Samantha están muy cerca y empiezan a soltar risitas en dirección nuestra.

Ni modo que deje pasar esto. Dejo salir un pedo del tipo silencioso pero letal. Tres, dos . . . La peste llena el aire.

—¡Puaj! —dice Samantha—. Juro que no fui yo —le susurra a su amiga Claire.

Me estoy regodeando de mi exitosa misión de bombardeo, así que pierdo la concentración y no me mantengo tan quieta como debería. Una nueva nube apestosa se eleva detrás de mí, y Niles sacude la cabeza.

—¿En serio? Yo también estoy aquí —dice.

—Perdona. Daño colateral —le susurro.

Él asiente con la cabeza y se queda mirando hacia el techo,

eso hace que sea más fácil para él tener una conversación, en especial si está un poco estresado. Me le acerco un poco más.

—Oye, noté que algo no anda bien —me dice.

Al otro lado del gimnasio, la profesora está regañando a alguien que se rezagó. Toda la clase empieza a silenciarse. No tenemos mucho tiempo.

—Sí, yo también me di cuenta. ¿Vemos qué hace la profesora y hablamos después de clase?

—Pero esto es muy fuerte —susurra Niles, y señala la tele—. La profesora nunca ha empezado una clase sin rebotar una pelota, o lanzarla, o balancear varias al mismo tiempo...

Niles odia los cambios tanto como yo. Le echo un vistazo a la profesora, quien ahora está girando el control remoto de la tele como si fuera un bate de beisbol.

—Ya sé, ya sé —murmuro, dejando que un poco de mi preocupación se cuele también en la conversación—. ¿Tú qué crees? A lo mejor nos va a enseñar un nuevo deporte.

—Puede ser.

La profesora se voltea hacia nosotros, todavía jugando con el control remoto.

—A la fila, Foster.

—Apúrate, ponte en fila—susurro—, antes de que nos ponga a hacer lagartijas u otra cosa.

Una vez que regresamos a nuestras respectivas filas, hago como que sostengo un destornillador sónico y le pongo de nuevo la tapa, indicándole a Niles que al menos reconocimos la emergencia. Niles dice que sí con la cabeza.

Samantha todavía está haciendo gestos de asco por mis humaredas intestinales, así que, por esta vez, no puede molestarse por nuestras señales.

La profesora da unas palmadas, aprovechando que la cosa está más quieta.

—¡A ver, todos, les tengo un anuncio! Acérquense y pónganse alrededor.

Señala el carrito con la tele. Mi estómago se mueve como el interior de un castillo inflable.

Cuarenta estudiantes de séptimo grado nos acercamos al unísono. El sutil aroma de ochenta pies y axilas me sube por la nariz.

La profesora escanea la multitud, primero en una dirección y luego, en la otra. Sus ojos se posan en los míos. Estoy a un paso del pánico, pero ella pasa a su siguiente víctima. Nos mira uno a uno. A juzgar por la agitación y los movimientos nerviositos de quienes está examinando, su mirada láser parece enfocarse en los estudiantes más atléticos. Blake, mi catcher en el equipo de beisbol, me mira y alza las cejas en el mismo arco que hace cada vez que el tercer bateador en línea está a punto de batear. En ese momento, la profesora hace su gesto característico: se mete la camiseta una talla más chica en sus shorts dos tallas más chicos. Esto podría ser peor de lo que imaginé. Empiezan a sudarme las palmas de las manos. La profesora presiona el botón de *play*.

La pantalla de la tele se ilumina. Vemos un círculo formado por hombres y mujeres. Los hombres llevan jeans y camisas a cuadros, y las damas están vestidas con faldas esponjadas de la misma tela, tan vaporosas e infladas como un cupcake fallido en Pinterest. Siento que voy a vomitar mi almuerzo. Están tomándose de las manos y formando parejas. El sonido de los violines se extiende por todo el gimnasio.

Luego se escucha el chillido de un tipo con acento sureño:

Si no fuera por Joe, Ojos de Algodón,
Me hubiera casado hace un montón.
¿De dónde viniste, adónde te fuiste?
¿De dónde viniste, Joe, Ojos de Algodón?

Es como un extraño rap estilo pueblerino. La gente se toma del brazo y empiezan a girar dando pisotones, como si fueran burros trotando.

La profesora Solden comienza a mover el pie y a palmear al ritmo de la canción. Está fuera de tiempo y mueve las caderas de un lado al otro. La situación me recuerda muchísimo a esa vez que mi mamá insistía en enseñarle a bailar la Macarena a mis amigos en mi fiesta de cumpleaños. Y aunque alzo una plegaria silenciosa al universo para que la profesora se detenga, como hice en su momento con mi mamá, la profesora tampoco se detiene.

Blake me mira, y hace un gesto como si acabara de probar un limón. Zola Fimple se cubre los ojos. Marcus, nuestro segundo pitcher que me sigue en la rotación del equipo de beisbol, se llena de valor y hace una arcada ruidosa, como si fuera a vomitar. ¿Cómo es posible que los adultos no se den cuenta de lo vergonzosos que son con sus ondas?

9

Finalmente, la música se detiene y la profesora le hace una reverencia a una pareja imaginaria, justo como los bailarines del video le hacen a sus parejas reales. La profesora presiona el botón de *stop* en el control remoto, pero le toma unos segundos recobrar el aliento. Mi boca, y las bocas de todos en el gimnasio se abren, y nos quedamos boquiabiertos cuando sus palabras resuenan en el gimnasio.

—Chicos, ¡bienvenidos a la materia de este trimestre!

CAPÍTULO 2

Jamás había asociado el interior de un gimnasio con semejante horror. Debe haber una forma de detener esto. Fu Li Hernández ni muerto dejaría que lo agarraran en un baile de country. Se baila en los clubes nocturnos y los estudios de ballet, no en un gimnasio. Y el baile de country pertenece a un lugar muy lejano, donde no pueda causarle vergüenza a nadie, como por el siglo XIX.

Pasamos los veinte minutos restantes de la clase mirando distintas versiones de la misma rutina de baile. Durante ese tiempo, mantengo apretados los dedos de los pies. Le echo un vistazo a la fila, y veo que la mayoría están aterrorizados, como si hubieran visto a su abuelita en calzones. Excepto Carl Trondson, quien tiene la boca ligeramente abierta y los ojos cerrados. ¿Realmente es capaz de dormirse durante este horror? Y Gordon Schnelly,

¡que marca el ritmo de la música con un pie! Cada baile de country empieza con una mujer o un hombre, todos con el acento del sur de Estados Unidos, chillando: "Si no fuera por Joe, Ojos de Algodón. Me hubiera casado hace un montón".

Cada vez que las mujeres cantan, Joe, Ojos de Algodón, me parece más imbécil. ¿Qué les habrá hecho a ellas que, de no ser por él, estarían casadas y felices? Y como si no fuera suficiente el que Joe, Ojos de Algodón haya arruinado sus vidas, ahora está tratando de arruinar la mía.

Finalmente, la tortura producida por la música y por ver a la profesora agitar brazos y piernas, llega a su fin, pero hay cosas que una no puede borrar de la mente con tanta facilidad.

—Ya saben —nos dice la profesora con un guiño—, pónganse bien los zapatos de baile, porque empezamos mañana.

Siento un escalofrío que me sube por la espalda, mientras un gruñido reverbera en el gimnasio. Me parece escuchar un aplauso, pero debe ser mi imaginación. Todos regresamos a los vestidores con los hombros caídos.

Andy y yo nos cambiamos rápidamente y nos dirigimos a los vestidores de chicos. Nos quedamos afuera, esperando.

Blake sale. Lleva puesto nuestro jersey del equipo de beisbol de Issaquah. Choca su puño con el mío.

—Hey, Lupe, ¿qué tal ese brazo?

Flexiono el brazo, y Blake se me acerca y entrecierra los ojos. Entonces le doy un empujón en el hombro y nos echamos a reír. Después de que Blake se aleja, Andy pone los ojos en blanco.

—Son unos bobos —me dice.

Cuando el último de los chicos se sale, asomo la cabeza por una esquina.

—¡Niles! ¡No nos estamos arreglando para el baile de graduación!

—¡Perdón! —me grita en respuesta.

Le gana en salir Gordon Schnelly, quien está todo sudado, aunque no hicimos realmente nada en Educación Física.

Suena el timbre de dos minutos de advertencia. Niles sale amarrándose a la cintura el suéter que dice "¡Anélidos unidos! ¡Salvemos a la lombriz gigante de Palouse!". Yo seré, como dice mi mamá, una "guerrera de la justicia social", pero Niles es un gran defensor de nuestras especies regionales en peligro de extinción. Desafortunadamente para él, la región del Noroeste del Pacífico tiene unos animales en peligro de extinción demasiado raros.

—Y solo para que lo sepas, si realmente estuvieras tratando de llevarme al baile de graduación, no hubiera salido para nada —dice, y hace un gesto con la cabeza para que lo alcancemos, como si fuéramos nosotras las culpables de que lleguemos tarde a nuestra última clase de hoy.

Caminamos deprisa y nos dirigimos al edificio principal. Otros estudiantes caminan en la dirección contraria. Cuando alcanzamos a ver los pasillos, Andy, Niles y yo intercambiamos una mirada. Pasillos *extrallenos* significa *extrapeligro*.

En la primaria, a Niles le tocó el señor Nguyen como profesor de Educación Especial, cuando todavía no rotábamos salones. Ahora asiste al Centro de Recursos de Aprendizaje (o el CRA), con el profesor Lambert, dos veces a la semana o cada vez que él, su mamá o algún otro maestro lo solicita. Niles entra en el espectro autista, así que su horario está organizado de tal modo que no tenga que pasar demasiado tiempo en los pasillos. Pero la última clase del día nos obliga a pasar por el pasillo principal, y este es uno de esos días que me ponen nerviosa.

Entrelazo los brazos con Niles y Andy. Los pasillos de la escuela están al descubierto, así que cuando cae aunque sea la más mínima llovizna (lo que pasa casi diario en el noroeste), todo el mundo se apresura más. Los chicos se esquivan y se rebasan entre sí como los salmones en el río cercano a la escuela; así que nuestra patética mascota escolar es bastante apropiada por más de una razón. A alguien incluso se le ocurrió pintar los pasillos de los colores del lodo y las algas, seguramente para hacernos sentir como Samuel Salmón.

—Vamos —dice Andy, justo antes de que nos sumerjamos en la corriente. Nos apretamos un poco y nos abrimos paso hasta el pasillo principal.

Apenas dos segundos después, un lápiz se cae de la mochila de Andy, que tiene el cierre abierto, y yo alcanzo a detenerla antes de que se agache a recogerlo.

—¿Pero qué haceees? —le chillo. Le doy uno de mis lápices y me aseguro de que sigamos avanzando—. Déjalo. Podrías sufrir una contusión o perder una extremidad.

Andy mira hacia atrás con nostalgia, mientras su portaminas desaparece en un remolino de pies.

A pesar de que Paolo, mi hermano, me amenaza rutinariamente con "devolverme al zoológico en el que me encontraron mis padres", le caigo lo suficientemente bien como para que me advirtiera de los peligros mortales de los pasillos, antes de que comenzara la secundaria.

"Si te mueres —me dijo—, me tocaría más comida. Pero si quieres sobrevivir la secundaria, mantente en movimiento y nunca, nunca te detengas a recoger nada que se te haya caído".

El pasillo principal es como una pista de velocidad de *Rápido y furioso,* solo que aquí la mitad de la gente está corriendo en la dirección equivocada. El primer día de clases, Gordon Schnelly chocó de frente con un chico que llevaba puesto un aparato ortopédico para la escoliosis, y se despostilló uno de los incisivos y perdió el otro. Nunca pudo encontrar el diente, que salió volando del camino hacia un charco de lodo.

Esquivo a dos chicas que están platicando sin respetar las vías de tránsito. Cuando veo una ligera disminución del tráfico, suelto a mis amigos, me volteo hacia Niles y Andy y empiezo a caminar de espaldas.

—Así que, ¿cuál creen que debería ser nuestro plan? —les pregunto.

—¿Plan para qué? —dice Niles.

Andy parece confundida.

—¿Acaso no estaban ahí? —digo, en un tono más alto de lo usual—. Para deshacernos del baile de country. Haría casi cualquier cosa con tal de no andar saltando por ahí como una zonza,

15

vestida con un mantel de pícnic. Además, la clase de Educación Física no es para bailar.

Andy pone los ojos en blanco.

—Ya veo que se aproxima una nueva causa.

Niles da un paso peligrosísimo hacia un lado al último minuto, para evitar que lo atropelle un chico apresurado.

—¿Qué preferirías? ¿Comer vómito crudo de gusanos o aprender ese baile? —me pregunta.

—Vómito crudo de gusanos, sin duda —respondo. Y contraataco con lo más desagradable que se me ocurre en ese momento—. ¿Qué preferirías? ¿Bailar con Samantha o comerte los pelos del desagüe de los vestidores?

—Pelos del desagüe, ni siquiera se acercan —contesta Niles, y nos echamos a reír.

Andy nos reprende.

—Oigan, eso no es de mucha ayuda.

Niles y yo nunca nos cansamos de decir "qué preferirías"; siempre han sido nuestra onda. Pero no precisamente la onda de Andy. Entre las clases obligatorias a las que su mamá la manda por las tardes para que aprenda codificación de computadora y japonés coloquial para clases de negocios internacionales, Andy probablemente no tiene espacio en el cerebro para nada más. Y en este caso, probablemente tiene razón. Tenemos cosas más importantes en las que enfocarnos.

—Bueno, ¿entonces cómo nos desharemos del baile de country? —les pregunto.

—¿Estás pensando en tus calificaciones? —me pregunta Andy.

Me encojo de hombros. No importa que tengo *Aes* en matemáticas, en artes del lenguaje y en ciencias sociales. Un poco de distracción el año pasado me condujo a sacar *B* en un par de clases, y ahora todos: mis tías, tíos y primos, quienes esperan que sea la primera doctora de la familia, lo saben, y no dudan de que "¡lo harás mejor el próximo año, Lupe!".

—Todavía no entiendo por qué tu tío Héctor no te lleva simplemente a conocer a Fu Li. Él sabe lo importante que eso es para ti.

—Tiene sentido —responde Niles—. Él sabe exactamente cómo motivar a Lupe para que le eche más ganas.

Andy casi se tropieza con una botella de agua que se le escapó a alguien, pero sigue caminando.

—Y bueno, no creo que el baile de country sea tan malo. Además, apuesto a que tu tío cederá de todos modos —dice.

Andy no tiene idea de lo está diciendo. Tampoco conoce a mi tío Héctor, su lema es "Somos mexica-sí, no mexica-nos", que aunque suena estúpido y sentimental, no lo dice de broma. Además, mi tío le dijo a Fu Li que mis calificaciones habían bajado, y este le dio una nota escrita a mano para mí que decía: "Cualquiera puede lanzar una buena entrada, pero lanzar todo un juego, y hacerlo bien, requiere carácter. ¡Trabaja duro, para que pueda conocerte!".

No estoy segura de lo que quiso decir en esa nota, pero pienso que Fu Li ha de tener un tío mexicano también.

17

—No —contesto—, tengo que cumplir la promesa. Debo hablar con la profesora Solden después de la escuela. Solo tengo una hora para encontrar la manera de convencerla de que elimine el baile de country de la clase para siempre.

—Tal como predije, ya tiene una nueva causa —dice Andy, y vuelve a poner la mano como un títere y a imitar mi voz—. El baile de country provoca hongos en los pies y lama entre los dedos. Debe ser abolido antes de que todos los estudiantes de séptimo grado se queden sin pies. —Me guiña un ojo, y gira bruscamente a la izquierda para entrar en su clase de Ciencias Sociales.

A pesar de que los pasillos se están vaciando, todavía hay tanto ruido como aquella vez en el terreno, cuando Fu Li lanzó un juego sin hits hace dos temporadas. Niles y yo nos movemos en dirección al salón donde tomamos la clase de Ciencias, y nos las arreglamos para salir del pasillo del caos. Cuando entramos al laboratorio, nos recibe el olor a químicos quemados.

Apenas nos da tiempo de sentarnos antes de que suene el timbre. De algún modo, este año terminamos formando un equipo de laboratorio con Gordon Schnelly, quien insiste en usar gafas protectoras, a pesar de que ni siquiera hemos empezado a hacer experimentos. El primer día balbuceó algo sobre los restos de humo tóxico y sus córneas.

Gordon habla con un ceceo que le quedó desde aquel día fatal en que chocó con el chico del aparato ortopédico.

—¿Cómo lez va muchachoz?

A veces es difícil entenderlo, pero por fortuna, Niles habla

"Gordonés", y yo estoy aprendiendo. En realidad, nunca antes habíamos compartido mucho con Gordon, pero si va a ser nuestro compañero de laboratorio por el resto del año, necesitamos aprender cómo es cada uno de nosotros.

—Lupe odia el baile de country —dice Niles.

—Yo, por una vez, eztoy emozionado —dice Gordon, y se sienta más derechito.

Ah, ahora ya sé quién aplaudió en Educación Física. ¿Cómo es posible que a alguien pueda gustarle el baile de country?

—Mi abuelita dice que ella y yo hacemos una pareja perfecta, como estamos solteros y eso —continúa Gordon, y hace un pequeño movimiento de baile—. También dice que tengo ritmo natural.

Pienso que más bien parece una foca que estuviera tragándose un pescado, pero no digo nada. Niles asiente, con aprobación.

—Música y ritmo están muy bien docu... —De repente, agranda los ojos y señala la camiseta de Gordon, que tiene una especie de escudo, con unas alas arqueadas y una estrella de árbol de Navidad en el centro—. ¿Jedi?

Gordon aplaude como si acabara de recibir el más preciado regalo de cumpleaños.

—¿Fan de *Star Wars*?

—*Trekkie* —responde Niles, y hace un gesto con la mano que parece como si algunos de sus dedos se hubieran quedado pegados a causa de un calambre.

—Rivalidad interestelar, Niles.

Gordon entrecierra los ojos con un gesto retador, y estoy

19

segura de que acaba de comenzar algún tipo de guerra galáctica territorial. Sin embargo, mis compañeros se ven muy contentos.

El señor Lundgren, nuestro profesor de Ciencias, empieza a hablar, y los murmullos de la clase se acallan. La voz del profesor nunca cambia el mismo tono monótono y bajo parecido al motor de un tractor.

—Chicos, en el día de hoy estudiaremos el milagro del Ciclo de Krebs —anuncia.

Saco una hoja de papel, pero en lugar de escribir *Ciclo de Krebs* como todo el mundo, escribo *Baile de country*. Luego dibujo un círculo alrededor de esas palabras y una línea diagonal que las atraviesa. Entonces recuesto la cabeza en el pupitre. Probablemente años de químicos de limpieza se están colando en mi cerebro, pero no me importa. De todos modos, no hay esperanza. Le echo un vistazo a Gordon y veo que ya está dibujando flechas que entran y salen de un círculo. Dentro del círculo hay letras y garabatos, y fuera de círculo, más garabatos.

Niles me da unas palmaditas en el brazo.

—¿Quieres que yo tome nuestras notas hoy?

Alzo la vista y veo que sonríe. Crecimos siendo vecinos, a cuatro casas de distancia, y siempre hemos trabajado en equipo, desde vender limonada para comprarme un nuevo guante de beisbol hasta retocar con pintura los números en los bordes de las aceras, para que él pudiera pagar por su más reciente novela gráfica.

Pero hoy era mi turno de tomar notas.

—¿Lo harías? —le pregunto.

Niles responde sacando su libreta y apurándose a ponerse al corriente con el resto de la clase.

El profesor Lundgren empieza a trazar en el pizarrón blanco el mismo dibujo que Gordon ya terminó, y mientras Niles toma notas reales, yo finjo hacer lo mismo.

-El baile de country no es un deporte (usar las Olimpiadas como ejemplo, si es necesario).

-Tomarse de las manos es antihigiénico.

-Buscar estadísticas de muertes durante el baile de country.

-El baile de country es

Las luces del salón tienen detectores de movimiento y a veces se apagan durante la clase, e interrumpen mis pensamientos. El profesor Lundgren alza un brazo y lo mueve lentamente, como si fuese un perezoso, para que vuelvan a encenderse. Pero después de cuarenta y cinco minutos, apenas se me han ocurrido unos cuantos puntos sobre el baile de country para mi lista.

De todos modos, aprieto el papel en la mano, para no perderlo durante el desbarajuste que se arma al final del día escolar. Al sonar el último timbre, espero en el pasillo a que Niles termine de hablar con Gordon.

Mientras caminamos hacia la parada del autobús, repaso los puntos que escribí con un murmullo bajo. ¿Debería de presentarle mi lista a la profesora de una vez o esperar a llegar a casa para crear un PowerPoint y darle mayor énfasis? No, si nos va a poner a bailar mañana . . .

Cuando estamos llegando al autobús, me empiezan a sudar las manos de nuevo.

—Niles, tengo que ir a hablar con la profesora Solden ahora mismo. ¿Me esperas?

—Claro —responde, y se encoge de hombros—. Le voy a avisar a mi mamá que regresamos caminando a casa —Ya está sacando el teléfono—. Puedo darme una vuelta por el CRA y preguntarle al profesor Lambert qué piensa del asunto del baile de country y si necesito algo en caso de que decida unirme. Ven a buscarme a la biblioteca cuando termines.

Empiezo a caminar más rápido. Afuera de la oficina de la profesora, hay una placa que dice "Profesora S." debajo de una ventanita en la parte de arriba de la puerta. Pego la oreja a la madera. La profesora está cantando, siguiendo la canción de ABBA "Dancing Queen". Toco a la puerta un par de veces y espero.

—Adelante.

Abro y asomo la cabeza. El aroma de años de café y ropa deportiva mohosa llena el cuarto.

—Hola, profesora.

La mujer baja el volumen de la música.

—Lupe —dice, y me hace una seña para que me siente.

En la pared detrás de ella están pintados los récords de nuestra escuela por sentadillas, dominadas y salto largo. Los banderines púrpura y dorados de la Universidad de Washington llenan los espacios vacíos, como si fueran papel para tapizar, y una mascota de peluche de los Huskies me mira desde el escritorio.

Tomo asiento y trato de actuar casual.

—¿Puedo ayudarte en algo?

Apoyo la barbilla en la mano y me quedo mirando por la ventana, hacia la cafetería, como he visto que hacen los profesores y filósofos en las películas.

—Escúpelo —me dice la profesora.

Bajo la mano y la miro de frente.

—¿Por qué no mencionó al inicio del año que íbamos a tener que bailar en la clase de Educación Física?

—Sabes que es parte del plan de estudios estándar, ¿verdad?

—No —respondo, y levanto las manos con las palmas hacia arriba, sorprendida.

—Así es. Desde 1938, Samuel Salmón, de la Secundaria de Issaquah, ha disfrutado de un baile de country, particularmente *square dancing,* muy vivaz. —Con una gran sonrisa, la profesora mece los brazos frente a ella, como si fuera una ardilla bailando—. *Square dancing* es el baile oficial de veinticuatro estados en nuestro país.

El vacío que siento en el estómago crece hasta ser del tamaño de la reserva de nueces de esa ardilla bailadora. ¿Cómo puedo luchar contra algo que casi la mitad del país apoya, porque les lavaron el cerebro?

—Pero . . . esto es *Educación Física* —digo.

La profesora junta las manos frente a ella como si estuviera en una reunión de negocios.

—Sí, pero si investigas un poco, verás que *square dancing* es

23

parte del sistema educativo a lo largo y ancho de nuestra gran nación.

La conversación está tomando el camino equivocado. Necesito contraatacar.

—¿Usted no hizo una especie de juramento de profesores de Educación Física que decía que trabajaría en nuestras habilidades realmente atléticas?

Las mejillas de la profesora se tiñen ligeramente de rojo. Yo espero que sea el resultado de haber estado brincoteando todo el día.

—La Educación Física es tanto una cuestión de coordinación y disposición a aprender algo nuevo, como de deportes. Y créeme, sí es un ejercicio —dice.

Noto que todavía tiene la frente llena de gotitas de sudor, y pienso que seguramente tuvo otra clase justo antes de esta conversación.

Le echo un vistazo a mi lista.

—¿Y el baile de country es un deporte? Es decir, no está incluido en las Olimpiadas, ¿o sí?

—Hay quienes dicen que el ping-pong y el veleo no deberían ser deportes olímpicos, pero lo son. —Se inclina hacia adelante—. Por cierto, el beisbol *no* está actualmente en la lista de deportes de las Olimpiadas.

Una oleada de calor me sube por la nuca. Necesito esquivar esa revelación por completo. Carraspeo para aclararme la garganta.

—¿Ha considerado el aspecto higiénico de . . . ?

Me sorprende su risa.

—¿Y esto lo dice la chica que detenta el récord de lanzamiento de mocos secos?

Me retuerzo las manos con el papel apretado entre los puños. Las palabras "Estadísticas de muertes" han quedado arrugadas. Mi lista está frita. Mis argumentos no solo están completamente descartados, sino que la profesora no me está tomando en serio para nada.

Me quedo mirando los récords escolares en la pared detrás de ella. Todavía se puede ver, debajo de *dominadas*, donde reemplazaron *Becky Solden* con *Guadalupe Wong*.

—Pero usted tiene que saber que está mal, profesora, deportistas como nosotras . . .

—Ya fue suficiente, Lupe. —Cierra herméticamente los labios, como si su boca fuera una trampa de oso, y se reacomoda en el asiento, muy derecha—. A veces tenemos que hacer cosas que no nos gustan. Además, esto te ayudará a forjar el carácter. —Baja la voz hasta que es casi un susurro—. Incluso te voy a compartir un secretito. El trimestre de primavera es especial. —Su voz va ganando fuerza—. Los mejores bailarines no solo sacan *A*, sino que unos cuantos bailarán frente a toda la escuela en el evento del Día del Salmón de Issaquah. ¿No te parece genial? —añade, y da unas palmadas.

Intento tragar, pero tengo la boca seca. No puedo pensar en nada peor que bailar frente a toda la escuela.

—Si te esfuerzas, puedes ser una de las ocho estudiantes de tu sección que obtengan ese honor.

25

—¿Honor? —suelto.

La profesora se levanta y abre la puerta.

—Pero, profesora, qué tal si . . .

—No te preocupes, Lupe —responde—. Estoy segura de que tienes lo que hace falta para ser una maravillosa bailarina.

CAPÍTULO 3

Niles saca de su mochila la piedra rayada que encontramos la primera semana de segundo grado. Y hablando de su mochila, tal parece que pesara diez kilos más después de que mi amigo hiciera una parada en la biblioteca de la escuela. Igual que todos los días en los que caminamos a casa, deja caer la piedra frente a mí y me deja darle la primera patada. Se la devuelvo.

—¿Qué preferirías? ¿Tener crías de araña metidas en la nariz o el baile de country? —pregunto.

—El baile de country —responde, y se encoge de hombros.

—¿En serio?

—¿Baile de country en lugar de crías de araña? Sí. —Mientras habla, patea la piedra en dirección mía, metro y medio más adelante—. ¿Galletas Oreo rellenas de caca de perro o el baile de country?

—Por mí, hasta podrían tener doble relleno —digo, y hasta logro sonreír.

Me detengo frente a mi casa, aunque podríamos seguir haciendo lo mismo durante horas.

—Gracias por caminar conmigo, Niles.

—Cuando quieras. —Recoge la piedra y la vuelve a meter en el bolsillo frontal con cierre de su mochila, para la siguiente vez.

—¿*Doctor Who* después de cenar? —pregunto.

Niles y yo tenemos la costumbre de reunirnos todos los lunes en la noche. Eso puede incluir que tomemos o no, a escondidas, un poco del helado de plátano con chispas de chocolate de su papá y luego platicar sobre el episodio que acabamos de ver.

—Ahhh, hoy en la noche no puedo —responde.

—¿Dragoncitos?

Niles trabaja como instructor de artes marciales en el dojo, con niños de tres a cinco años. Por lo general enseña los sábados, pero a lo mejor hoy tienen prueba de cinturones o alguna otra cosa.

—No. Es que más o menos hice otros planes para hoy, pero te prometo ver el episodio antes de irme a dormir para que mañana podamos platicarlo.

Esto es inusual, pero supongo que una recapitulación es mejor que nada.

—Bueno.

Niles alza la mano y me dice adiós. Mientras se aleja, me quedo pensando en qué cosa, en todo el universo, podría ser más importante que un lunes de *Doctor Who*.

La vecina de al lado de mi casa, Delia, está sentada en el suelo, podando su planta de menta gatuna, cuando paso frente a ella. Delia usa principalmente esta planta para atraer al gato que "adoptó" (aunque, técnicamente, Manchas pertenece a la familia Núñez, que vive a unas calles abajo).

—Hey, hola, Lupe —me saluda. Tiene una mancha de lodo en la frente y los lentes de leer encima de la cabeza, sujetando su cabellera, más salvaje que su planta de romero—. ¿Cómo van los estudios?

Me detengo y le sonrío. ¿Cómo no se me ocurrió antes? Delia no solo me ha escuchado cada vez que he necesitado desahogarme, sino que siempre ha apoyado mis campañas, además de ser psicóloga infantil. Es una amenaza triple.

—Delia, ¿tú no crees que si los profesores mienten o confunden a sus estudiantes acerca del plan de estudios, eso podría generarles problemas de confianza a los chicos en la edad adulta?

Mi vecina se queda pensando mientras sostiene una manguera de jardín en una mano y, en la otra, a "su" gato.

—Mmmh . . .

Una vez hice el cálculo y el costo de nuestras conversaciones de treinta segundos al día, que empezaron cuando yo iba al kínder, sumarían unos tres mil dólares de consejos gratuitos para cuando me vaya a la universidad.

—Pues, supongo —dice finalmente—, pero me imagino que dependería de . . .

—¡Gracias, Delia!

Camino deprisa hacia mi casa antes de que cambie de opinión. Miro hacia atrás, y ella me hace un guiño y levanta el pulgar antes de regresar a sus plantas.

En cuanto abro la puerta, me encuentro inmediatamente fulminada por los olores de algo que no puede ser otra cosa que una cocción de la Crock-Pot. A juzgar por el aroma, mi mamá preparó un guiso de carne de res con comino. Ojalá que sean albóndigas en caldo.

Voy a la cocina y levanto la tapa de vidrio. No son albóndigas. Estoy segura de que ese sedimento verdoso contiene algún tipo de calabacita, no apto para cocinarse a fuego lento durante siete horas.

Como no hay nadie en casa, me detengo en el pasillo frente a la foto de mi papá en la que sostiene en el aire un Cangrejo Dungeness, en el barco pesquero en el que trabajaba. Es una de esas cosas que solo puedo hacer cuando estoy sola. Mi papá murió hace unos años, y ya ha pasado el tiempo suficiente como para que no lo extrañe tanto. Pero no puedo evitar hacer esto cuando no hay nadie cerca.

Me quedo mirando su sonrisa. Las pequeñas arrugas en las comisuras de sus ojos forman parte de las cosas que veo en la foto, pero de las que no tengo un verdadero recuerdo. Poso mi mejilla contra su cara, y siento el vidrio frío. Ya sé que lo que hago es un poquito siniestro, porque mi papá murió exactamente al día siguiente de tomarse esa foto y en ese mismo barco pesquero, pero aun así no lo puedo evitar.

Daría lo que fuera por un "saludo de manos único y secreto"

de los nuestros, en los que él fingía que íbamos a chocar las palmas, pero en vez de eso me jalaba y me daba un abrazo bien fuerte de oso.

El vidrio contra mi mejilla no está tibio como su pecho y la foto no huele a café ni a lluvia.

La sonrisa de mi papá es incluso más amplia en la foto que está arriba de la del cangrejo. Es una en la que sale jugando beisbol. Fue lo bastante bueno como para llegar a las Ligas Menores de Beisbol, y aunque tuvo que dejar de jugar cuando mi mamá y él nos tuvieron a Paolo y a mí, todavía jugaba para el Everett Aqua-Sox cuando no estaba trabajando en un barco. Me pregunto si una pequeña parte de él alguna vez tuvo la esperanza de volver realmente a jugar.

Pero esa foto está muy alta y no alcanzo a poner la mejilla en ella, ni aunque me ponga de puntitas. Ya pasaron cerca de dos años y estoy empezando a olvidar algunas cosas de mi papá. Pero aún recuerdo lo que dijo cuando resulté ser la primera niña en ingresar al equipo la Pequeña Liga Selecta de Issaquah: "Si hay algo por lo que sientas una gran pasión, nunca te conformes con menos".

A lo mejor mis causas no eran precisamente a lo que se refería, pero nunca me voy a conformar con algo que sea menos de lo que quiero.

Junto con las fotos de mi papá, los pasillos de mi casa están llenos de cuadros de calaveras y de pequeñas pinturas de pueblitos chinos. Mi abuela Wong le regala las pinturas chinas a mi mamá, a pesar de que ninguno de nosotros sabe qué quieren

31

decir los ideogramas dibujados a pincel. Pero mi mamá no va a permitir que mi abuela asfixie su cultura mexicana en su propia casa, por eso mandó a enmarcar un calendario maya. Y cuando el mundo no se terminó, como el calendario predecía, lo pasó al baño que ya parece sacado de un restaurante azteca.

Hago una parada técnica, y luego cuelgo la mochila en mi cuarto. La tarjeta coleccionable enmarcada de Fu Li está junto al gancho de la mochila. La piel de mi papá era más oscura que la suya, pero aun así se parecen un poco. Cierro los ojos y, por un segundo, me imagino haciendo lanzamientos con Fu Li y chocando palmas con él.

Tengo que deshacerme del estúpido baile de country y obtener una A en Educación Física para que ese sueño se haga realidad.

Me pongo la gorra con la M de los Marineros y recojo el guante. Mi red de beisbol tiene un agujero del tamaño de la zona de strike, con un bolsillo de malla por detrás, en el que caben unas treinta pelotas, así que tres veces seguidas lleno el bolsillo con veintisiete pelotas. Una vez que lanzo ochenta y un strikes (o si llega mi mamá y me llama a los gritos para que entre a la casa), dejo de practicar. Ya sé que no es un juego de verdad, pero si lo hago tres veces a la semana puedo llegar a lanzar más de mil juegos perfectos para cuando esté en las ligas mayores. Eso es prácticamente cien mil strikes.

Cuando voy por setenta y seis, el sudor me corre por la nuca y Paolo sale de la casa. Se sienta en el porche trasero con los jeans arremangados hasta la mitad de la pantorrilla. Este verano acaba de dar el estirón, así que empezó la preparatoria bien alto.

—¡Trece! ¡Cuarenta y dos! ¡Veintitrés!

Lo ignoro.

—Setenta y siete.

Me limpio la frente y acabo con los cuatro strikes restantes.

El traqueteo del mofle suelto del carro de mi mamá hace eco desde la entrada de la casa. Echo a correr, e inmediatamente Paolo extiende el brazo como si fuera una escoba. Salto por encima del brazo y me río, pero cuando miro hacia atrás, me tropiezo con el marco de la puerta y casi me caigo.

Me estoy echando agua fría en la cara en el fregadero de la cocina, cuando mi mamá entra y deja caer su bolsa sobre el mostrador. Una mancha de color púrpura, que sospechosamente tiene el mismo tono de la plastilina casera que estuvo haciendo la noche anterior, adorna su blusa, y el gancho de uno de sus aretes cuelga peligrosamente, a punto de caer del lóbulo.

—Mi niña —me dice, y me da un apretón rápido.

—Hola. —Me estiro hacia arriba y deslizo su arete de nuevo en su lugar.

Mi mamá se aproxima a la Crock-Pot, levanta la tapa y hace una mueca.

—Bueno, en cualquier caso huele bien. —Levanta mi gorra, como hizo con la tapa, y olfatea—. No puedo decir lo mismo. Vete a lavar y regresa en diez.

Paolo y yo corremos hacia el baño azteca, pero él me gana.

Después de una rápida estropajeada, ambos nos sentamos a la mesa mientras mi mamá empieza a servir la cena.

Cada quien se apachurra en su silla en el rincón de la cocina. Del lado de la pared, la silla de mi papá está como recién arrimada, como si en cualquier momento se fuera a aparecer. Podríamos ganar un espacio considerable si la quitáramos y pegáramos la mesa a la pared, pero ninguno de nosotros ha hablado del tema ni una sola vez, así que creo que todos preferimos dejar la silla exactamente donde está y arreglárnoslas en la minicocina.

Mi mamá inclina la cabeza.

—¿Paolo?

La voz de mi hermano transmite el mismo sentimiento que un correo electrónico.

—Gracias, Dios, por todo lo que tenemos. Bendice esta comida interesante para nuestros cuerpos. Y, por favor, ayuda a Lupe con su higiene, para que pueda estar cerca de ti o lo que sea que diga el dicho. Amén.

Mi mamá suspira, y hunde el tenedor en lo que parece ser carne seca color verde olivo.

—¿Cómo les fue hoy? —pregunta.

—Bueno —comienzo a decir, antes de que Paolo tome la delantera—, no vas a creer lo que vamos a hacer en Educación Física.

—Sí. Becky Solden ya me llamó.

—¡¿Que ella qué!?

Esto es parte del castigo de tener una mamá que también es maestra. Aunque es peor: mi mamá es maestra de kínder en la escuela primaria de la zona, así que hay una alta probabilidad de que haya tenido en su clase a todos los hijos de todos los profesores en algún momento. Nunca tuve la más mínima oportunidad. Todos se conocen entre sí. Converso en clase... y mi mamá se entera. Leo la mitad de *Anne y los tejados verdes* y, "accidentalmente" busco en Google el final de *Ana, la de Avonlea*, en lugar del final del libro correcto, para mi reporte de lectura... y mi mamá se entera.

—La profesora Solden solo quiere verte triunfar. Te he descuidado en el área del baile. Una cosa es saber bailar —dice, y comienza a bailar la Macarena en la silla—, y otra muy distinta es ser una buena pareja de baile —añade, y le clava los ojos a Paolo, que casi se ahoga con el bocado de vegetales y carne que tiene en la boca.

—No, ma, no. Por favor.

Mi mamá se pone de pie y le extiende la mano a mi hermano, que tiene cara de que le estuvieran acercando un picahielo al ojo.

—Arriba. Ahora —dice mi mamá, con voz ronca.

Paolo se desploma por un segundo, pero luego se pone de pie y toma la mano de mi mamá, que empieza a canturrear: "Si no fuera por Joe, Ojos de Algodón...".

Estoy petrificada por una nueva oleada del mismo terror que enfrenté horas antes. Mi mamá brincotea con entusiasmo por toda la cocina. Hace los mismos movimientos que los bailarines de los videos, pero en versión cafeinada. Mi hermano es la versión zombi, y cada dos vueltas me echa una mirada. Acabo de firmar mi sentencia de un buen jalón de calzones por haber sacado el tema a colación. Finalmente, luego de que casi tumba una silla, mamá hace una pequeña reverencia.

—Muchas gracias, amable caballero.

Paolo se sienta y empieza a engullir el potaje verde antes de que lo vuelva a llamar para una segunda ronda.

—Mamá, de veras, de veras, de veras no quiero bailar. En serio, ¿de quién fue la idea de incluir un baile en Educación Física?

—Yo también tuve que bailar cuando tenía tu edad. No sé, Lupe, siempre ha sido igual —responde, y me pone la mano en la mejilla—. Hay batallas que valen la pena, como el asunto ese del código de vestimenta o tus casillas de etnia. —Me pellizca ligeramente—. Y esas, querida, son buenas causas. Pero querer que eliminen unas cuantas semanas de baile, no es una de ellas. —Me sirve una cucharada más de guisado—. Aprende a bailar. —Ladea la cabeza y empieza a hacer movimientos robóticos y rígidos con los brazos y las piernas—. ¿Ves? Es realmente liberador.

Mi mamá no lo entiende: el baile es el superpoder que tiene para avergonzarme. A pesar de que sabe del pacto con mi tío Héctor y lo mucho que necesito una *A* en Educación Física, no parece que voy a recibir ningún apoyo de su parte. Así que, cuando termino de cenar, me escabullo mientras ella está ocupada haciendo un paso de baile al que llama "el corredor".

Necesito a Andy.

Me apuro para darme un baño (no es por la estúpida plegaria de Paolo). Me lavo muy bien y me afeito los dos pelos debajo de la axila derecha.

Me siento frente a la única computadora que hay en la casa, en la que cualquiera se entera de lo que los otros hacen. Doy clic en el número de Andy, y la computadora suena. La cara de mi amiga aparece de repente. Tiene una bola de pasta de dientes en la frente, pero aun así el grano sobresale en el mismo centro de la bola, como una cereza sobre un montoncito de crema batida.

—¿Te puedo visitar? —le pregunto.

—¿Qué onda con *Doctor Who?*

—Hoy, por alguna razón, Niles no puede verlo —digo, y me encojo de hombros.

—Qué raro —dice Andy, y hace un gesto.

Me alegra saber que no soy la única que lo piensa.

—Como sea. ¿Te puedo visitar?

—Te apuesto a que sé de qué se trata —dice, y sonríe. Como su mamá suele espiar por la puerta entreabierta, casi habla en susurros—. Mi mamá montó su numerito usual . . . —añade, y vuelve a hacer el títere con la mano—. ¿Cómo te fue en el día, querida? ¿Cuánto aprendiste? ¿Te comiste todo el almuerzo? —Baja la mano—. En fin, le conté del baile de country . . .

—Y, déjame adivinar, se puso a bailar.

—Si quieres llamarlo así —contesta, abriendo mucho los ojos—. Empezó a dar patadas a los lados.

Me imagino a la mamá de Andy, en su casa perfecta como un museo, con unos tacones superaltos sobre el piso de mármol, moviéndose hacia todos lados como un flamenco sobre el hielo.

—Y, Lupe . . . —dice Andy, cerrando los ojos tan fuerte que parece que su cerebro los está sorbiendo.

—¿Qué cosa? —pregunto.

—Mi mamá gritó "¡Agarra a tu pareja!", y me agarró del brazo para que diéramos un giro.

Me tapo la boca con la mano.

—Al parecer es una cosa oficial —continúa—. Es universal. Todos en algún momento bailaron en la escuela.

—Ya sé, me lo dijo mi mamá. Debería existir algún tipo de advertencia, como una etiqueta, para este asunto. ¿Tendrán idea de lo horrible que es ese baile? —pregunto.

—¿No crees que sea posible que el tipo ese que da las instrucciones de baile les haya lavado el cerebro con mensajes subliminales? —dice Andy, y arruga la frente, lo que provoca que una escamita de pasta de dientes caiga de ahí.

—Es una teoría —contesto—. Debe haber una manera de detener esto.

—¿Cómo te fue con la profesora Solden?

Le muestro el pulgar hacia abajo.

—¿Me prestas tu laptop cuando vaya a tu casa? —pregunto.

—Supongo que sí. Podemos decirle a mi mamá que estás escribiéndoles una carta a los productores de *Doctor Who*, para quejarte de que el lapso entre temporadas es muy largo.

Estoy a punto de oponerme, pero en vez de eso, tomo un *post-it* y una pluma y escribo una nota sin que Andy la vea: "Carta de protesta al BBC".

—¿Para qué necesitas realmente la laptop?

La voz de abu Salgado retumba a través del altavoz del teléfono de mi mamá: "¡Le vas a poner pasas a los tamales! ¿Sí o no?".

—¿Por qué está tan enojada tu abuela? —pregunta Andy, dando un brinco.

—No está enojada. Simplemente tiene opiniones muy intensas sobre las cosas, mi mamá se rehúsa a ponerle pasas a sus tamales. —Estoy de acuerdo con mi mamá, pero no estoy preparada para sumar a mis causas la separación de comida rara.

—Hmmm, imagínate eso. Tu abuelita tiene opiniones muy intensas.

—Qué chistosa —digo. Ella ni se imagina la opinión de mi abuela Wong acerca de echarle cilantro a los *ha gao*. Digamos que, desde el punto de vista genético, tampoco tuve la más mínima oportunidad.

Mamá cuelga y, en cuestión de segundos, Missie Elliot empieza a rapear sus propias opiniones muy intensas desde el teléfono de mi mamá.

—Tu mamá da mucha menos vergüenza que la mía —dice Andy, y se encoge de hombros—. Al menos no te obliga a escuchar a Enya.

Andy no lo sabe, pero detrás del monitor, puedo ver a mi mamá retorcerse como si tuviera contracciones.

CAPÍTULO 4

La señora Washington me saluda en la puerta de la casa de Andy. Viste su clásica combinación de falda estrecha y blusa elegante.

—¡Hola, Guadalupe! —me dice, demasiado alto—. *¡Ni hao!*

Me aguanto una sonrisa. No sé muy bien por qué la señora Washington piensa que gritar un saludo es necesario, pero al menos es mejor que cuando me gritaba "¡Feliz cumpleaños!" con acento supuestamente mexicano, y luego añadía *"Wo ai ni"*. Creo que es su manera de expresar su simpatía por mis dos culturas, luego del fracaso de mi campaña porque añadieran "chinamex" a las opciones de etnia.

—*Ni hao*, señora Washington —le respondo.

En cuanto entro a la casa, me asalta el aromatizante de

vainilla. Me quito las chanclas, y mis pies descalzos tocan el mármol frío. Un escalofrío me sube por los pies.

La mamá de Andy cambió los cojines del sofá . . . otra vez, y un nuevo letrero que dice "Vive. Ríe. Ama." cuelga sobre la chimenea. El marco de la chimenea de mi casa tiene manchas de humo de hace décadas y pétalos secos de color anaranjado, desde la ofrenda del último Día de Muertos. Estoy segura de que esta mujer mantiene funcionando el negocio de las tiendas de decoración ella sola.

—Andalusia me dice que van a trabajar en algo esta noche.

—Eh, sí. En algo —respondo.

—¿Es posible que tenga que ver con . . . —comienza a decir la señora Washington y sonríe, mientras da unos saltitos hacia atrás, que espero no tengan nada que ver con el baile de country.

Desvío la mirada con la esperanza de que no me vaya a tomar del brazo para bailar.

—Ajá.

La mamá de Andy se acomoda la blusa por dentro de la falda.

—Ya sé que no es lo tuyo, Guadalupe —dice, y me abraza brevemente—, pero tal vez algún día recuerdes esto como algo que disfrutaste. —Hace una mueca, y se lleva una mano a la espalda, como si sintiera dolor—. Ufff . . . disfruta tu juventud.

Suelto un resoplido.

—No se ofenda, pero no tengo tiempo de disfrutar mi juventud.

La señora Washington aprieta los labios, pero se le escapa una risita.

41

—Bueno, tengo fe en que tú y Andy encontrarán la manera de hacerlo.

—Pues, gracias por creer en nosotras, supongo —digo, y me encojo de hombros.

Entonces, la mamá de Andy me ofrece un tazón con zanahoria, pepino y hummus, que estaba en una mesita.

—Sube esto contigo, ¿quieres?

—Ñam —contesto, sin entusiasmo.

—Y recuerda masticar bien —añade sonriente, dándome unas palmaditas en el hombro—. No tienes que masticar treinta y dos veces como se recomienda, pero una docena está bien.

Supongo que debería sentirme agradecida de que la señora Washington se preocupe por mí lo suficiente como para desear que sea feliz y tenga una buena digestión.

—¡Andalusia! —grita la señora Washington.

Sé que Andy está en algún lugar de la casa, poniendo los ojos en blanco, ante la mención de su nombre completo.

—¡En mi cuarto! —Se escucha desde arriba.

Subo corriendo las escaleras, con la esperanza de que algún día viviré en una casa en la que tendré que subir un verdadero tramo de escaleras para ir a mi cuarto.

Cuando llego, el papá de Andy está de pie en la puerta.

—Hola, chica —me saluda, dándome un golpecito en la gorra, y se voltea para irse. Lleva una especie de traje deportivo de *lycra*, que supongo está diseñado para convertir su sudor en energía natural—. Se portan bien las dos —añade, y le echa a

Andy una mirada entre seria y divertida. Luego nos sonríe a ambas y baja las escaleras.

Me dejo caer sobre la cama de Andy. Su nuevo edredón color crema parece el bebé de una alpaca y un mameluco. Mi cama todavía tiene el edredón de Barbie Sirena que tanto pedí cuando estaba en primer grado. Ahora solo lo uso del lado de las burbujas, pero Andy sabe muy bien el horror que acecha del otro lado.

La puerta del clóset está abierta, y el recinto es casi tan grande como mi cuarto. De un lado cuelgan jeans y playeras, en buenas condiciones y sin una sola arruga. Los zapatos están ordenados prolijamente en pequeños compartimentos, y una serie de brillantes collares, que Andy nunca ha usado, cuelgan de un organizador de joyería.

Pero el otro lado del clóset es mágico. Hay una caja de zapatos llena de bolas de vómito de búho intactas en medio de una mesa larga, y hay huesecillos que Andy ha ido sacando de las bolas de vómito que ya abrió, formando pilas cuidadosamente colocadas junto a un cuchillo X-Acto.

El resto de la mesa lo ocupa una réplica en miniatura de una ciudad de ratones. Hay un letrero en rojo y dorado que dice "Bienvenidos a Nueva Roedoria" en letras muy elegantes, como si se tratara de una villa inglesa. Se nos ocurrieron otros nombres para esta pequeña ciudad, como Villa Queso o Ratisilvania, pero nos quedamos con Nueva Roedoria porque sonaba más refinado. Y hasta hay un bar, el Ratón Huesudo, que tiene dos esqueletitos de ratón sentados a la barra, cada uno de los cuales sujeta una pequeñísima jarra.

Además de la chica inglesa de doce años que puede componer sonatas y conciertos, el niño de Memphis que logró fusionar el átomo o el chico de la India que construyó el satélite de operaciones más pequeño del mundo, esta es la cosa más impresionante que le he visto hacer a alguien de nuestra edad. Me parece genial que Andy me deje elegir nombres y construir algunas cosas de vez en cuando, aunque finja que no es la gran cosa, para no quedar atrapada en su agujero ratonil. Estoy segura de que esto no es lo que la señora Washington hubiera soñado (o esperado) que su hija hiciera, cuando le pidió llevarla al área de casas de muñecas en la tienda de manualidades, pero al menos le permite mantener la villa ratonil escondida detrás de las puertas cerradas del clóset, "con la condición de que mantenga el resto de su vida en orden".

Calles adoquinadas y linternas rodean el cementerio de ratones de campo, que muestra filas de pequeñas lápidas, todas con el mismo apellido, Roedríguez. A Paco Roedríguez, mi favorito, le faltaba misteriosamente una pata cuando Andy logró despegarlo de una bola de vómito seco, con cuidadosos golpecitos de cincel, así que le hizo una nueva pata falsa. En algún lugar del cielo de los ratones, Paco va por ahí, renqueando, con una prótesis hecha con un palillo de dientes.

Andy baja la laptop del entrepaño que está sobre el Ratón Huesudo y cierra la puerta del clóset. Nos sentamos en su cama y ponemos la compu frente a nosotras, sobre una almohada. Andy la desliza hacia mí, para que pueda comenzar a investigar.

—¿Puedo preguntarte una cosa? —me pregunta.

—Claro.

—¿Por qué esto tiene tanta importancia para ti? ¿No podrías olvidarte del asunto del baile de country?

Quiero mucho a Andy, y ella suele ser muy comprensiva cuando se trata de este tipo de cosas, pero no sabe lo que es no volver a ver a un papá nunca más. No podría entender qué se siente, cuando lo último que te dijo tu padre fue que si algo te importa de verdad, luches por eso y nunca te des por vencida.

—No —le respondo—. No puedo olvidarlo.

—A mí me gustaría que mi mamá entendiera que tengo mis propios intereses —dice Andy, mientras se rasca un pellejito del dedo gordo del pie, lo que indica que está nerviosa—. Ahora quiere que juegue en el equipo de fútbol, aparte de todo lo demás.

Pego un brinco.

—¡El equipo de fútbol! —Ella y yo sabemos que las chicas del equipo de fútbol de la escuela solo salen con las chicas del equipo, no le dan cabida a ninguna intrusa—. ¡No debes hacerlo!

—Se le ocurrió eso o clases de ballet. Según ella, es el próximo paso que debo dar para convertirme en toda una ciudadana modelo. —Suspira—. Por lo visto necesito integrarme a una actividad grupal, aparte de todo lo demás.

Pienso que debo mostrarle más simpatía.

—Pero ¿ballet o fútbol? —digo—. Eso qué significa, ¿elegir entre Samantha o Jordyn?

Jordyn es la Samantha del equipo de fútbol: ella lidera y las demás la siguen.

—¿A cuál elegirías? —pregunta Andy.

Tiene razón. Al menos Jordyn no la humillará todos los días.

—No sabes la suerte que tienes —me dice—. Tu mamá está feliz, sin importar lo que hagas. —Comienza de nuevo a rascarse el pellejito—. Yo solo quiero que mis padres estén orgullosos de mí.

Trato de imaginarme a mi mamá obligándonos a Paolo o a mí a que hagamos algo que odiamos.

—Vas a ser una buena jugadora de fútbol —le digo.

Andy se deja la uña en paz y levanta la vista.

—Gracias —me dice con una sonrisa.

Nos acomodamos y buscamos "Joe, Ojos de Algodón" en You-Tube. Salen muchos más resultados de los que esperaba. La canción se volvió nuevamente popular como una forma de danza en línea. No puedo permitir que mi mamá se entere de ese detalle.

Nos saltamos los videos para aprender a bailar y encontramos varios sobre la historia del baile de country, particularmente *square dancing*. Me desplazo hacia abajo, y salen varios títulos: "Historia del square dancing", Ozark Rag; "Historia del square dancing", Virginia Reel, e "Historia del square dancing", Joe, Ojos de Algodón. ¡Genial! El video es unos cinco minutos más largo que el resto, así que tengo que ser capaz de hallar buenos datos ahí. Presiono *play*.

Un señor vestido con un overol y un sombrero de paja nos sonríe. "Bienvenidos otra vez a la Nación del Baile de Country Sureño de Billy Bob", dice. Una ramita de trigo sobresale de su boca mientras habla. Ya sé que se supone que este baile es una tradición estadounidense, pero yo soy estadounidense, y no hay nada en este tipo con lo que me sienta identificada para nada. "Esta noche vamos a chismear acerca de una favorita de todos los tiempos: 'Joe, Ojos de Algodón'. La canción es anterior a la Guerra Civil. La cantaban los esclavos en las plantaciones del Sur, y se piensa que hace referencia a un hombre al que le gustaba rondar a las damas".

Le echo una mirada a Andy, y ella se encoge de hombros.

—La historia estadounidense es un desastre —le digo.

Andy asiente, pero no me dice nada. Sin embargo, yo sé que a veces hay mucho significado en lo que la gente no dice en voz alta.

El señor guiña un ojo y continúa: "¿Pero por qué sus ojos son blancos como el algodón?". Las cejas del granjero se alzan tanto que desaparecen debajo del sombrero. "¿Tendría glaucoma? O quizá, ¿cataratas?" Alza los brazos, en un gesto interrogativo. "Si uno escucha la letra con atención, se da cuenta de que el pobre Joe, Ojos de Algodón tenía los ojos blanqueados por la clamidia o la sífilis . . .".

Detengo el video.

—¿Tú sabes qué quieren decir esas palabras?

—No —contesta Andy—. ¿Quizá sean los nombres de diosas griegas?

Abro una nueva ventana y empiezo a escribir en Google "klamid-". De inmediato, el buscador sugiere la palabra "clamidia". Siento que las manos se me ponen un poco húmedas. La palabra me parece demasiado adulta y seria para que nosotras la estemos buscando.

La mamá de Andy será muy estricta, pero con su cosa de que "los chicos deben tener una formación integral", no cree en los filtros. Respiro profundo, pongo el cursor sobre *clamidia* y pulso *enter*. En unos pocos segundos encuentro más información sobre el tipo llamado Joe de la que debería saber.

La clamidia es una enfermedad de transmisión sexual común. Es causada por la bacteria Chlamydia trachomatis.

Luego tecleo "cifil-", y en esta ocasión aparece "sífilis". Pulso *enter*.

Sífilis: enfermedad de transmisión sexual, infecciosa, endémica, crónica, específica, causada por la bacteria Treponema pallidum.

Andy contiene el aliento por un instante.

Regreso al video de YouTube y vuelvo a presionar *play*.

"Así es, Joe, Ojos de Algodón hacía algo más que dedicarse a la granja, amigos", explica el hombre del video.

Detengo de nuevo el video.

Andy y yo nos miramos boquiabiertas. Entonces, ruedo por el suelo y me empiezo a reír mientras me hago una bolita, como si fuera un armadillo.

—¡Esto está buenísimo!

Pero mi amiga ni siquiera se mueve. Está mirando la pantalla fijamente, muy tensa, como si hubiera encontrado a sus padres dándose un beso.

—Ni siquiera sé qué significa todo eso.

Pienso que no es posible que seamos las primeras en descubrir esto.

—Quiere decir que ya ganamos, Andy. Ni siquiera vamos a recibir Educación Sexual sino hasta finales del próximo trimestre. —Me vuelvo a sentar en la cama—. Ahora ya podemos ponerle fin al baile de country.

Cierro la ventana de YouTube y abro Power Point. Hago clic en la primera diapositiva y escribo:

"¡El baile de country, particularmente *square dancing,* está relacionado directamente con el sexo y la corrupción de la juventud!".

CAPÍTULO 5

Uno de los primeros artículos en aparecer durante una búsqueda en Google sobre Joe, Ojos de Algodón propone que sus ojos estaban blancos a causa del alcoholismo. A Andy se le ocurre la idea de que en mi presentación de PowerPoint las palabras aparezcan haciendo un remolino, como si nadasen en la pantalla, para dar la sensación de algo inestable o de mareo.

—¿Estás segura de que esto va a funcionar? —me pregunta.

—Pues, si la onda de la enfermedad no funciona, siempre podemos enfatizar más en lo del alcoholismo. Los adultos no quieren que sepamos sobre ese tipo de cosas todavía.

—Pero vamos a aprender sobre sexualidad y sustancias controladas en el próximo trimestre de todos modos.

—Esa es la cosa, nos *tienen* que educar al respecto, pero no quieren que nosotros . . . —digo, y le guiño un ojo—. No quieren que nosotros realmente . . . *penseeemos* en eso, ¿entiendes lo que quiero decir?

Andy hace una mueca. Creo que no me comprende.

—A lo mejor solo deberíamos decir que *square dancing* es una tradición anticuada y no tiene nada que ver con la historia reciente de Estados Unidos, ¿no crees? —me dice—. O sea, ¿qué tiene que ver con nosotros? ¿Por qué el baile de country es más importante que el kabuki o que Bollywood o que el break dance?

Sé que tiene razón, el asunto apesta, pero nada de eso va a importar si logro que eliminen el baile, y el camino más directo a alcanzar esa meta es decir algo realmente impactante.

—Estoy de acuerdo contigo, pero no queremos que se distraigan con un tema secundario.

Andy se deja caer sobre la almohada, soltando un suspiro. No sé si solo está cansada o está molesta conmigo, pero ya casi termino y podré dejarla en paz.

Abro una última diapositiva de PowerPoint y tecleo mi gran frase final en mayúsculas.

—Listo —digo, y guardo el documento.

Luego voy al portal de estudiantes del sitio web de nuestra escuela. Cuando encuentro el correo de la señora Singh, la directora, hago clic en "Escribir nuevo correo" y luego en "CC", y añado a la profesora Solden. No puedo evitar una sonrisa maliciosa.

—La profesora va a tener que comerse sus palabras: "Estoy segura de que tienes lo que hace falta para ser una maravillosa bai-la-ri-na" —digo bajito, imitando su voz.

51

Buenas noches, señora Singh:

Me gustaría solicitar una reunión de emergencia durante la hora del almuerzo de mañana. Imagino que la profesora Solden querrá estar presente. Tengo algo muy interesante e informativo que me gustaría mostrarles a ambas.

La reputación de nuestra escuela está en juego.

Andy me interrumpe antes de que envíe el mensaje.

—¿No vas a adjuntar el PowerPoint?

—Claro que no. Quiero ver sus caras en el momento en que lo lean.

El tono de voz de Andy está cambiando. Definitivamente ya se hartó.

—¿Y cómo vas a hacer eso sin mi laptop?

El estómago me da un vuelco. Estoy acostumbrada a defender mis causas yo sola, así que casi se me olvida que la computadora le pertenece a ella. Pero también tenía la esperanza de que Andy me acompañara a la reunión para apoyarme, conteniendo el aliento y tapándose los ojos cuando fuera necesario.

—¿Tú no vas a venir?

—Ya sabes que tengo que ensayar con la banda de jazz los martes a la hora del almuerzo —contesta.

Junto las manos, bajo la cara y pongo los ojos tristes. Andy levanta las manos.

—Bueno, pero mantenla en su funda.

—Te debo una —digo, y le hago cariñitos en el hombro.

Continúo escribiendo:

52

Me dará mucho gusto que nos encontremos en la dirección durante el almuerzo.

Andy y Lupe.

Andy se incorpora, apoyándose en los codos.

—Hey, ¿por qué estás poniendo también mi nombre? Te acabo de decir que no puedo ir.

—Porque es más probable que me dejen hablar si creen que no actúo sola —le digo—. Por faaaaa.

—Bueno. —Se vuelve a desplomar sobre la almohada, esta vez con las manos empuñadas.

Hago clic en "enviar" antes de que pueda cambiar de opinión.

***

La directora Singh deja la puerta abierta al día siguiente durante el almuerzo. Sostiene una taza de café y lleva puesto lo que mi mamá llama un "traje serio". Volutas de vapor suben ominosamente hasta su cara, lo que la hace parecer incluso más estricta. La profesora Solden también está allí, sentada al otro lado del escritorio, con su propio café.

—Buenas tardes, Lupe. —La profesora se inclina hacia adelante, en un intento de ver quién viene detrás de mí—. ¿Dónde está Andy?

—Ejem, le salió un imprevisto.

—¿Ah, sí? —dice la profesora. Hace la taza a un lado y cruza los brazos sobre el pecho—. Me muero de ganas por saber qué es tan importante como para que la directora y yo tengamos que saltarnos la clase de zumba para educadores.

Paso por alto las envolturas de tacos arrugadas encima del escritorio y trato de no imaginarme a ninguna de las dos, o a ningún otro maestro, sudando y dando pasitos de chachachá al ritmo de un remix de "Ice Ice Baby".

—Les prometo que esto no tomará demasiado tiempo, pero sí que va a valer la pena. —Saco la laptop de Andy de la mochila.

La directora está sentada en su escritorio. ¿Debería pedirle que se sentara junto a la profesora para mi presentación? No quiero tentar la suerte. Abro la laptop en el otro extremo del escritorio y la pantalla brilla. Mi PowerPoint está listo.

—Pensé que querías *hablar* con nosotras —dice la directora, y señala la laptop—. Si este es algún tipo de video, podrías haberlo enviado y ya.

Me mantengo muy erguida y levanto la barbilla.

—Lo que tengo que mostrarles deben verlo juntas . . . para que puedan apoyarse mutuamente.

Ambas se miran por un instante, y cada una toma un sorbo rápido de café.

Si algo aprendí en la clase de oratoria fue cómo obtener una respuesta emocional, y no hay nada como las imágenes visuales para darle énfasis a un argumento. Si el baile de country queda asociado con las náuseas, definitivamente lo van a prohibir.

Pulso la barra de espaciado, y en la pantalla aparece el globo ocular blancuzco que encontré en internet. Pero no se trata de un simple y sencillo "ojo de algodón". Tiene costras en las pestañas, una burbuja de moco verde en una esquina y, por la otra, se asoma un gusano. Lo único malo es que encontré el ojo de un tipo al que también le faltaba la mitad de la cara, así que estoy segura de que la imagen no era real. No obstante, no me cabe duda de que mi versión recortada y agusanada servirá para mi causa.

La directora escupe el café en la taza y se encorva hacia adelante.

—Ay, mi madre —logra mascullar.

Náuseas, ¡qué bien!

—Sí —digo—. *Square dancing.*

—Un momento. —La profesora Solden se inclina hacia la laptop y entrecierra los ojos—. ¿Eso no es del programa *Apocalipsis de los zombis, parte II*?

Me acerco rápidamente y presiono la barra espaciadora.

—Continuemos.

Entonces aparece la segunda diapositiva. Es la imagen de una placa de Petri, con lo que parece gelatina verde y peluda.

La directora limpia el café esparcido sobre su escritorio.

—Asumo que todo esto tiene un propósito. Espero que no nos hayas reunido solo para enfermarnos.

—Por supuesto que no. —Vuelvo a presionar la barra espaciadora, y en la pantalla aparece *Chlamydia trachomatis*, debajo de la pelambre gris verdosa. De nuevo, la barra espaciadora, La causa de los "ojos de algodón" de Joe. "Déjenme decirles que me quedé tan sorprendida como ustedes; de casualidad di con una especie de documental muy interesante".

La profesora Solden respira profundamente y cierra los ojos. La directora se tapa la boca. Por mi parte, me inclino para reforzar el efecto.

—Resulta que Joe, Ojos de Algodón muy probablemente tenía una enfermedad causada por ya saben qué.

Ahora, ambas se me quedan mirando fijamente. No puedo interpretar la expresión de ninguna de las dos, y el silencio se empieza a volver incómodo, así que vuelvo a pulsar la barra espaciadora. Entonces se escucha el acento sureño del tipo del video de YouTube: "Así es, Joe, Ojos de Algodón hacía algo más que dedicarse a la granja, amigos".

Agrando los ojos y niego en señal de desaprobación. Se suponía que esta iba a ser mi pausa para el énfasis, para este momento ambas deberían de estar temblando, queriendo disculparse por los años de tortura y depravación a los que han expuesto a los estudiantes. Pero en vez de eso, las dos están sentadas con rostros totalmente impasibles.

No me dejan otra opción.

Vuelvo a pulsar la barra espaciadora y aparece la siguiente diapositiva. Es la imagen de un señor desplomado en la celda de una cárcel, con una botella de whiskey en una mano. Le cambié con Photoshop uno de los ojos para que lo tuviera blanco, y añadí un letrero arriba de la celda: "Joe, sentenciado de por vida por corrupción juvenil".

Hago un gesto de repugnancia y trato de soltar un grito ahogado, pero me sale una combinación de hipo y eructo. De verdad quisiera que Andy estuviera aquí para que haga el grito.

La directora ni siquiera se ha movido y la profesora está tomando lentamente un sorbo de café.

Tengo que ponerle fin a esto con un golpe dramático. Tecleo algo, y mi declaración final aparece en la pantalla:

SI LA SECUNDARIA ISSAQUAH PERMITE QUE "JOE, OJOS DE ALGODÓN" PERMANEZCA EN EL PLAN DE ESTUDIOS, . . . ¡TODO EL SÉPTIMO GRADO ACABARÁ EN LA CÁRCEL JUVENIL!

—Entonces, profesora Solden, señora Singh —digo, y entrecierro los ojos para dar énfasis. Me tomo el tiempo de hacer contacto visual con cada una, como me enseñaron, y hago que mi voz se oiga más rasposa, como la del señor canoso del programa *Dateline Mistery*—. Con cada repetición de "¿De dónde viniste, Joe, Ojos de Algodón?", nos están recordando que hay sexo, drogas y . . . baile de country. —Me estiro y agarro la laptop—. Cárcel juveniiiil —finalizo, cerrando al mismo tiempo la computadora.

La profesora pone los ojos en blanco (debe ser de la impresión) y la directora se voltea en el asiento e inclina la cabeza (debe ser de horror y vergüenza).

—Bueno, Lupe, esa fue una gran presentación —dice finalmente la directora Singh, con una mano sobre otra en el escritorio—. No estoy segura de dónde sacas las correlaciones, pero aprecio tu preocupación y tu esfuerzo. Tomaré en cuenta todo lo que hemos escuchado y haré lo que sea mejor para los estudiantes.

En ese momento suena el timbre, y la profesora Solden agarra su café y su portapapeles. Luego agita la mano en dirección mía, indicándome que me vaya. Tomo el gesto como una aprobación, ya que puedo ver en su rostro un atisbo de lo que parece una sonrisa.

Salgo de la oficina, y en cuanto la puerta se cierra, pego la oreja a la puerta cerrada.

—Guau —dice la directora—. ¿Puedes creerlo? —El tono en que lo dice es apagado, pero las palabras son bastante claras. Siento cómo mi corazón palpita con fuerza y quisiera pegar brincos, pero podrían oírme.

Lo que acabo de escuchar solo puede significar que mi presentación fue un éxito. Justo cuando estoy levantando un puño en señal de victoria, el conserje de la escuela, el señor Helms, aparece con la escoba por una esquina, niega con la cabeza y continúa su camino.

Apenas pongo atención adónde voy. Cuando entro en la clase de Ciencias, el profesor Lundgren se dirige a mí.

—Estás en la clase incorrecta, Lupe.

Me volteo y sigo hasta el gimnasio. Al fin logré ganar, seré por siempre conocida como la chica que eliminó el baile de country. Nadie volverá a burlarse nunca más de mí y de las causas que defiendo. Y, lo más importante, Educación Física volverá a la normalidad. Sacaré una *A* y podré conocer a Fu Li Hernández. Mi papá definitivamente daría su aprobación.

No necesito decirle a nadie lo que hice por todos ellos, de todas maneras sabrán que fui yo.

Entro a los vestidores y le devuelvo a Andy la laptop.

—Gracias —susurro—. Te debo una.

—¿Cómo te fue?

Lo único que puedo hacer es sonreír por respuesta. Ella me toma las manos.

—¿Lo lograste? —pregunta altísimo.

Nos apartamos rápidamente, necesitamos mantener la calma. Habíamos acordado no decirle nada a nadie sobre este asunto, para no echarlo a perder.

—Eso parece —le susurro, mientras me alisto para la clase—. Ahora podemos regresar a jugar baloncesto y voleibol, como adolescentes normales.

Samantha y Claire están amarrándose el pelo en moños, y se los aseguran con lápices.

—El asunto del baile de country es estúpido —dice Samantha. Vaya, una cosa en la que ella y yo estamos de acuerdo—. O sea, yo estudio danza profesional. —Durante un segundo, se alza sobre las puntas de los pies. Incluso en su uniforme de deportes, parece un cisne—. Esto es una pérdida de tiempo.

—Mi papá dice que es una costumbre estadounidense, un modo de vida, el *American Way of Life* —dice otra bailarina de moño sujetado con lápiz—. Necesitaremos un milagro o un genio para escaparnos de esta.

Antes de que pueda controlarme, comienzo a hablar en un tono de voz lo suficientemente alto como para que Samantha me pueda escuchar.

—Mi presentación hizo que la directora Singh temblara, no

me sorprendería que prohibieran el baile de country en todo el distrito escolar.

—¡Lupe! —Andy niega con la cabeza—. No . . .

La boca de Samantha se curva solo de un lado, como la del Grinch.

—Oye, Claire, Lupe dice que ella va a lograr que eliminen el baile de country.

Todas empiezan a reírse.

—Como sea —digo—. Ya me lo agradecerán después.

Andy me jala hacia fuera de los vestidores y me lleva al gimnasio.

—¿Por qué hiciste eso?

—No lo sé. No pude evitarlo —logro balbucear.

Niles ya está allí, y corre a través de la cancha para unírsenos. La profesora Solden sopla el silbato. En menos de treinta segundos el resto de las chicas y los chicos salen de los vestidores.

—Lamento haberme retrasado, tuve una reunión importante —dice la profesora, inclinando la cabeza hacia mí—. Tengo un anuncio importante.

Andy me da un codazo, y se lo devuelvo. Ha llegado el momento.

La profesora da tres fuertes palmadas.

—Alguien . . . —dice, y me echa una mirada—, le dijo a la directora que la canción que íbamos a usar para el baile de country era inapropiada.

Samantha está boquiabierta.

—No puede ser . . . —dice.

—No volveremos a usar la canción "Joe, Ojos de Algodón" en la clase de Educación Física —continúa la profesora.

Durante un segundo, hay un completo silencio.

Gordon Schnelly es el primero en reaccionar.

—Pero ya había practicado con mi abuelita —dice, y la gran sonrisa que había mantenido durante todo este asunto del baile de country se desvanece.

—¿Fuiste tú? —me pregunta Niles.

Los aplausos empiezan a extenderse por todo el gimnasio, y se escuchan cada vez más fuerte. Dos chicos chocan palmas y empiezan a bailotear, para celebrar la suspensión del baile. Una chica a la que nunca había escuchado hablar suelta un "¡ujuu!", que suena como si hubiese tenido una burbuja atorada en la garganta. Todo el mundo, excepto Gordon, tiene una sonrisa enorme. Incluso Samantha y Claire se me quedan mirando asombradas.

Este es el momento. Le hago a Blake la señal de beisbol para el toque de sacrificio, y él me sonríe con complicidad. Voy a convertirme en una leyenda.

Los murmullos recorren el gimnasio junto con los aplausos a una velocidad espeluznante. En cuestión de segundos, los cuarenta chicos se enteran de que yo soy la que está detrás de ese cambio.

Niles me da unas palmaditas en el hombro. Meto la panza y me enderezo aún más.

La profesora Solden da cuatro silbatazos agudos, con lo que el gimnasio queda en un silencio lleno de ecos. Me está mirando directamente a mí, y veo que tiene la misma sonrisa que tenía cuando terminó la reunión con la directora. Me guiña un ojo y presiona *play* en el estéreo. La música se parece a la musiquita del camión de helados que se estaciona afuera de la escuela. La profesora empieza a gritar por encima de la música.

—Eso quiere decir que todo lo que aprendieron ayer no sirvió de nada. Vamos a empezar desde cero. ¡De ahora en adelante bailaremos en parejas al son de "El pavo en la paja", canción mejor conocida como *Turkey in the Straw.*

Siento como si una serie de alfilerazos recorriesen mi cara y mi cráneo, y luego me bajaran por la espalda hasta el trasero.

Blake tiene los brazos a los costados y me lanza una mirada de enojo.

El semicírculo de chicas con los moños a medio hacer que rodea a Samantha me mira. Estoy esperando que en cualquier momento los lápices salgan catapultados desde sus cabezas en dirección mía. Me volteo hacia Andy, que está mordiéndose el labio inferior y parece un cachorrito al que hubieran descubierto mordiendo una pantufla.

Mi propia cara se pone roja y me zumban los oídos, pero logro escuchar claramente a Gordon.

—¡Yiiijaaa! —exclama.

La profesora da saltitos alrededor de la mesa, como si esta fuera su pareja de baile, mientras mantiene equilibrado el reproductor de CD que lleva al hombro.

El sonido de violines reverbera por todo el gimnasio, y entonces . . .

El pavo en el heno, en el heno, en el heno.
El pavo en la paja, en la paja, en la paja.
Levanta el violín, ese arco saca
Y entona la canción "El pavo en la paja".

Estoy mucho peor que antes. No hay nada asqueroso en la letra de esa canción contra lo que pueda siquiera empezar a protestar.

En mi mente aparece fugazmente la imagen de Fu Li Hernández con la palma de la mano levantada, lista para hacer un 'chócalas', justo como lo hacía mi papá. Yo casi nunca lloro, ni siquiera lloré cuando me rompí el dedo gordo del pie con una de las pesas de Paolo, pero ahora siento que se me aguan los ojos.

¿Cómo voy a conocer a Fu Li si tengo que aprender a bailar mejor que chicas como Samantha? Todo mi esfuerzo para nada.

Desesperadamente, trato de encontrar una solución, pero está muy claro que solo hay una forma en que tengo una oportunidad.

CAPÍTULO 6

Bueno, si voy a hacer esto, será en mis propios términos. Así que una hora después de salir de la escuela, le estoy dando patadas a mi almohada, para sacarla de en medio y tener más espacio donde bailar en mi cuarto. Le hago una reverencia a Andy, y ella me hace una a mí.

—Y . . . vamos —digo, dando un paso lateral.

—¡Ay!

—Perdón. —Quito mi pie de encima del de Andy.

Andy pone una mano en el hombro. Un pedacito de algo que parece pelusa gris cuelga de uno de sus oscuros rizos. Estiro el brazo y se lo quito, lo dejo caer al suelo, con la esperanza de que no provenga de una de sus bolas de vómito de búho.

—¿Prefieres que guíe yo? —me pregunta, con una mirada compasiva.

—No. Voy a aprender esto. Si practicamos todos los días y nos aseguramos de bailar juntas, podemos llegar a ser una de las primeras ocho parejas de la clase y sacar la A que necesitamos.

—Querrás decir la A que _tú_ necesitas —me responde.

—Ya sé, ya sé —le digo—. Te voy a deber otra, y en gran proporción.

Andy me toca la punta de la nariz. Nuestro saludo secreto me parecía muy ingenioso cuando teníamos seis años, pero ahora me empieza a parecer poco sanitario.

—Todo acaba por equilibrarse al final —me dice—. ¿Te acuerdas de cuando me oriné en los pantalones en cuarto grado?

—Sí. —Me encojo de hombros, como si no hubiera sido la gran cosa, pero en aquel momento fue un accidente épico.

—La que metió a la Srta. Cox en problemas por no dejarme ir al baño, a pesar de que se lo pedí cuatro veces, no fue mi mamá —dice Andy, muy seria—. Fuiste tú. Tú lograste que a todos nos dejaran ir al baño por igual, incluso si acabábamos de volver del recreo. Tú fuiste la que logró que nadie se burlara de mí —añade, y sus ojos están empezando a humedecerse.

Y eso que nunca le dije que también arruiné mi chamarra, porque la puse en el charquito de pipí que se había formado bajo su silla, para que nadie pudiera verlo.

—Y esa ha sido solo una de las veces en las que tú has sacado la cara por mí. —Andy respira profundamente, y las aletas de su nariz se agitan un poco—. Somos un equipo, Lupe, vamos a conseguirte esa A.

Creo que quiere que saque esa calificación tanto como yo. Le toco la punta de la nariz con el mismo gesto familiar, y extiendo la mano.

—Vamos a lograrlo —digo.

Después de otros cinco minutos de pisotear los dedos de sus pies, decidimos mudarnos a la sala; allí, al menos, podemos poner música.

Nos sentamos al escritorio para tomar un breve receso, Andy con una bolsa de chícharos congelados sobre los pies. Abro YouTube, y vemos que hay más videos de "El pavo en la paja" de los que había de "Joe, Ojos de Algodón".

Hay una columna de imágenes pequeñitas a un lado del monitor. La caricatura de un pavo mutante que canta encabeza la lista de los videos más vistos, pero la misma banda de granjeros que vimos antes tocando "Joe, Ojos de Algodón" es la que sigue con un video de "El pavo en la paja".

Hasta la banda The Wiggles está en la lista: cinco hombres, cada uno vestido de un color diferente, forman una fila con violines y banjos, como si fueran cinco caramelos Skittles humanos bailando.

—¿En serio? —Andy se arrima para estar más cerca de la pantalla, como si no pudiera creer lo que ven sus propios ojos—. A mí me gustaban mucho.

Creo que ambas nos sentimos traicionadas. Hago clic en el video.

Ellos bailan, cambiando de un pie a otro, con los brazos doblados al frente, como si fueran un metrónomo de ridiculez sincronizada. La secuencia muestra al Wiggle de color morado, que cambió su camisa morada por un traje peludito de pavo color café, cloqueando frente a un granero, con una enorme sonrisa en la cara.

Me volteo, y veo que Andy tiene la mirada un poco triste.

—No me parecían tan ridículos cuando era más pequeña.

—Éramos niñas. Ahora somos casi adultas.

—Es verdad. ¿Qué video vamos a elegir? —me pregunta—. No me puedo concentrar con tanto cloqueo y picoteo de fondo.

Varios de los videos parecen muy viejos, incluso la letra de la canción de algunos es diferente, y necesitamos mantenernos apegadas a la versión de la clase de Educación Física.

—Veamos la versión más popular. —Aunque me froto los ojos, el número de personas que ha visto el video de los Wiggles es correcto—. No puedo creer que más de doscientas mil personas hayan visto esto —digo, y presiono *play*.

Por alguna razón, la música no hace que bailemos mucho mejor. Andy hace un cambio de brazo con demasiado entusiasmo y me da un puñetazo en el estómago. Me confío demasiado al girar, y estampo la frente contra su hombro. Luego de otros diez minutos, más o menos, nos tomamos otro receso para que Andy se ponga hielo en los pies otra vez. Decidimos que podríamos aprender más rápido si encontráramos un video en el que alguien fuera dictando las instrucciones.

Casi todos los clips parecen ser del sur o del medio oeste del país, y las parejas se ven como si las hubieran sacado directamente de un comercial televisivo de detergente de los años cincuenta. Me cuesta trabajo imaginarme por qué este baile en particular es el que nos obligan a hacer. Ninguna de las personas que bailan tienen nada que ver conmigo o con ninguno de mis abuelos o abuelas.

Encontramos la convención estatal de bailes de country de Dakota del Norte. El lugar parece más un centro comunitario lleno de personas mayores que participan en una lucha de ancianos. Andy presiona *play,* y empieza la música. Si esos ancianos pueden hacerlo, creo que nosotras también. Hacemos nuestro mejor esfuerzo por mantener el paso, pero resulta que estos ancianitos en verdad pueden moverse. La persona que da las instrucciones, grita por encima del sonido del violín: "La dama a la derecha. El caballero va a la izquierda".

—Lupe, ¡tú eres el caballero! —me grita Andy cuando chocamos una vez más.

—Ya sé. —Estamos frente a frente, tomadas de las manos—. Un momento, ¿no se supone que deberíamos estar una al lado de la otra?

Luego de unos cuantos minutos más, a ambas nos chorrea el sudor por la cara.

"Ases arriba y doses abajo, hay que bailarle sin atajos. La punta del pie, también el talón, haz una caminata sin dar un jalón".

Una carcajada detrás de nosotras nos impide escuchar las siguientes instrucciones.

—¡Guau! Las trogloditas *sí* pueden bailar. —Mi hermano está recostado contra el marco de la puerta.

—¡Cállate, Paolo! —le grito.

Intentamos ignorarlo, pero ya está plantado en el sofá, con

un brazo sobre la cabeza y llenándose la boca de chicharrones con la otra mano. Qué ironía, lo hace exactamente como un troglodita.

Logramos hacer un giro sencillo y hacemos un 'chócalas'.

—Vamos a dominar esto en muy poco tiempo. Cuando la profesora nos vea bailando juntas . . .

—¡Ja! Buena suerte con eso —logra articular Paolo, con la boca llena.

—¿Qué se supone que significa eso? —le respondo con brusquedad.

Andy y yo seguimos bailando, perfectamente sincronizadas, alrededor de la mesita.

—Significa que quién dijo que las van a dejar elegir con quién bailar.

Damos la vuelta haciendo un medio arco y avanzamos de regreso en dirección contraria.

—¿Y por qué no podríamos? —pregunta Andy.

—Oh, esto es demasiado genial. ¿En serio no saben? —Se mete otro puñado de chicharrones en la boca.

Ambas nos paramos frente a él y nos soltamos las manos. Quito la música y me quedo mirando a mi hermano en silencio.

—Bueno, ya pues, cuéntanos —le digo.

—Les va a costar.

Andy agita un dedo frente a él.

—No vamos a darte nada.

Paolo se chupa los dedos, uno a uno, para quitarse las migajas de chicharrón.

—Bueno, entonces supongo que ambas pueden continuar perdiendo su tiempo.

Agarro el brazo a Andy. Paolo no amenaza en balde, y también es muy difícil negociar con él.

—Está bien, yo lavo los platos hoy en la noche —le digo, para abrir con esa oferta.

—Toda la semana —contraataca—. Yo vacío la lavadora de platos, pero tú los pones a lavar.

Ambos sabemos que poner los enseres sucios en la lavadora de platos es la peor parte. Hay que raspar a golpes la comida endurecida como cemento en los bordes de la Crock-Pot, y eso es incluso más desagradable que usar la lima especial en los juanetes escamosos de los pies de mi abuela Salgado.

—Yo pongo los platos a lavar, pero solo tres días. Esa es mi última oferta.

Paolo sonríe como si me hubiera engañado para que le diera un año entero de mi dinero.

—Trato hecho.

—Bueno. Entonces dinos.

Él cierra los ojos, solo que ahora ya no se ve tan arrogante. Por la mueca que hace parece que estuviera reviviendo una pesadilla horrible.

—No se trata solamente de que tengan que decirle que sí a quien quiera que las saque a bailar... —dice, y abre los ojos y nos mira a cada una lentamente—. El baile de country de la escuela es del tipo 'chico invita a chica'.

CAPÍTULO 7

—¿Qué dijiste?

—¿Ustedes dos creían que se iban a zafar así de fácil? —Paolo se inclina hacia nosotras. De repente, el mundo entero parece avanzar en cámara lenta—. Estoy diciendo que Tienen. Que. Bailar. Con. Un. Chico. —Una sonrisa arrogante se extiende por toda su cara—. ¡JA! —se ríe tan fuerte que hace un ruido con la nariz.

Trato de moverme, pero no puedo. Alguien desecó y congeló mi cerebro instantáneamente. La idea de que la escuela pueda obligarme a tomarme de las manos con un chico y a dar de vueltas como un hula hula abollado es completamente injusta. Gritaría, excepto que no quiero darle a Paolo esa satisfacción.

Andy me agarra del brazo y me jala hasta que salimos de la

casa. Empieza a caer una llovizna que humedece el aire mientras nosotras nos miramos una a la otra.

—La profesora nunca dijo nada de que los chicos invitaran a bailar a las chicas —le digo—. ¿Por qué nadie nos dice este tipo de cosas?

—Sí. Es como cuándo nos van a crecer los pechos o vamos a tener el periodo. Lo mantienen en secreto y luego, ¡pumba!; aquí hay otro giro en la trama de la vida que, simplemente, tenemos que aceptar.

Asiento como si entendiera lo que acaba de decir, pero la verdad es que sigo estando tan plana como una tortilla, y sobre el asunto ese de la menstruación... Debe haber alguna manera de detener *eso* antes de que suceda.

—¿Y ahora qué hacemos? —pregunto.

La lluvia que hace unos segundos era apenas una lloviznita, ahora es un chaparrón.

Andy alza la mirada y se queda mirando las nubes como si se hubieran hecho pis en su cereal favorito. Saca su teléfono y le escribe un texto a su mamá.

—Tengo que irme. Es la noche de la limpieza familiar y si no pido ser la primera en la cocina, me va a tocar encargarme del reguero que hace mi hermano en el piso del baño.

Andy envía el mensaje, y luego nos sentamos en silencio a esperar. Creo que las dos estamos en *shock*. Eventualmente, su mamá se estaciona enfrente y baja la ventanilla.

—¡Hola, señora Washington! —le grito, a través de la lluvia.

—¡Buenas noches, Guadalupe! —me responde. Luego se dirige

a Andy—: Vámonos, Andalusia. No se te olvide que tienes veinte minutos de piano, luego media hora de práctica para escribir código, ¡y eso es antes de la limpieza!

Andy pone los ojos en blanco.

—Nos vemos mañana.

Le doy un toquecito en la punta de la nariz, y ella hace lo mismo. En esta ocasión siento una punzada de dolor que debe ser un grano en el interior de mi nariz a causa del estrés.

Entro de nuevo en la casa. Gracias a Dios Paolo ya se fue del sofá y la puerta del baño está cerrada. Escucho como jalan la cadena en el interior del azteca, y echo una carrerita hasta mi cuarto, para no tener que hablar con mi hermano de nuevo.

Estoy más cansada luego de una hora de baile de country que lo que estuve después de correr cinco kilómetros cronometrados en Educación Física. A lo mejor es a esto a lo que se refería la profesora con que algunas cosas que no parecen un deporte, en realidad sí lo son. De todos modos, sigue siendo un baile, y ha empeorado exponencialmente ahora que sé que se supone que debo bailar con un chico.

***

Al día siguiente, la profesora Solden me saluda con alegría en su oficina.

—Buenos días, Guadalupe. ¿Qué puedo hacer por ti?

—Solo tengo una pregunta rápida, si tiene tiempo.

—Dispara —me dice, tomando un gran sorbo de café.

—Pues, Paolo me dijo una cosa, y no puedo creer que algo tan ridículo sea verdad.

—Comprendo, yo también tengo un hermano —dice ella—. ¿Qué te dijo? El mío me dijo una vez que uno entre diez mil nacimientos se dan por el ano en lugar del útero, y que yo había nacido por un trasero.

Abro mucho la boca y estoy segura de que mis ojos se expandieron el triple de su tamaño.

—Ejem, ¿no te dijo algo parecido? —pregunta la profesora, y se muerde el labio inferior—. Bueno, ¿por qué no me cuentas lo que te dijo Paolo?

Me desplomo en el asiento frente a ella.

—Paolo dice que el baile de country es del tipo 'chico invita a chica'.

—Ajá —dice, como si fuera algo de conocimiento común.

Siento como si se me reventara una burbuja en el estómago.

—¿Y por qué no podemos bailar con una amiga?

—Como en cualquier deporte, hay reglas —explica—. Esa es una de ellas.

Mi cerebro piensa en Niles inmediatamente. Tengo que preguntarle qué fue lo que decidió en el CRA con el profesor Lambert, pero si va a bailar, podríamos hacerlo juntos. No creo que lo haya visto bailar nunca, y él definitivamente no me ha visto bailar a mí. Sin embargo, somos atletas lo suficientemente buenos para hacer que esto funcione. Aunque no hay garantía de que saquemos una *A*.

Además, eso no resolvería el problema de que el asunto del baile está muy mal en muchos niveles.

—Pero las reglas tontas deberían cambiarse, ¿verdad? —Mi voz suena temblorosa, a pesar de que normalmente me comporto con más aplomo—. Y esa es una regla definitivamente tonta.

—El baile de country te va a enseñar a trabajar en equipo con alguien con quien tal vez no hayas trabajado antes. Además, se ha hecho de esta manera...

—Ya sé, ya sé, desde 1938.

—Te guste o no, mañana cada chico va a invitar a bailar a una chica —dice la profesora, bajando la taza.

—¿Mañana? —pregunto, con un hilo de voz.

—Sí, Lupe. Ya llevamos un día de retraso por haber cambiado la canción.

¿Cómo es posible que haya dejado que las cosas se arruinaran tanto? ¿Puedo decirle a la profesora por qué sacar buena nota es tan importante para mí? ¿Debo decirle que necesito conocer a Fu Li y tal vez averiguar algunas cosas sobre mi papá? Estoy segura de que si lo digo en voz alta sonaría demasiado estúpido.

Me hundo en la silla.

"No llores. No llores", me repito. Miro hacia abajo fijamente y hago un esfuerzo para que mi barbilla deje de temblar.

—¿No podemos bailar juntas Andy y yo? El que da las instrucciones simplemente dice que agarren una pareja, no especifica si hombre o mujer. —Me empiezan a arder los ojos—. Por favor.

La expresión de la profesora se suaviza, casi como si me entendiera. Se queda mirando por la ventana, pero no dice nada.

Nos quedamos en silencio una eternidad. O quizá, diez segundos.

Cuando finalmente habla, lo hace bajito.

—Lupe, tú puedes lograrlo —dice.

A la salida de la escuela veo como Niles patea nuestra piedra tres veces, antes de enviarla en mi dirección. Estoy segura de que eso no significa nada en particular.

Todavía estoy digiriendo lo que dijo la profesora.

Sé que debería contarle a Niles que los chicos tienen que invitar a las chicas a bailar frente a toda la clase en el gimnasio, pero... no sé si a mí me corresponde decírselo; quizá eso le toque al profesor Lambert y al CRA. Aunque, ¿qué tal si allí se aseguran de que Niles se sienta cómodo con la parte de bailar, pero no le advierten sobre lo otro?

Me paro frente a él de un brinco.

—Necesito hablar contigo.

—Está bien —dice.

—Paolo nos dijo a Andy y a mí que el baile de country va a ser del tipo 'chico invita a chica' —le suelto rápidamente—. Y hoy lo confirmé con la profesora Solden.

La expresión facial de Niles no cambia.

—Debí habértelo dicho antes —continúo. Pienso que ha llegado el momento de arrancar el apósito adhesivo—. Y hay más

—añado, soltando un resoplido—. Mañana mismo la profesora va a hacer que los chicos saquen a bailar a las chicas.

—Ya lo sé —dice Niles, y se encoge de hombros.

—¿Qué quieres decir con que ya lo sabes?

—Quiero decir que ya lo conversé con el profesor Lambert.

—¿Y te parece bien?

—Pues, no me importa mucho el asunto del baile, se parece un poco a las artes marciales. —Dobla un brazo y acerca el codo al costado, mientras extiende el otro brazo frente a él, echando una pierna hacia atrás. Entiendo lo que dice, pero el baile de country no es ni de cerca así de genial—. Es elección mía —continúa él—. Y puedo controlar cómo voy a tocar a las otras personas y a quién sacar a bailar. Por eso es que fui al CRA, necesitaba aclarar el asunto.

—¿Por qué no me lo dijiste? —pregunto.

—Perdón, pensé que lo sabías.

Me vuelvo a situar a su lado, y seguimos caminando.

—No —digo, y suelto un suspiro—. Qué día tan horrible.

—¿Yyy? ¿Qué parte crees que fue la mejor? —pregunta.

Me quedo pensando en la conversación con la profesora y en que el día realmente no mejoró.

—Todo salió mal.

Niles se detiene por un momento y arruga la frente.

—Pensé que había sido un gran episodio.

Caigo en la cuenta de que no estamos hablando de la misma cosa.

—¿Te refieres a *Doctor Who*?

—Sí. No hemos tenido oportunidad de ponernos al corriente.

—Él sigue caminando y, tengo que admitir, agradezco pensar en otra cosa durante un rato.

—Ah, bueno —contesto—. Me gustó que cuando las criaturas como albóndigas podridas estaban a punto de ser destruidas por los furwimpians, se fusionaron en una albóndiga gigantesca.

—Sí, eso estuvo genial. —Asiente.

—¿Y tú qué opinas?

Se demora en contestar.

—Bueno, me gustó que el Doctor se tomó su tiempo para entenderlos y saber qué estaban tratando de decir. A pesar de sus diferencias y de que la situación se puso muy caótica, esperó hasta que todo estuviera más tranquilo y encontró la forma de escucharlos y comprenderlos.

—Sí, entiendo —digo.

Cuando llegamos a la puerta de mi casa, Niles recoge nuestra piedra.

—Nos vemos en la mañana.

—Adiós, Furwimpian.

—Adiós, albóndiga podrida —me contesta, agitando la mano para despedirse.

En la casa de al lado, Delia está llenando con semillas para pájaros un comedero que se balancea de un gancho metálico de jardín. El gato de los Núñez está sentado debajo de las semillas que se derraman, mirando ansiosamente.

—¿Tú que piensas, Manchas? —le pregunta Delia al gato—. ¿No crees que esto servirá para admirar a los pájaros?

Estoy casi segura de que veo como Manchas se lame los labios en respuesta.

—Hola, Delia —digo.

Mi vecina se voltea hacia mí, y noto que tiene un poco de polvo de las semillas en el pelo.

—Buenas tardes, Lupe. ¿Pasó algo en la escuela que invite a la reflexión?

Pienso en los chicos con los que tendré que bailar.

—Todo lo contrario.

—¿Hay algo que quieras conversar? —pregunta, e inclina su cabeza preocupada.

Considero por un momento la posible conversación, pero no creo que ni la más mínima onza de la psicología de Delia pueda ayudarme a procesar esto. Suspiro.

—No, gracias. Tal vez mañana.

—Bueno, ya sabes dónde encontrarme si cambias de idea —me dice.

Arrastro los pies hasta la casa y luego hasta mi cuarto. Dejo caer la mochila, me desplomo en la cama y me quedo mirando el techo. Las sombras empiezan a cambiar a medida que oscurece afuera. Para cuando escucho el carro de mi mamá traquetear en la entrada, todavía no se me ha ocurrido nada que pueda ayudarme en mi situación. La puerta principal chilla cuando se abre y, un instante después, se escuchan pasos.

Mamá entra en el cuarto y se sienta en el borde de la cama.

—Becky Solden me llamó.

—¿Otra vez? ¿Acaso los maestros tienen una aplicación para contarse qué hacen sus hijos durante el día? —Me tapo la cara con la almohada—. Si tengo que bailar, no debería tener que hacerlo con un chico.

—No te digo que no esté de acuerdo contigo —me responde. Por el tono de su voz, sé que está medio de acuerdo conmigo—. Pero bailar con un niño no te va a causar la muerte. Juegas deportes con esos mismos chicos todo el tiempo.

—Eso es diferente —contesto.

Lo que ella no sabe es que hasta los de mi equipo ya saben lo del cambio de canción, y probablemente crean que soy una perdedora. Pero eso no es lo importante. Debería poder elegir con quién tengo que andar dando vueltas y giros frente a todo el mundo. Si no tenemos opción, no deberíamos bailar para nada.

—Es decir, ¿qué tal si soy gay? —pregunto—. ¿No debería de poder bailar con una chica?

—¿Eres gay?

—No sé. Apenas tengo doce años, supongo que lo averiguaré en un par de años.

Ella me quita la almohada de la cara y me frota la cabeza.

—Entonces, ¿de qué se trata? ¿De que no quieres bailar country o de que no quieres bailar con chicos?

—Las dos cosas. —Repentinamente, extraño a mi papá. Trato de jalar la almohada para volverme a tapar, pero mi mamá me detiene—. Todo —le digo—. Mi vida es un desastre, probablemente me va a salir un seno, o hasta dos, cualquier día de estos, y tengo un grano listo para explotar dentro de una de mis fosas nasales. Además de eso, ¿tienen que hacer más difícil la secundaria con un baile de country?

En la pared, detrás de mi mamá, está colgada la tarjeta de Fu Li. Ya sé que él no es mi papá ni nada por el estilo, pero su sonrisa tiene la misma chispa que tenía la de mi papá cuando todavía jugaba beisbol.

Aunque Fu Li no tuvo que renunciar a jugar para irse a trabajar a un barco pesquero, mi papá, sí. Yo no voy hacer eso.

Me preocupa decirle a mi mamá por qué es tan importante para mí conocer a Fu Li. Ella se ha esforzado muchísimo para que Paolo y yo estemos bien. No quisiera que pensara que no ha hecho lo suficiente.

Por un momento me pregunto qué hubiera dicho mi papá de todo este asunto.

—Extraño a papá —digo, y se me quiebra un poco la voz—. Lo extraño mucho.

—Yo también. Todos los días. —me contesta mi mamá en voz baja—. Pero tú sabes que siempre está con nosotros.

La miro directamente a los ojos. No parece que haya herido sus sentimientos. Respiro profundo.

—¿Ma?

—¿Sí? —dice, y se inclina hacia mí, sonriendo.

Todavía me pongo nerviosa cuando tengo que hablar de mí.

—Hay algo que no puedo explicar.

—Haz el intento.

—Es algo que tiene que ver con papá . . . y con Fu Li. —Siento un retorcijón en el estómago—. Que lo conozca no tiene que ver solo con el beisbol. —No hay forma de que pueda decir en voz alta que necesito conocer a alguien que no haya renunciado a su sueño, sin sonar como si estuviera denigrando a mi papá.

Mamá ladea un poco la cabeza.

—No estoy segura de lo que quieres decir.

—Es que, simplemente necesito conocer a Fu Li. Creo que puede ayudarme con algunas cosas sobre papá.

Mi mamá me abraza, y cuando vuelve a incorporarse tiene los ojos un poco llorosos.

—Pues haz que suceda —dice.

Me enderezo con rapidez, tirando la almohada al suelo.

—¿Entonces estás de acuerdo conmigo?

Mi madre respira profundamente.

—Entender cómo se siente alguien y estar de acuerdo con esa persona no son la misma cosa. Sé que te estás esforzando mucho para sacar excelentes notas, pero creo que tal vez estés viendo esto desde el ángulo equivocado. —Me da unas palmaditas en la cabeza—. Bailar es bueno para el alma, ¿sabes? —Ahora mamá se pone de pie y empieza a mover la panza. Luego regresa a su forma humana normal y me pone su mano en la cabeza—. Encuentra otra manera de sacar una *A* en Educación Física, para que puedas conocer a Fu Li.

Esta platica fue buena aunque no tuvo el resultado que esperaba. Estoy contenta por haberle dicho lo de Fu Li. Pero ¿por qué es tan difícil encontrar a un adulto que entienda lo dañino que puede ser el baile de country y que pueda ponerse de mi parte?

Y, de repente, me doy cuenta. Delia. ¿Cómo no lo pensé antes? Como psicóloga infantil, ella solita logró que la escuela cambiara la hora de entrada de las 7:25 a las 8:10 de la mañana. Solo por eso es una de mis adultas preferidas.

Debe haber algún tipo de estudio por ahí acerca de que los chicos tengan que sacar a bailar a las chicas, y el daño que le causa a la chica el tener que aceptar. Y estoy segura de que también esto es en detrimento de los chicos, pero ese no es mi problema ahorita. Lo único que necesito es que Delia esté de mi lado.

Retiro la mano de mi mamá y le doy un apretón.

—Ma, ¿tenemos suficiente comida para invitar a alguien a cenar hoy?

***

Mi mamá sirve el potaje marrón de hoy de la Crock-Pot en nuestros platos.

—Bueno, estaba pensando —digo.

Mamá y Delia intercambian una miradita.

Paolo está arrimando a un lado de su tazón lo que parecen chícharos arrugados, cubiertos de kétchup.

—¿Ajááá? —dice Delia, y se inclina como si estuviera analizando algo muy importante. Se quita los lentes de leer de la cabeza, los coloca sobre la nariz y su pelo se extiende al doble de su volumen. Sus ojos también se agrandan.

—Resulta que en la escuela, ahora mismo, está pasando algo

que tiene que ver con el baile de country —digo, y me volteo un poco en el asiento para encarar a Delia, mientras finjo no darme cuenta de la mirada de mi mamá.

—Ah, me *encantaba* el baile de country —dice mi vecina, y da unas palmaditas.

No es la respuesta que esperaba, esto no va ser tan fácil como pensé. Carraspeo para aclarar mi garganta.

—No estoy diciendo que no le guste a alguna gente, pero ¿no creen que puede ser dañino? —pregunto.

Mi mamá suspira profundamente, pero Delia pone el codo justo encima de sus cubiertos.

—¿Dañino, Lupe? ¿En qué sentido?

Y . . . lo logré, ¡estoy adentro!

—¿Qué tal si daña nuestros cerebros . . . ?

Mi mamá resopla, pero cuando miro a Delia, veo que está frunciendo el ceño y que la he puesto a pensar. Tengo que atacar ahora cuando tiene actitud de doctora en funciones.

—Y . . . y nuestra autoestima, porque tenemos que bailar con una pareja en contra de nuestra voluntad. Podríamos quedar marcados de por vida —añado.

—Vas a estar bien —dice Delia, y su expresión se suaviza. Luego toma la cuchara y revuelve el engrudo que hay en su plato.

Vaya, eso tomó incluso menos tiempo de nuestros usuales treinta segundos.

Pongo un codo sobre la mesa y recuesto la barbilla en la palma de mi mano. Engullo un bocado de pasta jitomatosa. No debí usar el remedio de Andy para los granos. Puse pasta de dientes adentro de mi nariz, y ahora esto me sabe a menta con salsa de jitomate.

Mamá se limpia algo rojo que tiene al costado del labio.

—Lupe, todavía no entiendo por qué estás haciendo de esto algo tan grande. Si yo te he enseñado algo es a agarrar el toro por los cuernos. Simplemente pídele a un chico, con el que la idea de bailar no te moleste tanto, que baile contigo.

—Nosotras no podemos sacar a bailar a los chicos —gimo.

Delia vuelve a fruncir la frente.

—¿Qué? Bueno, eso es un poco anticuado.

Mi mamá deja el tenedor sobre la mesa.

—Tú no me dijiste eso. Yo pensé que simplemente no querías bailar con un chico.

Yyyyy... ¡Estoy de regreso!

—Y no quiero. Pero definitivamente no debería tener que bailar con cualquier muchacho que, da la casualidad, me sacó a bailar.

—¿Tan mal están los chicos? —me pregunta Delia, ladeando la cabeza—. ¿O solo estás usando eso como pretexto?

Agito la mano como he visto que hacen los adultos cuando no quieren ahondar en algo.

—Ese no es el punto. Si un método es fallido, deberían eliminarlo.

—No los veo eliminando el baile de country, particularmente *square dancing*, por completo, se ha practicado durante demasiado tiempo. Pero si tú sientes con tanta pasión que

85

debería modificarse, siempre puedes lanzar una petición en Change.org.

Delia tiende a llevar las cosas hasta los extremos. Estoy segura de que Change.org es para cosas como proteger a las personas de gobiernos corruptos o salvar vidas.

Mamá se voltea hacia Paolo.

—Tú nunca me dijiste que habías tenido que sacar a bailar a una chica —dice, y se estira y le pellizca un cachete—. ¡Qué galán de tu parte! ¿A quién sacaste?

Paolo pone una cara como si estuviera en el baño y solo le quedara medio cuadrito de papel. Echa la cabeza hacia adelante y se queda mirando hacia abajo, muy interesado en su plato.

—Sí, Paolo. —Me pongo a pensar en todos los platos que tendré que limpiar después de la cena, por el trato que hicimos—. ¿A quién sacaste a bailar?

Mamá le revuelve el pelo.

—Tienes que contarnos todos los detalles.

Delia deja el tenedor sobre su plato como si fuera una pluma sobre un papel.

—Sí. Tengo curiosidad por saber cómo te hizo sentir esa experiencia, Paolo.

Paolo traga y luego empieza a toser. Exagera con gestos como si tuviera un espagueti atorado en el esófago. Pega un brinco y corre hacia el baño.

Puedo reconocer muy bien una evasión, aunque esta fue muy buena, y sé que Paolo no va a regresar a responder ninguna pregunta.

—Guadalupe —dice Delia, con un dedo en el aire. ¡Este es el momento que he estado esperando! Se le ha ocurrido una solución que pueda usar—. ¿Por qué no hablas con un chico en privado? Un amigo. Puedes hacer un trato con él, para que sepa cuándo sacarte a bailar, y tú puedas aceptar. De esa manera, ambos se sentirán cómodos con la situación.

Toda la emoción que sentí hace unos segundos se desvanece. No es que Delia conozca bien mi reputación actual. Además de eso, es demasiado tarde, mañana es el día. Y, el único chico que conozco en la escuela que me habla siquiera es . . .

Mamá y Delia me miran fijamente, mientras engullo el engrudo. Señalo hacia la calle.

—¿Mmmuedo mmmntarme mmmla mesa mmmra ir mmmmer Niles? —pregunto, con la boca llena.

Mamá niega con la cabeza, con decepción maternal.

—Bueno, pero regresa en una hora —responde, y me hace señas de que me vaya. Probablemente está agradecida porque ahora ella y Delia pueden ver *Juego de Tronos* o *El Soltero,* o algún otro programa violento con desnudos, sin tener que ponerle pausa cada vez que entro a la habitación.

Tomo la última entrega de la novela gráfica *Amuleto* de la mesita que está a la entrada (Paolo me pidió que se la diera a Niles), y la meto como puedo en el bolsillo de mi suéter con capucha. Ya estoy a medio camino de su casa cuando termino de masticar. Cualquiera que me vea corriendo hacia allá pensará que es por la lluvia torrencial que está cayendo, en lugar del asunto de vida o muerte que realmente es.

Estoy empapada y doblada por el dolor que siento en el costado por la carrera, cuando la mamá de Niles abre la puerta.

—Lupe, entra antes de que te enfermes —dice la señora Foster, y me jala hacia adentro.

Decido que es mejor no decirle que no hay virus en el agua de lluvia. El aire dentro de la casa es pesado y huele como a fogata de campamento porque hay un leño quemándose en la chimenea.

—¿Quieres sentarte? —La señora Foster señala un sofá antiguo, con patas de madera tallada en forma de leones.

El señor Foster está recostado en su sillón reclinable, junto al sofá, leyendo uno de los libros de la serie *La torre oscura*. Todavía lleva puesto su karate-gi, lo que indica que él y Niles estuvieron en clase de artes marciales. El señor Foster ha estado llevando a Niles al dojo desde que el mismo Niles era un Dragoncito.

Daría todo por tener lo que tiene Niles, un papá que se asegura de que su hijo tenga el apoyo y todo lo que necesita, algo que él dice que no tuvo cuando era niño.

El señor Foster levanta la mano para saludarme.

—Sí, Lupe, siéntate —dice, alzando el libro—. ¿Te interesa escuchar como la raza humana lo echa todo a perder esta vez?

—No, gracias, veo las noticias. Solo vine a ver a Niles —contesto.

—¿Algo no anda bien? —pregunta la señora Foster, y arruga la frente.

—En realidad, no. Es solo que tenemos una tarea difícil en una de las clases.

La mamá de Niles me conduce rápidamente al comedor, donde antes tenía un montón de material para hacer álbumes de recortes, pero donde ahora guarda un arsenal de aceites esenciales en una vitrina china. Se escuchan tintineos de vidrio cuando ella alcanza un pequeño gotero médico de cristal. Las dos filas de frasquitos a cada lado de la vitrina se tambalean, hasta que caen como fichas de dominó.

—¡Ah, acá está! —dice ella, entrecerrando los ojos para mirar la botellita que tiene en la mano—. Sándalo de Hawái, menta, pachuli y vainilla. Una mezcla de mi propia creación, a la cual he llamado . . . —añade casi en un susurro— "Ánimo".

Antes de que pueda protestar, ya está poniendo una gota en cada una de mis muñecas.

—Esto te ayudará —continúa. Y luego me deja caer una gota en la coronilla—. Ahora eres un difusor andante.

—Genial —digo, y me huelo—. Gracias. Huele a galleta navideña horneada en leña.

La señora Foster entrecierra un ojo.

—Déjame llamar a Niles. ¡Niles! —grita.

Nunca le he pedido a un chico nada como esto. Aunque Niles es diferente, es como mi hermano, pero aun así me sudan las manos.

La cabeza de Niles se asoma, como si fuera la de una tortuga, por la puerta de su cuarto.

89

—Hola, Lupe —dice luego de unos segundos, con el cuerpo todavía por detrás de la puerta.

Luego sale al pasillo. Lleva puesta una pijama nueva de color amarillo mostaza con negro, como un mameluco, que se le arremolina en los tobillos.

—Hola —le digo.

Niles me sonríe y entra al comedor. Se inclina un poco hacia adelante y olfatea.

—Oh, no —susurra—. "Ánimo". ¿Qué sucede?

La señora Foster aún no se ha marchado. Sí, es muy amable y todo, pero definitivamente es una de esas mamás a las que no les da miedo escuchar las conversaciones.

—¿Quieren algo de comer?

El misterioso potaje de chícharos que hizo mi mamá me da vueltas en el estómago, haciendo un borboteo incómodo.

—No, gracias.

La señora Foster le echa una mirada a un entrepaño diferente de la vitrina, y me pregunto si tendrá un aceite esencial llamado "Digestión".

Por fortuna, Niles también agrega.

—Así estamos bien, mamá.

—Bueno. Entonces, supongo que te dejaré con tu visita —dice finalmente, y se marcha a la cocina.

Niles y yo caminamos por el pasillo hasta su cuarto. Al llegar, Niles señala el bolsillo de mi suéter.

—¿Qué es eso? —me pregunta, sonriendo.

Pongo los ojos en blanco.

—Sabes perfectamente bien qué es. —Saco la novela gráfica y se la doy.

—¡Ajá! —Se queda mirando la portada y se le iluminan los ojos—. Lo estaba esperando hace siglos. ¿Le darías a Paolo las gracias de parte mía?

—Sí, sí. —Le echo una mirada a su colección de novelas gráficas. Las tiene apiladas de acuerdo con los colores del lomo, así que las torres de color azul, rojo, amarillo y verde parecen minirascacielos. Los chicos como Paolo y Niles probablemente vean esas torres como millones de mundos a los que pueden escapar—. Ni siquiera parecen libros de verdad —digo, mirando los edificios de libros coloreados.

Niles me mira. Noto cierta molestia en su mirada.

—Oh, estos son libros de verdad, Lupe. —Sostiene por un momento el ejemplar que acabo de traerle como si fuera una reliquia sagrada, y luego lo deposita en el buró.

Sus útiles de artes marciales están en el lugar de siempre, en una silla al lado de su cama. Su nuevo cinturón marrón y los chacos de hule espuma descansan sobre su karate-gi blanco. Niles puede parecer muy zen la mayor parte del tiempo, pero he ido a algunas de sus pruebas para cambiar de cinturón, y digamos que estoy muy contenta de tenerlo como aliado.

Justo a la izquierda del póster de *Operación Dragón* de Bruce Lee hay una copia enmarcada de las "Reglas de la casa" del dojo de Niles. En la lista hay reglas como: "Seré siempre honesto", "Seré siempre amable con todos los seres vivos", "Terminaré siempre lo que empiece", "Respetaré siempre a mis padres, maestros y mayores". A Niles le gustan estas reglas, y lo entiendo. De hecho, él las pone en práctica en su propia vida.

Pero, a diferencia suya, yo encuentro algunas de estas reglas cuestionables. Por ejemplo: "Diré siempre buenos días y buenas noches a los miembros de mi familia", "Mantendré siempre mi cuarto limpio", "Ayudaré siempre con los quehaceres de la casa", "Mantendré siempre mi pelo, mis dientes y mi cuerpo limpios".

Mi mamá le pidió a la mamá de Niles una copia de las reglas para ponerla en mi cuarto. Puede que yo las haya "extraviado".

En el buró también hay una foto de Niles con los Dragoncitos de tres a cinco años. Junto a ella, veo un bloc de *post-its* que dicen cosas como "¡Buen trabajo!", "¡Superestrella!" y "¡Bien hecho!". Niles escribe esas notas para ponerlas en la frente de los niños después de clase. Inventó el método y, por lo visto, pegó . . . literalmente. Ahora otros instructores también ponen este tipo de notas en las manos y en las frentes de los niños.

—¿Puedo escribir una? —le pregunto.

—Claro. —Se encoge de hombros.

Tomo una pluma y escribo en un *post-it*: "¡En karate nadie se queja!".

Niles hace un gesto, me quita la nota y la deposita gentilmente en la basura.

—Tal vez sería mejor dejarme las notas inspiradoras a mí.

Señalo el logo de *Star Trek* en su pijama nueva. No lo hubiera notado, excepto porque, durante los últimos seis meses, Niles ha ido rotando dos pijamas, la del Dalek de *Doctor Who* y la del Telescopio Hubble, que le regalé en sus dos últimos cumpleaños.

—¿Qué onda con la nueva pijama? —le pregunto.

—Nada, solo algo nuevo —dice, con la vista puesta en un cajón del armario.

No sé por qué, pero siento una punzada de nerviosismo. Espero que este nuevo interés sea pasajero.

—Quiero pedirte una cosa. —Tomo aire.

—¿Qué onda?

—Es sobre el asunto de los chicos invitando a las chicas a bailar en Educación Física. —Ahora, además, me sudan las manos y siento que los pies se me calientan—. Creo que hay una manera en que podemos ayudarnos mutuamente.

Los pasos de la señora Foster se escuchan frente a la puerta y luego se detienen. Sé que está escuchando en la esquina del pasillo.

—La mayoría de nosotros en verdad no quiere bailar, así que si los chicos tienen que sacar a bailar a las chicas, ¿no preferiríamos todos bailar con un amigo o una amigaaa? —Me señalo a mí misma.

—¿Esa amiga huele mal? —me pregunta.

Me huelo una axila.

—Eso no importa. Mira, he estado pensando acerca de este asunto. —Me inclino hacia adelante—. Me refiero a mí. Deberías sacarme a bailar.

Niles cierra un ojo y tiene los labios apretados. No le había visto antes esa expresión, así que no estoy segura de si tiene que ir al baño o si está pensando profundamente.

Le pongo la mano en el hombro, como he hecho durante años.

—Número uno: si tenemos que bailar, al menos deberíamos bailar con alguien con quien no nos moleste hacerlo.

—Eso tiene sentido —dice, y se frota la barbilla cuando contesta.

Dejo escapar el aire, sonriendo.

—Sí, y número dos: tú eres la persona más ágil en dos piernas que conozco.

Finalmente me devuelve la sonrisa.

—Va —me dice—. No estaba seguro de a quién iba a sacar, pero supongo que va a ser divertido bailar contigo.

—Entonces, ¿es un trato?

—Trato hecho. —Nos damos un apretón de manos.

—¿Puedo? —le pregunto. Esa es nuestra señal para saber si puedo abrazarlo. Niles me explicó que percibe un abrazo de manera distinta a una palmadita o un 'chócalas', aunque sea de una amiga. Un abrazo es algo que puede resultarle abrumador, así que prefiere que le pregunten antes.

Asiente con la cabeza y nos abrazamos brevemente.

Supongo que nunca había pensado en Niles invitando a otra chica a bailar. Y, definitivamente, no hay otro chico con el que yo querría bailar. Pero juntos lo haremos superbién (o eso me digo a mí misma), y puede ser bueno para los dos. Después de todo podré conocer a Fu Li. Todos ganan.

Me dispongo a irme cuando Niles se mete al baño. Luego de unos cuantos segundos, escucho como se cepilla los dientes y, de pronto, saca la cabeza por la puerta.

—Buena noche, Lupe —murmura, con la boca llena de pasta de dientes. Luego vuelve a cerrar la puerta.

Sonrío ampliamente al pasar frente a su lista de "Reglas de la casa": "Diré siempre buenos días y buenas noches a los miembros de mi familia".

Al salir casi me estrello contra la señora Foster, quien finge que iba caminando por el pasillo y que no había estado parada en el mismo sitio durante varios minutos. Me sonríe y me da un abracito, antes de decirme que salude a mi mamá de su parte.

De salida, paso frente al papá de Niles, que suspira y cierra el libro.

—Muy listo ese King —me dice, levantando el libro para enseñarme la cubierta.

Alzo las cejas al ver la ilustración, una figura oscura con ojos fosforescentes.

—No estoy segura de que pudiera dormir después de leer eso —le digo.

—Yo igual —me contesta—. Necesito reiniciar mi mente, y para eso uso este. —Se agacha, y del otro lado del sillón reclinable saca otro libro. En la cubierta se ve una puesta de sol detrás de una ciudad dos veces más grande que el centro de Los Ángeles—. Es solo un poquito menos espantoso.

Me río, y él me devuelve la sonrisa.

—Niles y yo leeremos un fragmento de esto antes de dormir. ¿Te gustaría quedarte y leer con nosotros?

Me gustaría decirle que sí, pero ya estoy retando mi suerte con mi mamá.

—Me gustaría poder quedarme, señor Foster, pero mi mamá me dijo que regresara de inmediato a la casa.

—Bueno. Es una invitación permanente, Lupe. Eres bienvenida a nuestro club de lectura familiar cuando quieras.

Siento un leve ahogo en el pecho. Es decir, me gustaría tener a mi propio papá de regreso, pero también me gustaría tener un papá como el de Niles.

El señor Foster baja el libro y alza la mirada.

—Bueno, buenas noches, Lupe —me dice, y suena muy parecido a su hijo.

Espero que Niles sea justo como su papá cuando crezca, así tendré a alguien interesante con quien pasar el rato cuando seamos superviejos, como el señor Foster y como mi mamá.

Le digo adiós con la mano y me apuro a salir.

La lluvia ya cesó, y respiro profundamente. Lo logré, mi misión de hallar un compañero de baile ha terminado. Corro todo el camino de vuelta a casa, dejando a mi paso un rastro de vainilla, fogata y galleta, con una gran sonrisa en la cara.

No es la solución perfecta, todavía tenemos que bailar, pero Niles y yo lo haremos en nuestros propios términos.

CAPÍTULO 8

Debe ser luna llena o algo parecido. Los pasillos de la escuela están extremadamente peligrosos para ser martes. Y, encima de que el piso está mojado gracias a una tormenta, alguien acaba de lanzar una pelota de playa. Ahora todo el mundo le está prestando más atención a la pelota, que va de aquí para allá, que al lugar por el que caminan. Andy, Niles y yo salimos de la cafetería. Andy se detiene para echar la basura a los contenedores de reciclaje, y Niles me jala del brazo antes de que un chico que se viene deslizando por el pasillo me lance al lodo.

Niles me suelta rápido para ajustar algo en su camiseta con el estampado de una tuza de bolsillo en peligro de extinción. Justo arriba del roedor dientón descansa un pin en forma de una *A* alargada y dorada. Estoy muy segura de que es otra cosa relacionada con *Star Trek*.

La rutina de Andy de separar cada material reciclable toma suficiente tiempo como para que yo pueda confirmar que seguimos de acuerdo.

—Niles, solo para asegurarme, ¿el trato sigue en pie?

—Tenemos menos de dos minutos antes de ir a los vestidores. Después de eso, no podremos hablar hasta que los chicos tengan que sacar a bailar a las chicas. Eso, y Andy ya casi termina de separar la basura.

—Hey, chicos. —Gordon viene caminando hacia nosotros, agitando la mano como si estuviera abanicando una fogata.

Perfecto. Ahora tengo que preocuparme porque un entusiasta del baile de country se vaya a enterar del arreglo que he hecho con Niles y le vaya a contar a la profesora Solden. No obstante, continúo.

—No se te ha olvidado . . .

—Por supuesto que no —dice Niles.

Gordon nos interrumpe alzándose la parte inferior de la camiseta hasta la cabeza. La cara de Darth Vader cubre su rostro. Estoy pensando en cómo debería reaccionar cuando él empieza a entonar un apagado "Dun, dun, dun. Dun du dun, dun du dun". Luego se baja la camiseta.

Niles alza las cejas y presiona el pin que lleva en el pecho, que hace un ruidito como un trino.

Gordon se ríe.

—*Touché,* Tripulante Niles.

Siento la misma punzada de antes en el estómago, y le pongo la mano sobre el brazo a Niles.

—Niles, tú crees que . . .

Pero mi amigo está distraído. Gordon está blandiendo algo que está envuelto en papel aluminio. Lo sostiene frente a sí, haciendo un ruido que suena como "tsiú-tsiú-tsiú". Nadie más podría ejecutar ese zumbido tan perfecto como Gordon, gracias a la ausencia de sus dos dientes frontales. Termina de quitarle el aluminio a lo que ahora veo que es una espada láser imaginaria, y da una mordida justo en el momento en que regresa Andy.

—¿Qué comes? —le pregunta Niles a Gordon.

—Un bocadillo. El burrito del desayuno —contesta Gordon, y da otra mordida.

Decido no mencionar que justo acabamos de almorzar. Un trocito de huevo cae al suelo y hace plop.

—Gordon, es la una y cuarto —digo yo—. ¿Cuánto tiempo ha estado ese burrito en tu mochila?

—No hay problema. Mi abuela dice que tengo el estómago de hierro. —Se da unas palmaditas en la panza y luego se limpia una hebra de queso de la barbilla.

—¿Te parece buena idea comer huevos rancios y queso justo antes de Educación Física? —pregunta Andy, y señala con la cabeza el desastre en la mano de Gordon.

—Solo si doy de brincos. Además, ya sé exactamente a qué afortunada chica sacaré a bailar. Vamos a deslizaaarnos por la pistaaa. —Con la mano libre, traza enormes círculos frente a sí, y remata el movimiento con un dedo que apunta hacia mí. Veo que tiene un trozo de huevo en donde deberían estar sus incisivos.

Andy se ríe con un resoplido y se voltea.

Gordon está a punto de arruinarlo todo. Si me saca primero, tengo que decirle que sí.

—Mira, Gordon, no te ofendas, pero . . . —empiezo a decirle.

Mi mamá dice que cuando alguien te dice "no te ofendas", hay muchas probabilidades de que la gente esté a punto de ofenderte.

—Preferiría que no me sacaras a bailar —digo.

—Pero, pero . . . tú dijiste que querías sacar una *A*. Mi abue y yo hemos estado practicando. Creo que tú y yo haríamos un buen equipo. —Gordon pone las manos frente a sí, en gesto de súplica.

Le echo a Niles una mirada, pero él carraspea y se voltea. Andy también está evitando hacer contacto visual con nosotros.

En eso suena el timbre de advertencia y no me queda mucho tiempo para arreglar esto. Me paro frente a Gordon, y bloqueo la vista de Niles y Andy.

—Gordon: No. Me. Saques. A. Bailar. —le digo, mirándolo directamente a los ojos—. ¿Entiendes?

Él cierra la envoltura de su burrito y lo vuelve a echar en la mochila, evitando mirarme. De repente, sus mejillas están rojas.

—Claro, Lupe. Perdóname si te molesté —dice, y camina rápidamente hacia los vestidores de chicos, encorvado y con los hombros caídos.

***

Exactamente como Gordon, Samantha se alza la parte inferior de la camiseta del uniforme de deportes mientras nos alistamos para la clase, pero en lugar de llevársela hasta la cabeza, se la mete por el hueco del cuello de la camiseta, para que parezca un bikini. Con la mayor parte de Samuel Salmón por dentro de la camiseta, lo único que queda es la cabeza sonriente de nuestra mascota y sus pulgares sobre el seno derecho de la chica. Claire y otra de las seguidoras de Samantha se dan prisa en hacer lo mismo.

—Hey, Guadalupina. Andamustia —dice Samantha.

Andy trata de pararse entre Samantha y yo.

—No —me suplica, pero es demasiado tarde. Mi chip barato de respuestas agudas ya está activado, y estoy en puntas de pie, mirando sobre el hombro de Andy.

—Hey, también para ti, Sam-pachanta. —Mi intento de darle énfasis a la palabra me sale más bien como un tartamudeo.

Samantha y sus minios se ríen.

—Ah, esa estuvo buena.

Andy y yo nos marchamos, derrotadas, hacia el gimnasio.

—¿Por qué haces esas cosas? —me pregunta Andy—. En serio, ¿Sampachanta?

La profesora da tres silbidos cortos. Los chicos salen en bandada de los vestidores y entran en el gimnasio. Treinta segundos después, la profesora vuelve a silbar dos veces más. Es como la versión de secundaria de una cuenta regresiva. Todos sabemos que si llega a dar un solo silbatazo y alguien no ha salido de los vestidores, ese estudiante puede recibir una amonestación. Samantha y las otras tres bailarinas salen con toda calma.

Jordyn y algunas de las chicas del equipo de fútbol llegan juntas y nos pasan por el lado.

—Hey, Andy —dice Jordyn, ignorándome por completo.

—Hey, Jordyn —responde Andy, agitando la mano con torpeza.

Ya sabía que había ido a su primera práctica, pero todo esto está sucediendo muy rápido. Siento cómo se me revuelve la panza.

La profesora da el último silbatazo, y ya estamos todos afuera . . . excepto Gordon. Finalmente, logra escabullirse por la puerta, moviéndose como un camello estreñido.

—¡Aprisa, Schnelly! —grita la profesora.

El chico apura un poco los pies, pero no parece moverse más rápido. Solo espero que no le esté afectando lo que le dije.

—Samantha, Claire, Megan, ¡arréglense las camisetas! No vamos a ir a una fiesta de playa en las vacaciones de primavera.

Nunca antes había visto a tres personas poner los ojos en blanco al mismo tiempo. Todas se bajan las camisas y se cubren la panza.

—Caballeros, de este lado. —La profesora señala la línea de tiro libre de la cancha—. Damas. —Ahora señala la línea fuera de los límites—. Todos, pónganse a los lados, a la misma distancia, para que queden frente a frente con alguien de la otra fila —añade, y se pone a dar palmadas como si fuera el tictac de un reloj.

Yo me paro entre Zola Fimple y Andy. Si fuéramos finalistas de un certamen de belleza, nos tomaríamos de las manos en señal de solidaridad, pero lo último que quiero hacer es tomarme de la mano con Zola. Zola, alias la Duende Verde, es una hurgadora serial de narices. O bueno, al menos lo era en segundo grado, y los viejos hábitos no mueren fácilmente. Lo que es peor, eventualmente se enteró de que yo había sido la que le puso el apodo de Duende Verde, y desde entonces no me ha dirigido la palabra.

Ya que todos estamos en nuestros lugares, la profesora se frota las manos como si estuviera complotando hacer que todos los niños de Estados Unidos adoren hacer abdominales y burpis. Luego empieza a hablar.

—Bueno. Este es el momento que todos hemos estado esperando. Hoy se formarán las parejas de baile.

Alguien hace un ruido como de arcadas, y algunas palabras de las que solo se escuchan en un autobús reverberan a través del gimnasio.

—¡Ya estuvo bien! —La profesora se pone frente a la línea de puntos libres—. Algunos de ustedes habrán escuchado las buenas noticias. Las cuatro mejores parejas de cada clase de Educación Física obtendrán un codiciado puesto en el escenario escolar durante el Día del Salmón de Issaquah y una *A* automática de calificación en la asignatura.

Unas cinco personas murmuran, emocionadas, pero la mayoría estamos mirando fijamente al otro lado de la cancha, preocupados porque estamos a punto de tomarnos de la mano con alguien del sexo opuesto que no es nuestra hermana o nuestro hermano.

—Así que les sugiero a los chicos que inviten a alguien con quien crean que pueden hacer buena pareja.

Los chicos tienen la vista baja, como si estuvieran revisando huevos en un cartón. Algunos de ellos fijan de inmediato la mirada en alguien. Gordon está barriendo la fila una y otra vez. Se muerde el labio inferior con su medio diente despostillado. Yo trato de hacer contacto visual con Niles, pero él y Carl Trondson están distraídos, señalando una pelota de voleibol atorada en una lámpara cerca del techo.

—Tal como lo indicamos en la clase, los caballeritos tienen que extender la mano y hacer una pequeña reverencia. —La profesora coloca su pie derecho al frente y extiende la mano del mismo lado, luego inclina la cabeza.

Una oleada de gruñidos emana del lado de los chicos.

—Silencio. —La profesora da un silbatazo y todo está silencioso otra vez.

—Señoritas, invitar a bailar a alguien requiere mucha valentía. Cuando las inviten, ustedes tomarán la mano de su compañero y ambos se desplazarán hasta el centro de la cancha. Así, hasta que todos estén en pareja.

Carl rompe la fila y medio corre y cojea hacia la profesora. Casi se tropieza, por la prisa. Le extiende una nota, y la mujer arruga la frente.

—Está bien, Trondson. Por esta vez te puedes quedar sentado. —La profesora se queda mirando las notas que tiene en su portapapeles y niega con la cabeza.

Carl se sienta en la primera fila de las gradas. Luego levanta el puño en el aire con un gesto de triunfo en dirección a los chicos, mientras la profesora está concentrada en escribir algo.

Niles y yo podemos lograrlo. Incluso en los días en que tengo práctica de beisbol después de la escuela, me queda una hora antes de la cena, en la que podría ir a casa de Niles a practicar. Es posible que podamos llegar a los primeros lugares, y así asegurarme una *A*.

La profesora da otro silbatazo. En esta ocasión es más fuerte y más largo. Luego hace su característico movimiento de meterse la camiseta y subirse los shorts.

—¡Comenzamos! —grita, como si fuera la que anuncia las luchas en la tele.

Al menos dos de los chicos se limpian las manos en los shorts. Para que todo sea más humillante, la profesora presiona el botón de *play*. Empieza a sonar la versión instrumental de "El pavo en la paja" con violines y rasgueos de banjo. Todo este asunto parece un error, y no puedo ser la única que lo vea así.

Blake es el primero en avanzar. Camina con la misma cadencia arrogante que adopta cuando está a punto de batear, y se dirige inmediatamente a donde está Samantha. No es ninguna sorpresa que ella sea a la primera a la que sacan a bailar. Ella tiene los brazos cruzados y mueve los ojos de un lado a otro, fingiendo que está molesta, pero al mismo tiempo se balancea sobre las puntas de los pies. Él se inclina y extiende la mano.

Samantha la toma, y curva un poco la esquina de la boca.

Blake voltea a ver a los otros chicos y les guiña un ojo con un gesto exagerado.

Samantha avanza cruzando un pie delante del otro, como si se dirigiera bailando un vals hacia una pista de baile en un recital, y no hacia el centro del gimnasio. Justo cuando pasa frente a mí, entrecierra los ojos para mirarme. Piensa que ganó, pero yo sé algo que ella no sabe: nadie me va a *obligar* a decir que sí. Yo misma *elegí* decirle a Niles que sí, pero bajo mis propios términos.

Una vez que Blake rompe el hielo, los otros chicos avanzan para sacar a las chicas. Algunas parejas hacen la inclinación y aceptan antes de estar a tres metros de distancia. Es obvio que muchos chicos ya habían hecho un trato, como hicimos Niles y yo.

Como ya tantos se han marchado de la fila, Zola, Andy y yo nos quedamos solas. Allá del lado de los chicos, Gordon mira al piso fijamente, y avanza hacia mí. Su diente despostillado brilla bajo las luces del gimnasio. Pensé que había sido clara, no puedo creer que él esté haciendo esto.

Cuando Gordon está a menos de un metro, extiende la mano hacia Zola. Yo relajo las manos que tenía hechas un puño, mientras Zola se inclina también, su trenza casi toca el suelo, y toma la mano de Gordon.

Carl grita desde las líneas laterales.

—¡Hey, miren! ¡Son Gordon-Zola! ¡Como el queso!

Todos en el gimnasio se echan a reír. Incluso la profesora sonríe antes de dar un silbatazo.

Gordon también se ríe, y luego se pone completamente blanco.

De hecho, se ve dos tonos más pálido que de costumbre. Tiene los labios color púrpura y el labio superior perlado de sudor.

—¿Qué te pasa, Gordon? —Zola le suelta la mano.

Gordon se lleva las manos a la boca, y sus mejillas se inflan como las de una ardilla. Toda la clase retrocede horrorizada en el momento en que un chorro de sustancia viscosa, compuesta de huevo y pedazos de salchicha, se le escapa por entre los dedos y cae al suelo. Andy, Zola y yo pegamos un brinco hacia atrás, pero no lo bastante rápido como para evitar que nos salpique un poco los zapatos. Hay arcadas de solidaridad de algunos estudiantes. Incluso Andy tiene los ojos cerrados y está haciendo ejercicios de respiración para evitar vomitar el almuerzo, lo que resulta sorprendente para alguien que se especializa en vómito de búhos.

La profesora corre hacia Gordon y lo lleva a un lado. Luego, agarra el teléfono y hace una llamada.

—¡Desastre en el gimnasio! ¡Código V!

En menos de treinta segundos, el conserje, el señor Helms, llega corriendo con una lata y empieza a rociar un polvo misterioso sobre la sustancia amarilla.

—Volveré en un instante, quédense quietos —dice la profesora, mientras guía a Gordon fuera del gimnasio.

Durante unos instantes todo está en silencio. Nos quedamos allí parados, digiriendo lo que acaba de suceder.

—¡Krakatoaaaaa! —grita Carl, y hace un ruido como la erupción de un volcán.

Casi todo el mundo se ríe, y entonces empiezan a conversar. Zola no le quita la vista a su zapato, en el que se quedó pegado un trocito de salchicha.

—¿Por qué siempre me pasan a mí estas cosas? —murmura.

El señor Helms continúa rociando polvo, pero se detiene un instante y nos apunta, en señal de advertencia. En cuestión de minutos, está barriendo el desayuno de Gordon.

Finalmente, la profesora regresa frotándose las manos, y todo el mundo se calla. Cuando pasa frente a mí, percibo un tufillo a desinfectante. Nos lleva hacia el otro lado de la cancha de baloncesto, mientras el señor Helms se aparece con un carrito con una cubeta metálica con agua blanca, que huele a esencia de pino.

Cuatro de los cinco chicos que quedaban aprovechan el caos para avanzar y sacar a bailar a sus parejas sin que nadie les preste atención. Las nuevas parejas pegan una carrerita rápida hasta el centro de la cancha, donde está el resto.

Ahora que la mayor parte de la clase está en parejas, solo quedamos unos cuantos. La expresión que tenía la profesora hace un rato, cobra sentido. Incluso desde antes de alinearnos, es obvio que falta un chico.

Solo quedamos Andy y yo, somos las únicas chicas del lado de la línea fuera de los límites.

Y del lado de la línea del tiro libre, solo, queda Niles.

—Ay, no —murmuro, pero sé que Andy puede oírme.

Por asociación, nadie la ha sacado a bailar a ella. Por ser mi mejor amiga ha tenido que pagar un alto precio nuevamente.

Le tiembla la barbilla, justo como el día en que se mojó los pantalones.

—Andy... —le digo, dándole un toquecito en la mano.

—Está bien. No me importa —miente. Luego deja caer la cabeza sobre el pecho.

Niles ya viene caminando hacia mí. Esto es culpa mía. Ahora nadie va a invitar a Andy a bailar.

Niles sigue avanzando. Se detiene justo frente a nosotras y mira a través del hueco entre nuestras cabezas, hacia las paredes forradas de espuma verde. Y entonces, de repente, fija la mirada en Andy. Yo la miro también, y logro ver en su cara una expresión que jamás había visto antes. Le está temblando la barbilla y hace una mueca de dolor, como si fuera a rechazar la oleada de vergüenza que está a punto de venírsele encima.

Esto es horrible y quiero que se termine ya, pero Niles todavía no hace la reverencia.

¿Por qué duda? Extiendo la mano un poquito, para ayudar a que las cosas avancen, y cuando mi mano está a punto de tocar la suya, él se da cuenta y me mira. Luego da un pasito hacia un lado y extiende el brazo.

Entonces se inclina... ante Andy.

Andy y yo nos miramos al mismo tiempo. Escondo rápidamente la mano detrás de la espalda, con torpeza. Samantha se ríe tan fuerte que todo el mundo la puede escuchar por encima de la música.

La profesora da un silbatazo y mira rápidamente a su portapapeles.

109

—Andy, ya sabes qué hacer —dice.

Andy mira a la profesora . . . , luego a mí . . . , luego a Niles . . . , hace una genuflexión y le toma la mano a Niles. Andy y Niles caminan hacia el centro del gimnasio, con el resto de la clase, mientras la cara me arde.

Mientras la profesora cambia la música, todos se me quedan mirando como si fuera un pez borrón. Samantha ahueca la mano y dice algo. Sus amiguitas, e incluso Blake, se empiezan a reír. De fondo empieza a sonar la versión cantada de "El pavo en la paja", y se escucha la primera llamada: "¡Agarren a su pareja!".

Bueno, obtuve lo que quería desde un principio. No voy a bailar. Intento respirar, y siento como si tuviera mi bolsa de resina atorada en la garganta. ¿Pero no era esto lo que quería? Hundo las manos en los bolsillos y doy un paso atrás. Quisiera que la pared me absorbiera, pero en vez de eso, estoy ahí parada, sola, contra la espuma verde. Solo espero que todos estén lo suficientemente lejos para no ver como una lágrima se me escapa de entre las pestañas y me rueda por la mejilla.

CAPÍTULO 9

Zola regresa de los vestidores oliendo a desinfectante de manos.

—Ya que no está Gordon, parece que ustedes dos van a tener que bailar juntas en el día de hoy —nos dice la profesora.

Me quedo con la boca abierta. ¿Por qué ahora se le ocurre eso? ¿Por qué Andy y yo no podíamos ser pareja desde un principio? Me volteo para mirar las manos de Zola por instinto.

Pero la chica se da cuenta de mi nada sutil inspección, porque me echa una mirada furiosa y gruñe como si tuviera atorada una bola de pelos. Ya sé que es un poco hipócrita de mi parte, cuando acabo de limpiarme los mocos con la mano. Además, ¿cuánto daño pudo haber hecho ella entre el dispensador de alcohol y aquí? La llamada indica que nos tomemos del brazo para comenzar a hacer una caminata, y es entonces cuando Zola me jala de la mano, como una mamá enojada jala a su hijito en una tienda, y yo la sigo.

Hace apenas unos días, lo único que quería era que el baile de country desapareciera del horizonte. Ahora, daría lo que fuera por tener a Gordon Schnelly como compañero de baile. Ni siquiera lo veré en la clase de Ciencias para disculparme por la manera en la que le hablé hace un rato. En estos momentos debe estar en la enfermería, poniéndose unos pantalones demasiado pequeños para su talla, y en espera de que sus padres vengan a recogerlo.

¿Por qué Niles tuvo que desviarse de nuestro plan?

Zola me aprieta la mano como si yo fuera la responsable de todo lo sucedido, y tengo que pasar los siguientes veinticinco minutos bajo una sobrecarga sensorial de calambres de mano, sintiendo vaharadas de olor corporal, contemplando un caleidoscopio verde y azul de camisetas que giran y escuchando a un señor demasiado viejo gritando instrucciones de baile con acento de granjero.

***

Andy, Niles y yo caminamos en silencio hacia nuestra siguiente clase.

Llegamos hasta el punto donde siempre dejamos a Andy, que se detiene en la puerta de su salón.

—Lo lamento, Lupe.

Miro a Niles, pero no creo que la haya escuchado.

Andy me da un toquecito en la nariz y entra a su clase de Ciencias Sociales.

Niles y yo nos tomamos del brazo y nos encaminamos a la clase de Ciencias.

El profesor Lundgren lleva puesta una camiseta de color anaranjado brillante con un vaso de precipitado sonriente al frente. De la boca del vaso sale un letrero que dice: "Si no eres parte de la solución, eres parte del precipitado".

Niles deja su mochila y saca nuestros materiales de laboratorio incluso antes de que suene el timbre. Me siento con los codos en la mesa y me tapo los ojos con las manos.

El tintineo de vidrio contra vidrio se mezcla con las voces de los estudiantes.

—Bicarbonato de sodio, clorhidrato de calcio, H_2O, cilindro graduado —murmura Niles.

Le echo un vistazo entre los dedos. Los tubos de ensayo para solución están alineados en un soporte, en nuestra estación de trabajo, y veo que Niles también acomodó una pluma, cinta adhesiva y el libro del laboratorio frente a nosotros.

Cuando Carl entra al salón, algunos estudiantes aplauden. Él se sienta en la estación de laboratorio frente a la nuestra.

Asomo la cabeza por el hueco que separa las estaciones.

—¿Cómo lograste salirte del baile? ¿Qué decía tu nota?

—Verrugas —me dice, y hace una mueca.

—¿Qué? —pregunto.

—Verrugas plantares. Me tuvieron que quitar dos de un talón.

113

—¿Cómo no se me ocurrió eso? —le digo, y me doy una palmada en la frente.

—No es como que lo hubiera planeado. —La voz de Carl se vuelve un chillido—. Duele.

—Mentiroso.

Carl agarra la mochila y saca un frasquito sellado. Dos piedritas granulosas flotan en el interior, parecen trozos de coliflor en descomposición.

—El doctor me permitió quedármelas.

El profesor Lundgren está mirando por encima del hombro de Carl.

—Mmm, formaldehído —dice, como si el frasco estuviera lleno de una golosina deliciosa.

—Este es el peor día mi vida —digo, y pongo las manos en mi cara, sin querer saber nada más del mundo.

Niles se sienta junto a mí.

—Lupe, ¿no estás enojada porque saqué a bailar a Andy en lugar de sacarte a ti, verdad? —me pregunta.

Vuelvo a mirarlo por entre los dedos. Niles se está balanceando. De todos modos, no puedo contestarle, se me puede quebrar la voz.

—Ya sé que teníamos un trato, y ya sé que tú necesitas sacar una *A*, pero cuando le vi la cara a Andy . . .

No le contesto. También yo vi la expresión en su cara. Me volteo un poco, solo lo suficiente para que Niles no pueda verme los ojos. Hizo lo correcto, incluso si eso resulta un poco horrible

114

para mí en este momento. Y supongo que el día podría ser peor, si yo le guardara rencor a él simplemente por ser una buena persona.

—Sí, hiciste lo correcto.

CAPÍTULO 10

Al menos mañana empiezan las prácticas de beisbol, así tendré algo bueno en lo que concentrarme para distraerme del desastre en el que se ha convertido mi vida. Después de la escuela, estoy en mi patio, y todavía me queda una cubeta llena de pelotas, lo que debería ser suficiente para llegar a ochenta y un strikes.

—Sesenta y siete . . . , sesenta y ocho . . . —cuento.

Ya casi termino. Justo en este punto mi papá me hubiera animado para llegar hasta el final, y es en momentos como este en que lo extraño más y me imagino que está conmigo. Está borrosa la zona de strike de mi red a causa de las lágrimas.

"Enfócate. Solo estamos tú y yo. —Papá golpea el centro de su guante con la otra mano—. Tú puedes, Lupe".

Pero yo quiero que él realmente esté aquí, para correr a sus brazos y decirle lo difícil que fue el día de hoy.

Escucho que alguien camina por el callejón, y me apresuro a pestañear para ahuyentar las lágrimas.

Paolo se aproxima en su uniforme de fútbol. Por un segundo, me pregunto si se dará cuenta de que estoy triste.

—Sesenta y nueve... —digo, manteniendo un gesto impasible.

Parece que Paolo va a pasar de largo sin molestarme. Pero no, hace una finta y luego me tira de rodillas. Me saca un poco el aire. Luego me levanta agarrándome por la cintura de los jeans, dándome un *wedgie*. Camina hacia la casa como si nada, como si no me hubiera hecho caer, y posiblemente dañado por siempre mi capacidad para tener hijos. Agito un puño en dirección suya.

—¡Algún día, cuando estés viejo y en una silla de ruedas, yo te voy a empujar por una loma, Paolo!

—¡Buen chiste! —me grita.

Oficialmente, acabo de dar mi segunda respuesta mediocre del día.

Me vuelvo a poner en posición y me reajusto los jeans. Luego lanzo la siguiente pelota y ni se acerca a la zona de strike. Tiro el guante al suelo y me siento en el porche. Todo esto me ocurre porque estoy dejando que el baile de country me derrote.

Papá se pone de pie.

"¿Vas a dejar que un lanzamiento te derrote, Lupe? Los Wong no nos damos por vencidos así de fácil".

¿Que tan patético es que permita que un baile pasado de moda interfiera con mi juego? No puedo rendirme.

¿Qué fue lo que dijo Delia? Change.org me parecía una medida extrema, pero estoy desesperada . . .

Oigo como Paolo prende la ducha, lo que quiere decir que tengo dos o tres minutos antes de que salga del baño (con un olor no mucho mejor que el que tenía antes de entrar, debo añadir). Así que tengo que sentarme frente a la computadora familiar y teclear muy rápido.

Dirigido a:

¡Cualquier persona con un rasgo de humanidad!

¡El movimiento sufragista ha llegado a la Secundaria Issaquah! Por favor, ayuden a detener esta práctica barbárica de baile de country, particularmente *square dancing*, ¡en la que se obliga a las chicas a decirle que sí a pretendientes varones! Esto es una costumbre anticuada que debe terminar inmediatamente. ¡De preferencia mañana, antes de que empiece la escuela! Por favor, escríbanle a la directora, la señora Singh (ver dirección de correo electrónico debajo), para hacerle saber cómo se sienten ustedes ante esta práctica.

Atentamente,

Una ciudadana preocupada

—Bueno, la cosa no puede ponerse peor —murmuro antes de presionar *enter*.

Me paso el resto de la tarde escondida en mi cuarto. Incluso aplico el truco de fingir que limpio mi cuarto. Mi mamá no va a querer estropear un milagro, así que con eso la mantengo a raya, para que no me haga preguntas.

Finalmente me arrastro hasta la cama, pero mi mente no se tranquiliza. Sigo pensando en la campaña de Change.org. No estoy segura si fue una buena o una mala idea. Me quedo mirando al techo fijamente. Luego contemplo la tarjeta de Fu Li, lo que hace que me sienta peor. Me imagino crías de puercoespín recibiendo un baño, pero nada ayuda. Respiro profundamente tres veces, como Pa Wong me dice que haga cuando estoy estresada, y eso más o menos funciona. Cierro los ojos y siento cómo me voy adormeciendo. Todo va a estar bien. Nadie va a leer el mensaje.

***

A la mañana siguiente, me como una concha rancia y me siento ante la computadora antes de irme a la escuela. Doy clic en el icono del sobrecito para leer mi correo, pero algo anda mal. Normalmente tarda solo unos segundos en cargar los mensajes, y cuando aparecen solo hay uno o dos correos basura. Sin embargo, en esta ocasión hay cuatrocientos veintitrés mensajes y faltan más por cargarse. Creo que me hice viral.

El asunto del primer correo dice: "Qué linda, ¡ve por ellos! ¡Yo te apoyo!".

El segundo, dice: "¡Indignante! ¿Tenemos que volver a usar enaguas y cinturones de castidad?". Yo ni siquiera estoy segura de qué son esas cosas.

Mi mamá se aproxima.

—¡Nada! —grito, y me quito de ahí, antes de que ella pueda siquiera preguntarme qué estoy haciendo.

—Okayyy... —dice ella, mirando a su alrededor, confundida—. Necesitas irte ya o vas a perder el autobús.

Siento en el estómago la concha con leche dando vueltas, pero no porque vaya a perder el autobús. Agarro mi mochila y salgo corriendo, con la esperanza de que mi mamá no decida que hoy es el día de empezar a monitorear mis correos electrónicos.

***

La voz de la directora Singh se escucha entrecortada por el altavoz durante la primera clase.

"Ejem... Yo..., eh... Recibí no menos de dos mil correos durante la noche con respecto a cierto asunto escolar".

Entrecierro los ojos y me tapo la cara. Esto es peor de lo que pensaba.

"Al parecer existe una gran preocupación respecto a la igualdad de oportunidades en el baile de country —continúa la directora—. Y estoy de acuerdo, necesitamos cambiar la situación".

No puedo contener el ruidito que hago con la garganta a causa de la sorpresa, ni la sonrisa que aparece en mi cara. Doblo las manos frente a mí, sobre mi escritorio. Por todo el salón se escuchan murmullos. Dos chicos se voltean en sus asientos y se me quedan mirando, asombrados. ¡Eso! Estoy a punto de volverme famosa.

"Por lo tanto —continúa la directora—, además de nuestra sección de baile en Educación Física del tipo 'chico invita a chica', tendremos también un evento adicional de baile de country, que será de género neutro o sin género".

Mi sonrisa desaparece y meto las manos debajo de las piernas. El asombro en los rostros de los chicos se transforma en una expresión como una combinación del dolor de la vacuna contra el tétanos y un martillazo en la rodilla.

"Esto presenta algunos problemas de horario. Así que este año, en lugar de celebrar el Día de los Deportes, los estudiantes de séptimo grado celebrarán el Día Sadie Hawkins, sin género, bailando en el gimnasio —anuncia la directora con entusiasmo—. ¡Cualquier estudiante podrá invitar a bailar a quien quiera!".

Alguien detrás de mí da un golpe en el escritorio.

—¡¿En serio?! El Día de los Deportes es el día más divertido del año escolar.

Un lápiz vuela por el pasillo y cae a mi lado.

—Pues ahora, gracias a *alguien,* ni siquiera podremos celebrarlo —trina la voz de Claire—. Me pregunto quién habrá podido ser.

Estoy segura de que el lápiz salió volando desde su moño de bailarina. Ni siquiera estoy segura de por qué le importa. Ella no es tan buena en los deportes, y no es como que pueda andar haciendo piruetas entre los jugadores de fútbol y de fútbol americano.

Pero la directora continúa hablando.

"A partir de este año, el baile de country en Educación Física será de género neutro. Ya no habrá más discusiones al respecto".

121

El intercomunicador suelta un chillido y queda en silencio.

Estoy mirando directamente al pizarrón blanco, pero puedo sentir todas las miradas sobre mí.

Todos asumen que fui yo. O sea, sí fui yo, pero . . .

La profesora Craig saca su copia de *Los juegos del hambre* y comienza la clase.

—Abran su libro en la página . . .

Me quedo sentada durante la clase, sintiendo alfilerazos por toda la cara, a la espera de que suene el timbre. No levanto la vista de mi libro ni una sola vez, y mayormente olvido pasar la página cuando la profesora Craig avanza en la lectura. Mientras la profesora lee en voz alta, se escuchan todo tipo de exclamaciones y expresiones de disgusto, pero ni siquiera puedo comprender lo que están diciendo. Por fin suena el timbre y me paro antes que nadie.

Me apresuro a salir, pero Marcus sale corriendo de la clase de Matemáticas, en el salón contiguo, y me intercepta.

—Bien hecho, Lupe —dice en tono sarcástico.

Más o menos esperaba algo así de Marcus. Me tiene mala entraña desde que lo derroté y le quité el primer puesto en la rotación del equipo cuando teníamos nueve años. Aunque no se atrevería a actuar así delante de Blake o de alguno de los demás.

Ahora, el resto de mi clase está saliendo del salón, y no hay nadie que me respalde.

—¡Gracias por arruinar nuestras vidas! —dice Timmy Krueger, chocando conmigo.

Su gemelo, Jimmy, viene hacia mí dando pisotones y acerca la cara a cinco centímetros de la mía.

—He oído que esta suele combinar Pop Rocks con Coca, así que tiene dañado el cerebro. —Siento su saliva en mi oído.

—Eso es lo que pasa cuando mezclas cosas —dice Timmy.

No me muevo, con la esperanza de que si me hago la muerta, seré menos visible. Me arden las entrañas cuando escucho este tipo de cosas, pero mis padres me han dicho que no reaccione cuando escuche este tipo de insultos. No vale la pena pelear con estúpidos.

—No, ella es una idiota natural —dice Claire, y todos se empiezan a reír.

Niles está saliendo de Educación Especial del otro lado del pasillo y, en un instante, sé que nadie me hará nada malo. Suelto un poco las correas de la mochila y miro a Niles con cara de angustia, como diciendo "ayúdame", al tiempo que abro mi destornillador sónico imaginario. Niles se apresura, me toma del codo y me pone detrás de él. Adelanta una pierna, dobla las rodillas y extiende la otra mano apuntando hacia afuera, como una daga. Me echa un poco hacia atrás, como si estuviera retirando la carcasa de un animal de una manada de lobos acechantes.

Jimmy se adelanta y trata de jalar a Niles tomándolo del hombro, pero Niles se gira para desasirse y sube los puños en posición de defensa con tanta rapidez que todos dan un paso atrás. Jimmy agranda los ojos, casi como un personaje de caricatura, y levanta las manos, como si estuviera protegiéndose del ataque de un hombre lobo.

—Tú mejor no te metas —dice, con la voz quebrada.

Niles se yergue y me toma del codo otra vez, sin despegar la mirada de ellos. Y, sin decir ni una palabra, me lleva de ahí.

Una vez que estamos a una distancia segura, me suelta.

—¿Puedo? —le pregunto, con nuestra frase en código.

Él asiente, y pongo mi brazo alrededor de su hombro y lo aprieto. Luego lo suelto rápidamente, antes de que alguien pueda vernos.

Niles suspira.

—¿Qué preferirías, bailar el baile de country con esos o comerte diez babosas banana al día por el resto de tu vida?

—Babosas —respondo bajito.

CAPÍTULO 11

Los pinchazos que siento en la panza deben ser algo así como la comezón en la nariz: alguien, en algún lugar, debe estar hablando de mí. Pero empiezo a sentir que más que pinchazos, un cepillo de alambre me azota las entrañas. Así que todos deben estar hablando de mí en todos lados.

Ni siquiera he tocado mi sándwich durante todo el almuerzo, y Niles ya casi termina de organizar por tamaño las pasitas que ha ido sacándole a su "tronco con hormigas" (un apio con crema de cacahuate y pasitas). Lame la crema de cacahuate de una de las pasas y luego se la echa en la boca.

Repaso la cafetería con la mirada, en busca de Andy, pero no la encuentro.

Gordon se sienta junto a nosotros y abre su bolsa del almuerzo.

Saca todo el contenido, y veo que entre sus cosas hay un paquete de hielo, para mantener su comida libre de bacterias. Toma un trago de su bebida naranja de electrolitos y hace una mueca con la cara, como si alguien estuviera mordiéndole el dedo gordo del pie.

—Hey, Gordon, ¿cómo te sientes? —le pregunto.

—Mejor, gracias. —El chico se mete en la boca una galleta Cracker entera. Mastica durante unos buenos treinta segundos, y luego se saca un trocito de galleta de entre los dientes.

—Perdóname por cómo me porté ayer —le digo de improviso—. No debí haberte dicho que no me sacaras a bailar. —Le echo una mirada a Niles, pero él está aplastando una papita crujiente—. Es que . . . , yo ya tenía un plan y . . .

Gordon toma otro trago de su bebida naranja, se estremece y se retuerce como si fuera vinagre.

—Está bien, Lupe. Tú eres buena para algunas cosas. Yo quería tener la oportunidad de demostrarles a todos que también puedo ser bueno para alguna cosa.

Deslizo mi leche con chocolate hacia él y tomo su bebida naranja, como una oferta de paz.

—Bueno. Tú y Zola tendrán hoy su oportunidad.

Gordon levanta la vista, con su medio diente cubierto de galleta anaranjada, y brinda conmigo con la leche de chocolate.

—Gracias. Eso espero.

***

Como no tengo pareja de baile, estoy mentalmente preparada para limpiar gradas, junto con Carl, o para organizar el clóset de balones de Educación Física, pero la profesora no está por ninguna parte. En su lugar, un señor viejito camina hacia nosotros soplando un silbato. Lleva puesto unos pantalones de hacer ejercicios color amarillo desteñido, que parecen no haber visto la luz del día en veinte años. Una gran sonrisa se extiende por toda su cara, mostrando unos dientes demasiado grandes para ser naturales.

—¡Atención, *hooligans*! La Srta. Solden no va a venir hoy. —No se me escapa el énfasis que pone en la palabra *señorita*. Luego baja la voz... apenas—. Estoy seguro de que por razones femeninas —dice, y carraspea. Suena como si estuviera haciendo gárgaras con mayonesa—. Así que hoy seré su suplente. Soy el entrenador Armstrong, y estuve a cargo del programa atlético de la Secundaria North Seattle durante cuarenta años, antes de retirarme. —Suelta una carcajada profunda—. Solo vuelvo por unos días. —Nadie se ríe con él.

Viendo el panorama, estoy segura de que este señor no ha pisado un gimnasio de verdad ni visto a un estudiante en unos cincuenta años.

—Bueno, hoy vamos a colgar nuestras faldas y vamos a jugar un juego de hombres. —Señala el pizarrón, que tiene escrito "Captura la bandera"—. ¡Hoy vamos a la guerra!

Se escuchan vivas y se ven puños triunfantes en el aire. En cambio, Gordon se encorva hasta formar una C, como si su columna vertebral se hubiera vuelto de hule. Aunque acabo de recibir esta excelente noticia para hoy, no puedo menos que sentirme un poco mal por él.

Intento hacer contacto visual con Niles, pero le está prestando atención al suplente. Él tuvo que haber sabido que harían este cambio en la clase, ya que es el tipo de asunto que el profesor Lambert le informa con antelación.

—Me aseguraré de que el equipo ganador obtenga puntos extra —dice el entrenador Armstrong.

No estoy muy segura de si él puede hacer eso, pero voy a necesitar todos los puntos extra posibles. Eso podría ayudarme a sacar una *A*, incluso sin necesidad de quedarme como finalista en el baile de country. ¡Fu Li, allá voy! Incluso si este suplente es supertonto, la profesora Solden no va a retractarse de lo que él nos acaba de prometer. Tengo que ganar este juego.

Si logro que Niles y Blake estén en mi equipo, el caso está cerrado. Empiezo a brincar para ver si logro distinguir a Blake entre los chicos, y lo veo justo cuando me está mirando, pero se agacha y se esconde. Marcus debió haberle lavado el cerebro. Incluso cuando éramos niños y era nuestro primer año jugando juntos, Blake nunca me defraudó. Mi papá decía que existe una regla no escrita: el catcher siempre apoya y respalda a su pitcher.

Entre la multitud, medio que susurro y grito con el sigilo de un rinoceronte.

—¡Oye, Blake! —Sé que puede oírme, pero se voltea en la

dirección opuesta. Si está ignorándome, entonces el resto del equipo va a hacer lo mismo. Estoy por mi cuenta.

El entrenador camina delante de nosotros y levanta un brazo.

—¡Hut, hut, hut! —grita.

Estoy segura de que esa expresión es una mezcla entre un llamado de fútbol y una orden de marcha.

Alcanzo a Niles.

—¿Ya sabías de esto? —le pregunto.

—El profesor Lambert me preguntó hoy en la mañana si me sentía cómodo jugando "Captura la bandera".

—Para la próxima, ¿podrías avisarme? —le digo, y suelto un gruñido.

—Pensé que te daría gusto —me contesta. Y tiene razón. Nunca le he pedido a Niles que me diga cuando el profesor Lambert le avisa previamente de algún cambio en una clase.

—Sí, supongo que debería estar contenta. Solo necesitamos ganar.

Salimos del gimnasio y caminamos por detrás de la pista. Subimos por un camino que solía ser un campo de arquería antes de que alguien, accidentalmente, le diera un flechazo a una gallina de la pradera en peligro de extinción. Ahora, el área se usa para campamentos de los scouts y para jugar "Captura la bandera". Tiene una pequeña porción central despejada, pero está rodeada de rocas y árboles perennes, y por eso es perfecta como campo de batalla.

El entrenador forma los equipos señalándonos: "arriba, abajo, arriba, abajo, arriba, abajo".

129

Mi plan de formar un equipo con Blake está arruinado, pero no solo eso, no puedo controlar en absoluto quién va estar en mi equipo. Me tocó 'arriba'; a Andy, 'abajo' junto con Blake, Samantha y Jordyn. Bueno, al menos me tocó Niles.

—Mezclé las cosas un poco. —El entrenador Armstrong eleva una bandera roja y una azul. Cada una tiene un bulto redondo en una punta—. Envolví una pelota de tenis en cada una de las banderas. Este, jóvenes, será un juego de pases. —Hace un ademán que simula un pase largo—. ¡Nueva regla! Si capturan la bandera del bando contrario, se la pueden pasar a un compañero de su mismo bando. Esto pondrá a prueba su trabajo en equipo. Y si los marcan, quedan fuera. La primera persona que regrese a su propio territorio con la bandera de los oponentes, gana. Tienen tres minutos para esconder su propia bandera, empezando . . . ¡Ya! —Da un silbatazo y arroja las banderas, una a cada lado.

Andy me saluda desde lejos, mientras corre junto a Jordyn. Niles, Gordon y yo corremos por nuestra área y empezamos a buscar un buen escondite. Zola insiste en que deberíamos esconder la bandera en un hoyo, para que sea más difícil desenterrarla. Otro niño gasta veinte segundos preciosos explicando un plan para esconderla en sus shorts y luego tirarla cuando nadie se dé cuenta. Niles levanta la mano.

—Niles —digo, señalándolo, y todos nos inclinamos hacia adelante.

—Ellos van a venir por ahí —dice, señalando el centro—. Por acá. —Señala otra entrada—. O por allá. —Y señala un pasaje estrecho que yo ni siquiera había visto—. Así que no podemos esconderla cerca de ninguno de esos lugares.

Nos quedamos callados durante un momento.

—Entonces —continúa Niles—, tenemos que esconder la bandera donde quede fuera de su campo de visión desde cualquiera de esas tres entradas. —Algunos de nosotros decimos "aaah" y "oooh", como si hubiésemos comprendido.

—¿Y dónde sería eso? —Zola ladea la cadera tan rápido que parece que se la hubiera dislocado.

Niles señala un afloramiento de pequeñas rocas detrás de nosotros, y escuchamos el silbatazo que indica que nos queda un minuto.

Agarro nuestra bandera, que es la azul, y corro al sitio que indicó Niles. Como la mitad de mis compañeros no sienten el menor interés por el juego, y corren para adentrarse en el bosque detrás de nosotros. El único consuelo que me queda es saber que el mismo número de deserciones se lleva a cabo en las filas enemigas, al otro lado del campo.

Si vamos a ganar, necesitamos una estrategia. Hay que enviar primero a los chicos más veloces y dejar a los más lentos en la línea fronteriza, para que defiendan nuestra área. A los demás, hay que enviarlos como distractores, tienen que dispersarse por nuestro territorio.

Niles es más rápido que yo, pero en un juego como este habrá gente corriendo y gritando, y correr en medio de este escándalo puede ser estresante para él. Corro hacia donde está parado, aparte del resto.

—¿Cómo ves la cosa? ¿Quieres ir por la bandera o quedarte de este lado?

—Estaba pensando en quedarme aquí, va a estar más tranquilo —dice, asintiendo.

—¿No te importa marcar gente? No hay problema si no quieres hacerlo.

—Es mejor marcar a que me marquen. —Sonríe—. Vamos.

—¡Genial! Nos va a servir mucho tu velocidad. —Nadie va a poder pasar por donde está él, con los jets que tiene por piernas.

Nos acercamos a los demás y nos acurrucamos con ellos.

—Zola, Niles, a ustedes dos les toca defender la parte externa de la fortaleza. Gordon, tú quédate de nuestro lado y cuida la bandera.

—Puedo hacerlo, Lupe, solo dame un chance —dice Gordon, extendiendo las manos y mostrando las palmas hacia arriba.

Siento pena, y sé que acabo de disculparme con él por haber sido grosera . . . , pero este no es el momento para que se ponga a prueba a sí mismo colocándose en la ofensiva. Necesito los puntos extra, y no estoy segura de que él sea lo suficientemente confiable para atravesar corriendo el territorio enemigo.

—Necesitamos defender el Bosque de Endor. —Hago un ademán señalando los árboles a nuestro alrededor—. Tú eres la persona perfecta para resguardar el tesoro mágico de los orcos malignos.

Gordon ladea la cabeza confundido, y luego levanta las manos.

—Si tú crees que es lo mejor —dice, y camina con paso abatido hasta donde está la bandera.

Niles está al frente, en cuclillas, pero con las piernas separadas, como un luchador de sumo. Tiene las manos en la cintura y los ojos cerrados, mientras susurra para sí mismo. Reconozco de inmediato que esa es la técnica que usa para "entrar en la zona" antes de entrenar. Zola le lanza una mirada, luego respira profundamente y cierra los ojos también.

Una chica llamada Becca, quien es buena corredora, y otros dos chicos están parados por ahí, porque no tienen otra opción. Si bien ninguno de ellos actuaría como si me conocieran si nos cruzáramos en los pasillos de la escuela, todos sabemos lo que debemos hacer aquí.

—¿Ustedes qué dicen, chicos? ¿Nos lanzamos los cuatro a matar? —les pregunto.

—Como sea —responde Becca, y se encoge de hombros.

—Tenemos que ser muy rápidos —continúo—. Lo más seguro es que ellos manden a Blake por nuestra bandera. Es mejor si nos separamos. Si varios logramos penetrar su territorio, solo uno de nosotros necesita agarrar la bandera. Podemos pasárnosla como la papa caliente, gracias a la nueva regla.

Los dos chicos asienten. Becca les grita a otros miembros de nuestro equipo que deambulan sin una tarea asignada.

—¡Usen las rocas para cubrirse! ¡Marquen a los intrusos enemigos!

Suena el silbatazo de salida. Nosotros cuatro arrancamos a

correr y nos dispersamos en distintas direcciones. El mismo número de chicos del otro equipo viene corriendo hacia nuestro lado.

Soy la primera en pasar su línea frontal. Ahora solo tengo que evitar que me marquen, para no ir a la cárcel.

Andy y Jordyn nos persiguen a Becca y a mí, pero logramos esquivarlas. Cuando miro hacia atrás, veo que marcaron a nuestros dos compañeros y ya los están conduciendo a la cárcel.

Más allá, Blake está asomándose por detrás de un árbol. Me ve. No está corriendo, así que eso solo puede significar una cosa: está cuidando la bandera. Veo como entrecierra los ojos cuando me mira, como un puma. Conozco esa mirada, es la misma que les echa a los bateadores cuando los tiene en 0 y 2, y cree que con eso los intimida. Está dejando que lo dominen sus emociones: la victoria es mía.

Me desvío hacia un lado para alejarme, pero le grito a Becca y señalo hacia donde está parado Blake, segura de que la bandera debe estar cerca de él. Blake, por su parte, en vez de quedarse a resguardar la bandera, corre detrás de mí. *Tal* como lo preví.

Dejo que me rebase, doy un salto hacia una roca y trepo hasta la cima. Luego regreso en dirección a su bandera. Entonces veo que han marcado a Becca y que la están llevando a la cárcel, así que no tengo quién me respalde. Estoy sola, pero ahora nadie está cuidando la bandera del equipo contrario.

Un puntito rojo sobresale del suelo justo donde Blake estaba parado antes. Han enterrado la bandera (contra las reglas). Pero nada de eso va a tener importancia dentro de diez segundos.

Siento la respiración de Blake y sus pisadas a un metro de mí, y corro hacia la bandera y la atrapo entre mis dedos.

Busco la ayuda de otro compañero de mi equipo, pero los tres chicos más rápidos han sido atrapados, junto con la mayoría de los demás.

Miro hacia el lado opuesto y veo a Gordon. Está corriendo lo más rápido que puede para alcanzarme, pero aun así viene retrasado. Tiene los ojos muy abiertos y las manos extendidas, moviendo los dedos.

—¡Lupe, aquí!

Dejó completamente desprotegida nuestra bandera y dejó solo a Niles y a Zola al cuidado de nuestro territorio. Tiene la misma mirada desesperada que tenía hace rato, sus ojos me dicen que solo quiere una oportunidad.

Bueno, si esto es lo que quiere para demostrar su valía... Gordon es todo lo que me queda. Y ya Blake está justo detrás de mí. Si me marca, se acaba todo.

—¡Te tengo! —grita Blake, pero demasiado tarde. La bandera acaba de salir de mis manos y está volando hacia Gordon.

Blake me ataca (también contra las reglas) y me caigo, pero el suelo se siente acolchonadito gracias al musgo. Me levanto de inmediato para ver el espectáculo.

Gordon agita los brazos tan alto que parece que estuviera conduciendo una banda de música, pero sus piernas se mueven despacito, como si las tuviera amarradas. Se ve horrible, pero al menos no tiene oposición. Puede lograrlo. Se voltea un segundo con la boca totalmente abierta, y tal parece que tuviera tres

barbillas y una de ellas le llegara hasta el pecho. Entonces…
sin nadie ni remotamente a tres metros de él, empieza a mover
los brazos como si fuera un molino de viento, se encorva hacia
adelante y uno de sus pies se interpone ante el otro, como el
aspa de una batidora. Se cae de frente con una patinada de
maratón, pero aún conserva la bandera.

En ese momento, Samantha se le acerca y, "accidentalmente",
presiona el brazo de Gordon contra el suelo con su tenis de bri-
llitos. Se le queda mirando como si acabara de pisar una cucara-
cha con el pie descalzo, y le arrebata la bandera.

—¡La tengo! —grita Samantha.

Mientras lo dice, se escucha un grito que proviene de atrás de
uno de los árboles de nuestro territorio.

Jordyn aparece desde atrás de un árbol con la bandera azul
en un puño. Como Gordon no la estaba resguardando, ella
encontró la manera de colarse en nuestro territorio.

Jordyn corre como una gacela en dirección a Niles, quien se
yergue lentamente de su postura en cuclillas, como Godzilla
saliendo del océano. Justo en el momento exacto en que ella lo
rebasa, Niles da un salto increíble y surca el aire. Como salido
de una película, extiende una mano en forma de cabeza de fle-
cha para marcarla, con el cuerpo perpendicular al suelo. Se
escuchan rugidos de triunfo desde nuestro lado.

Pero Jordyn, simultáneamente, lanza nuestra bandera hacia
su territorio. El entrenador Armstrong no da el silbatazo, así
que el juego continúa. La sonrisa del suplente hace que parezca

una babosa banana con pantalones amarillos. Niles ya está de nuevo de pie.

Sigo la trayectoria de la bandera azul mientras vuela por los aires y veo que cae justo en las manos de Andy.

Es demasiado tarde, y Niles está muy lejos para poder darle alcance.

Andy agita nuestra bandera azul mientras corre. Ya está a medio camino de la línea fronteriza, en el mismo tiempo que le tomó a Gordon caerse. Andy clava la bandera dentro del territorio de ellos, justo en su base. Samantha y Jordyn chocan palmas con ella. Los gritos reverberan a través del campo y los árboles.

Andy corre hacia mí con una gran sonrisa y la cara chorreando de sudor, y me da un toquecito en la nariz.

CAPÍTULO 12

—Perdóname, Lupe, ni siquiera lo pensé —me dice Andy.

—Obviamente. —Ni siquiera modero el paso, voy directamente de la catástrofe de "Captura la bandera" hacia el peligro de los pasillos superllenos—. Es casi como si hubieras *querido* humillarme adrede, además de todo lo que me ha estado pasando.

—¿Lo dices de verdad? —pregunta, deteniéndose ante la puerta de su salón.

—Pues yo me siento verdadera—digo, tocándome el rostro—. Pero tú . . . —Por mi mente pasa como un fogonazo el momento en que Andy choca las palmas con Samantha y Jordyn. Entonces me acerco y le toco la nariz más fuerte de lo usual—. Tú de seguro ya te sientes como parte del club.

Andy se pone las manos en la cadera y sus fosas nasales se ensanchan. Nunca la había visto tan enojada.

A lo mejor si hubiera sido más abierta con ella acerca de lo mucho que extraño a mi papá y por qué conocer a Fu Li es tan importante para mí, me hubiera dejado ganar los puntos extra. Tengo el corazón acelerado, pero aun así entrecierro los ojos y levanto la barbilla. Ella fue la que de repente estaba tratando de impresionar a Jordyn y a Samantha.

—¿Sabes qué? —dice Andy—. Eres una llorona y una egoísta, Lupe.

—¿Soy egoísta? Tú eres la que *tenía* que lucirse con sus nuevas amigas y ganar el estúpido juego.

La cabeza de Andy despide vapor, puede que sea por haber corrido mucho en un día frío o puede que realmente le esté saliendo vapor por las orejas.

—Últimamente, lo único que te preocupa son tus ridículas causas —dice ella—. Estoy empezando a preguntarme si solo usas a la gente a tu alrededor para obtener lo que quieres. —De repente, sus mejillas se enrojecen—. ¿Nunca se te ha ocurrido pensar que otra gente también puede tener problemas y necesita sacar buenas calificaciones?

Creo que está hablando de cosas que tienen que ver con su mamá, pero los "problemas" con su mamá no van a cambiar muy pronto que digamos, y mi oportunidad de conocer a Fu Li es un poco más urgente en este momento.

—Pensé que me querías ayudar a sacar una *A* —contesto.

Andy mantiene las manos en las caderas y saca el pecho.

—Bueno, tu mamá es maestra, ella puede mover sus influencias para ayudarte, a diferencia del resto de nosotros.

Entrecierro los ojos y me inclino hacia adelante.

—Qué rápido se te olvidó quién te ayudó cuando te orinaste en los pantalones. —No quise decirlo tan alto, pero así me salió y ya es muy tarde. Un par de chicos se voltean y se echan a reír.

—Al menos yo no huelo a bunker y suspensorio. —Andy da un minipaso hacia mí.

Ahora las fosas nasales se ensanchan. Ya sé que debería callarme, pero . . .

—Mi mamá podrá hablar con otros maestros, pero tú ni siquiera puedes enfrentar a la tuya. Voy a estar a medio camino de las Grandes Ligas y tú todavía vas a estar pateando balones de fútbol y escribiendo código informático solo para hacerla feliz.

Andy deja caer las manos a los lados y se queda mirando el suelo. Ni siquiera me mira.

Solo se escucha una risita de una de las cabezas con moño, y luego, de repente, todo se queda muy silencioso.

Cuando Andy alza la vista, parece un perrito abandonado.

Todos los chicos están ahí, mirando. ¿Por qué no puedo retractarme? Andy se está rascando un pellejito de un dedo.

Sigo esperando. Durante mucho tiempo.

—¿Sabes qué, Lupe? Vete a buscar una nueva mejor amiga —dice, y tira al piso el suéter de búho que le regalé de cumpleaños.

140

Niles se echa para atrás y se empieza a mecer. Se balancea de un pie al otro, y eso me hace sentir todavía peor.

Andy entra en su clase dando pisotones, y nos deja a Niles y a mí en un silencio incómodo.

¿Qué acabo de hacer?

De repente, siento la nuca muy caliente y me empieza a temblar la barbilla, que trato de detener mordiéndome la parte interna de los cachetes. Niles y yo nos quedamos ahí parados en el pasillo hasta que él deja de mecerse y yo paro de temblar. Mientras la espera ayuda a que Niles se calme, a mí solo me da más tiempo para sentirme horrible por lo que acabo de hacer.

Suena el timbre de advertencia, y Niles me da un toquecito.

—¿Lupe?

No lo miro. Siento que me voy a quebrar. Él empieza a rebuscar en su mochila y rápidamente saca una cosa y la desenvuelve. La acerca a mi boca y percibo un olor increíble.

—¿Qué es? —pregunto, casi sin poder articular. Enseguida le doy una mordida y comienzo a saborear algo dulce al instante.

—Chocolate amargo. Ayuda mucho, de verdad. —Niles me jala del codo con suavidad y caminamos en silencio hasta la clase de Ciencias.

El salón está a media luz, y a mis ojos les toma un segundo adaptarse a la semioscuridad. Pero estoy agradecida por la oscuridad, para que nadie me pueda ver el rostro. Y el chocolate en verdad ayuda.

El profesor Lundgren está preparando un video de algo que debe ser menos aburrido que sus clases.

Gordon está parado junto a nuestra estación de laboratorio con las manos en los cachetes.

—Lamento haber arruinado el juego. Todavía no los he podido domar —dice, y apunta a sus tenis nuevos.

Estaba tan concentrada en el juego, que ni siquiera había notado los tenis verde neón. Si a mis zapatos les cayeron algunas salpicaduras de burrito vomitado, los de Gordon deben haber quedado empapados.

Gordon se deja caer en la silla, respirando agitadamente. Nunca lo había visto tan molesto. Sé que quería hacerlo bien, pero no pensé que el juego de "Captura la bandera" fuera tan importante para él. Sus gafas protectoras empiezan a empañarse, y como siempre tiene la cara medio enrojecida. No estoy segura de si está hiperventilando o llorando. Todo esto es mi culpa. Este ha pasado de ser un día horrible a ser un día de destrucción masiva. Gordon incluso se ve peor de lo que yo me siento ahora mismo, después de lo que pasó con Andy.

Me inclino para ver si está bien.

—Para la próxima trataremos de hacer el pase más rápido —le digo, y me pregunto cómo es posible que yo haya metido la pata de nuevo. No puedo hacer nada bien. Le doy unas palmaditas en el hombro, aunque nunca hemos sido muy cercanos—. Sé que querías ganar en algo, pero no deberías de sentirte tan mal. Es solo un juego.

La frente de Gordon se pliega por encima de sus gafas protectoras.

—¿Eh?

—Estás molesto por lo que pasó en "Captura la bandera", ¿no? —le pregunto.

—Bfff, claro que no —suelta, y resopla—. Estoy acostumbrado a perder en deportes en equipo.

—Oh...

Gordon toma aire por la boca. Su labio inferior hace un ruido característico, como de tartamudeo, fz-fz-fz-fz-fz-fz. A este paso, no va a recuperarse a tiempo para quedarse callado durante el video de la clase, cuyo título se ve ya en la pantalla: *Soy un pequeño quarkito: confesiones de una partícula subatómica.*

—Ejem, ¿quieres conversar?

—Es mi abue...

—Ay, no. ¿Pasó algo?

—Sí. —Se limpia la nariz con la manga—. Lo peor que podrías imaginarte.

Y yo pensando que lo que pasó con Andy había sido malo. Pobre Gordon.

—Lo lamento mucho. Pero ¿por qué estás aquí? Deberías estar con tu familia.

Gordon se voltea hacia mí.

—¿Por qué tendría que estar con ellos?

—Tu abuelita no..., eh, se... murió o algo así, ¿no?

—No. —Gordon se levanta y da un paso atrás, dramáticamente—. Peor, se consiguió un novio. —Toma un lápiz por ambos extremos e intenta romperlo, y como no lo rompe, suspira y lo tira sobre su libro—. Anoche lo llevó a *él* al centro de ancianos a bailar en vez de a *mí*. Además de eso, Zola

143

no va a practicar conmigo después de la escuela. Dice que no confía en mis reflejos para contener el vómito. Esta es la peor semana de mi vida.

—Que lástima que tu abue se enamorara —le digo—, pero a lo mejor esto está bien. —No conozco a nadie más entusiasmado con el baile que Gordon. Podría ser la pareja perfecta, y si Zola no quiere bailar con él...

—¿Cómo? —pregunta.

—Tú tenías razón, tú y yo haríamos buena pareja de baile —digo—. ¿Qué tal si yo fuera tu compañera?

—¿Y qué onda con Zola?

—Yo sí practicaría contigo; ella, no. Le diremos a la profesora que Zola no quiere cooperar.

—No sé... —Gordon mueve la cabeza de un lado a otro, como una tortuga que revisa si están pasando carros.

Me debato entre revelarle el problema de Zola, la Duende Verde, pero él no parece ser del tipo al que le importen mucho los mocos. ¿Qué ángulo funcionaría mejor con él? Tal vez Andy tenía razón sobre mí, y uso a la gente para obtener lo que quiero, ¿pero qué tal si también le estoy haciendo un favor a él?

—Mira, tú quieres probar que eres bueno en alguna cosa. Yo necesito encontrar una pareja que me pueda conducir al escenario el Día del Salmón. Hasta podríamos practicar este fin de semana —digo, y a Gordon se le iluminan los ojos—. Hoy tengo la primera práctica de beisbol, pero después de cenar puedes venir a mi casa. Incluso puedo darte golosinas.

Finalmente, Gordon sonríe y levanta el pulgar.

—Bueno, pero necesito reacondicionar mi flora intestinal, ¿tienes cosas ricas en probióticos?

Hasta este momento, todo me había salido mal en el día hoy, pero al menos ahora tengo una esperanza porque voy a bailar con Gordon.

CAPÍTULO 13

Mi primera práctica de beisbol es un desastre.

La tierra roja del terreno todavía está húmeda porque llovió más temprano, y las líneas blancas se ven grises y endurecidas. El pasto recién cortado está encharcado al punto de que no puedo ni olerlo.

El nuevo entrenador de equipo, Frankie, empieza con su lista de advertencias:

I. Si alguien falta a más de tres prácticas, pierde su posición regular por toda la temporada. No jugamos tantos partidos, así que esto es muy importante. Si eres regular, puedes jugar en los partidos más importantes. (No me puedo imaginar nada peor que perder mi puesto como primera lanzadora de la rotación y que lo ocupe

Marcus, y escucharlo presumir. No me importa si me enfermo de ébola, no voy a faltar a una sola práctica).

2. No se permiten los ganchos de metal.

3. Solo se permiten cascos de bateo regulados.

4. Es obligatorio el uso de suspensorios deportivos para todos los jugadores.

Levanto la mano cuando lee el punto número cuatro, para decirle al entrenador que, según tengo entendido, no necesito uno de esos. Nadie se ríe de mi chiste, y el entrenador solo enrojece un tono más. Estoy segura de que eso quiere decir que Blake y Marcus han puesto a los miembros del equipo en contra mía.

El entrenador Frankie decide que necesitamos prepararnos mejor físicamente esta temporada, así que tenemos que correr más de kilómetro y medio antes de empezar siquiera a jugar. Normalmente, Blake y yo corremos juntos, delante de los demás, pero hoy él se queda atrás a propósito. Nadie más es capaz ni siquiera de mirarme a los ojos, así que tengo que correr sola, delante de todos.

Blake rompe el hielo a la mitad de nuestra segunda vuelta.

—Gracias a Lupe . . . —grita—, ni siquiera tendremos el Día de los Deportes.

—Mi mamá se la pasa obligándome a bailar con ella, y todo por culpa de Lupe —responde Marcus.

Me doy la vuelta y corro de espaldas.

—¿Por qué eso es culpa mía? Yo no inventé el baile de country.

Mis compañeros de equipo me rebasan y siguen corriendo. Hay cosas que no vale la pena discutir. Estoy convencida de que si a Blake o a Marcus se les pegaran los piojos por los cascos de bateo, de alguna forma también sería mi culpa. Me quedo atrás, y corro detrás del resto hasta que terminamos todas las vueltas y nos encaminamos al terreno.

Nadie cubrió el montículo, así que hay un charquito frente a la goma. Pateo el agua para quitarla, y se me cuela un poco en las zapatillas. Justo antes de hacer cada lanzamiento durante el calentamiento, Blake cambia su mitón de posición. Aun así, logro lanzar un strike cada vez.

Marcus se acerca lentamente a la caja de bateo, y le pega a sus ganchos con el bate, a pesar de que no tiene ningún lodo pegado. Blake se levanta la máscara y le susurra algo a Marcus. Los dos se empiezan a reír, y Blake me mira con sus ojos de puma entrecerrados.

Escucho la voz de papá como si viniera de atrás de mí y del montículo: "No dejes que te distraigan". Yo sé que no es real, pero de todos modos me ayuda a tranquilizarme.

Blake hace la señal para que le lance una recta.

Lanzo una justo al medio, y Marcus la ve venir y apenas hace contacto.

"Solo son tú y el catcher", me dice papá.

Pero lo que la voz de papá no sabe es que el catcher, en este momento, no está de mi lado.

"No tienes que ser la más rápida. Mira a Moyer", continúa la voz. Ya he escuchado antes este rollo. Junto con Fu Li y Randy

Johnson, y quizá un par más, Jamie Moyer fue uno de los mejores lanzadores que han tenido los Marineros. Aunque no era el más rápido, e incluso estaba un poco viejo, era muy inteligente y lanzaba un cambio mortal.

Blake me lanza la pelota de vuelta, pero muy alta, así que tengo que dar un gran salto hacia un lado, y apenas la atrapo.

Tiene el cinismo de pedir otra recta por el centro del plato. Espero que él sí esté usando su suspensorio. Lanzo una recta adentro y abajo. Marcus de todos modos trata de batear, pero no le da a la bola. Blake la atrapa de milagro, y me echa una mirada.

Me encojo de hombros. Sé muy bien que, de alguna manera, me están tratando de sabotear, pero no sé hasta qué punto Blake sabe lo que estoy haciendo.

Normalmente, lo que haría sería lanzar una recta fuera de la zona de strike, para ver si Marcus va o no tras ella. Pero gracias a Blake, quien se supondría que debía cubrirme, Marcus seguramente espera que yo haga justo eso. Acomodo el agarre para una recta de cuatro costuras.

"Centra tu peso en la goma", me dice mi papá.

Me subo al montículo, y encajo bien los ganchos al frente para balancear mi peso sobre los metatarsos.

"No muestres tus cartas".

Meto la mano en el guante, de tal modo que no puedan ver que deslicé el agarre hacia atrás. Ahueco la mano sobre la bola y hago un círculo con el pulgar y el índice, pongo el dedo medio justo en el centro, igual que Moyer.

Blake mueve el guante en dirección a la esquina de afuera, y justo como pensé que haría, hace la señal para que le lance una recta en la esquina de afuera. ¿De verdad piensan que no me doy cuenta de que Marcus se está moviendo hacia el plato? Asiento, mientras mantengo cara de póquer.

Me sintonizo para no hacerles caso a ellos y solo escuchar la voz de mi papá.

"Lo tienes en dos strikes sin bola. Piensa, Lupe. La firmeza es tan importante como la velocidad. Elige el punto exacto para este bateador".

Marcus es un bateador decente, pero solo le gusta jalar la bola.

"Abajo y afuera", le contesto a mi papá en mi cabeza. Doy un pasito hacia atrás y me equilibro.

"Tienes que ejecutar el *windup* con deliberación", me dice papá.

"Sip", le contesto. Levanto las manos sobre la cabeza, asegurándome de esconder mi agarre sobre la bola. Me doblo hacia atrás para mantener el balance.

La voz de papá es clara: "Ya lo tienes".

La lanzo.

Lo que ellos no se esperan ... Mi lanzamiento es al menos quince kilómetros por hora más lento que el anterior. Marcus batea.

Un segundo después la bola cruza el plato, abajo y afuera. Incluso a Blake lo toma por sorpresa. Después de dos intentos para atrapar la bola con el guante, la deja caer y tropieza al recogerla.

—¡Eh!, ¡¿qué fue eso?! —grita el entrenador—. Blake, necesitas estar en sintonía con tu lanzadora.

Ambos son demasiado cobardes para mirarme siquiera, pero de haberlo hecho, habrían visto mis dientes pelados en una sonrisota.

Sigo siendo la primera en la rotación. No voy a permitir que me quiebren. Esto solo me ayudará a ser mejor.

***

Ya en casa, me meto a bañar rapidísimo, y apenas me da tiempo para restregarme los aros rojos de lodo que se me hicieron en los tobillos. Luego voy a la puerta para recibir a Gordon, quien se inclina profundamente y, cuando se endereza, tiene los ojos casi cerrados a causa de su sonrisa de ardilla cachetona. En cualquier otro momento habría pensado que era tonto, pero después de lo que pasó con Andy..., bueno, y con el equipo entero de beisbol, casi me dan ganas de abrazarlo.

Yo también inclino mi cabeza, y todo esto habrá valido la pena cuando la profesora nos autorice a ser pareja de baile.

Por supuesto, Gordon rechaza la barra de probióticos de cacao y coco que le ofrezco. Terminamos los Cheetos y el refresco congelado de lima y limón, y trato de no imaginarme el color de la vomitada que le saldría si salta demasiado. Luego nos alistamos en la sala, con "El pavo en la paja" a todo lo que da en las bocinas de la computadora.

Nos paramos frente a frente y nos tomamos de las manos.

151

Gordon hace una reverencia formal, como si fuéramos a bailar un vals y no un baile de country. Yo le hago una pequeña reverencia. Empezamos con un *swing*, seguido de una caminata. Cada uno adelanta el talón, luego la punta, luego de nuevo la caminata. Gordon va hacia la derecha; yo, hacia la izquierda. Todo está yendo bien, cuando...

De repente, Gordon estira un brazo y me pasa por debajo.

—¡Gordon! Eso no es parte de la rutina.

—Se llama floritura —me dice, y extiende muchísimo una pierna y un brazo, y agita la mano abierta moviendo los dedos, como los bailarines de jazz.

—¿Floritura?

—Sí, floritura. —Levanta las manos como si fueran las alas de un cisne y mira hacia el cielo—. Mi abue dice que los grandes bailarines no lo son gracias a su técnica, sino a su pasión.

—Pero... hay reglas. —Tengo la esperanza de que no nos bajen puntos por las improvisaciones de Gordon.

—Bueno, las reglas son discutibles, y si vas a ser mi pareja, Lupe, te sugiero que mantengas el paso de las florituras —me contesta, y luego me inclina hacia atrás.

Mi estómago se hunde con el resto de mi cuerpo. Pero estoy desesperada, así que si esto es lo que necesito para sacar una *A*, tomaré Pepto-Bismol y dejaré que Gordon haga sus florituras.

***

Después de un fin de semana de practicar, estoy agotada. Pero si el precio de tener a Gordon de pareja es un poco de mareo, vale la pena.

El lunes por la mañana, la profesora Solden está tomándose un café matutino cuando entro en su oficina. Me ve, y baja su vaso de Starbucks (que dice "Bucky", en lugar de "Becky"), luego carraspea. Ya me imagino cómo van a masacrar mi nombre algún día.

—Bueno, estoy empezando a pensar que vas a necesitar que te ponga tu propio escritorio aquí. ¿Puedo ofrecerte un cafecito?

Esto puede salir mejor de lo que pensé, los adultos se juntan para beber café y discutir asuntos solo con quienes consideran sus iguales. Miro alrededor buscando una taza.

—¿En serio?

—Nah —dice, y se ríe como si hubiera hecho una broma supergraciosa—. Pero puedes tomar un poco de agua. —Señala el bebedero.

—No, gracias.

Gordon todavía no llega, y eso que quedamos de vernos a las 7:45 en punto. Apenas tenemos seis minutos para presentar nuestro caso. El reloj marca las 7:56.

—¿Puedo suponer que esta visita tiene relación con la nueva política no binaria resultado de tu campaña en Change.org? —me pregunta la profesora—. Es decir, tiene sentido, si hubieran implementado esto cuando yo era ... —Se queda mirando la nada, como si estuviera viendo algo que yo no puedo ver. Luego niega con la cabeza como para borrar la imagen—. Solo digamos que creo que hiciste bien.

—Pero esa política no se va a implementar hasta el año escolar que sigue. ¿Y cómo sabe que fui yo?

La profesora ladea la cabeza y sonríe. Lo sabe.

—Pero no es por eso que vine —digo, y recorro el paisaje afuera de la ventana. Todavía no hay señales de Gordon.

—¿Oh? —Vuelve a dejar su café—. Estoy muy ansiosa esperando a ver qué cartas tienes ahora bajo la manga.

Son las 7:57, y ya no puedo seguir esperando a Gordon.

—Bueno, supongamos que alguien no está feliz con su elección de pareja, y que ese alguien quiere cambiar.

—No—me dice sin dudarlo.

—Pero, profesora, ¿qué tal si la pareja del chico no tiene ningún interés en el baile de country?

Se ríe.

—¿De verdad? Y eso me lo dice la chica que logró cambiar, ella sola, una regla que tenía ochenta años operando, justo porque tiene muchísimo entusiasmo por el baile, ¿no?

Tiene razón. Una vez más estoy sin pareja. Me hundo en la silla.

—Mira, Lupe, la vida siempre nos pone obstáculos. Pero los obstáculos están ahí para ser superados. —Repentinamente, la profesora está muy concentrada rascando algo del borde de su vaso—. Incluso en algo tan divertido como el baile de country, siempre hay alguien que se queda fuera.

Me fijo en el lugar donde está rascando el vaso, pero no hay nada peculiar ahí.

—Lamento lo de Carl —me dice—. No había contado con eso.

—Bueno, no creo que nadie tenga planes que involucren verrugas, profesora. Pero ¿ahora qué? En lugar de bailar me va a poner a correr, ¿cierto? —Sacar una *A* y conocer a Fu Li me parece imposible incluso si corro durante toda la clase. Fu Li estaba a mi alcance, pero ahora . . . —¿Hay algo que pueda hacer para recibir crédito adicional? ¿Raspar el chicle de las gradas? ¿Quitar las marcas de desgaste en el piso?

—¿De qué hablas? Todavía tendrás que bailar. Lo único que dije es que siempre hay alguien que se queda fuera.

—Pero usted dijo que para sacar una *A* . . .

Me interrumpe.

—Ah, todavía puedes sacar una *A*, pero no te vas a robar a la pareja de nadie.

De pronto escucho mi nombre como si un ratoncito hubiera gritado a través de un popote.

—¡Lupeee!

Me volteo. Por la ventana, del otro lado de la pista, veo a Gordon agitando los brazos y corriendo una vez más como si tuviera las piernas pegadas. Se detiene, saca su bolsa del almuerzo y vacía el contenido en el suelo. Luego empieza a inhalar y a exhalar en la bolsa.

La profesora se levanta y hace una venia hacia la pared. Luego empieza a dar pasos de baile, como si fuera un unicornio en un baile del Renacimiento, mientras finge que sostiene la mano de alguien, a quien hace girar a su alrededor.

Incluso aunque ahora mismo no es mi persona favorita, me duele la panza solo de verla hacer el ridículo de esa forma.

Finalmente, se detiene a medio taconazo y se vuelve hacia mí.

—¿Has escuchado sobre la pareja invisible?

Siento los dedos de los pies entumidos. Ya me puedo imaginar la cantidad de burlas que voy a recibir de todos en la clase si le hago una reverencia al aire. Me levanto de un salto.

—Por favor, profesora, por favor. Correré durante toda la clase, todos los días.

En ese momento suena el timbre, y la profesora camina hacia al gimnasio.

—Eres una atleta. Una voluntad dura es tan importante como una fuerte musculatura, novata.

Me deja sola en la oficina. No soy ninguna novata. Agarro el vaso de café, tomo un gran trago y... de inmediato, pego un brinco y escupo en el basurero. Tal vez aún no soy *tan* adulta.

¿Por qué si hay deportes adecuados para jugar, una buena atleta necesitaría tener una voluntad dura para aprender el baile de country? Lo único que sé es que voy a bailar sola.

CAPÍTULO 14

Gordon, Niles y yo nos acomodamos en nuestra mesa de siempre en la cafetería. Andy pasa junto a nosotros, sin echarnos ni siquiera una mirada. Se sienta en la misma mesa que Jordyn y las chicas del equipo de fútbol. Enseguida empieza a compartir sus papas fritas con Jordyn. Esta es la primera vez en cuatro años que Andy y yo no compartimos nuestro almuerzo.

Entre una mordida y otra, Gordon le explica a Niles cómo cuenta los pasos para mantener el ritmo cuando está aprendiendo un nuevo baile.

—¿Puedo contar en klingon? —pregunta Niles, mientras mete su nuevo ejemplar de *Amuleto* en la mochila y le dedica toda su atención a Gordon.

—Cualquier sistema funciona —responde Gordon, y empieza a contar en lo que, asumo, es klingon: *wa', cha', wej, loS.* —Luego sonríe—. ¿Ves? Eso es lo bonito de la música y del baile, funcionan en cualquier lenguaje.

Luego empiezan a discutir sobre unos animales llamados tauntauns y banthas, pero los ignoro completamente en cuanto la conversación se desvía a la dieta herbívora de los banthas.

Mi mejor amiga ni siquiera me mira. Mi otro mejor amigo parece que tiene un nuevo amigo. Mis compañeros de equipo están enojados conmigo. Tengo que bailar sola frente a todo el mundo.

La situación no podría ser peor.

Me imagino que, a lo largo de la historia, la gente ha deseado, aunque sea una vez, que Educación Física desapareciera. Bueno, yo nunca lo había deseado antes, pero hoy deseo con todas mis fuerzas que hubiera un terremoto, un ataque zombi o un baño tapado que lo inundara todo. Pero aun así, llega el momento de ir a clase.

Andy se viste en silencio, dándome la espalda. Por supuesto, se me olvidaron los shorts otra vez, y no le puedo pedir ayuda. Me pongo los que presta la escuela en estos casos, que son muy incómodos. No digo que no daría cualquier cosa por usar los de repuesto de Andy, pero la extraño a ella más de lo que quiero sus shorts. Esto es lo que Pa Wong llama una lección de vida. Aunque perder a mi mejor amiga, además de tener que usar shorts que causan *wedgies*, es una manera un poco dura de aprender que uno no puede usar a las personas ni olvidarse de que tienen sentimientos. Alzo la mano para ponerla en su

158

hombro, pero ella pone los ojos en blanco, cierra de golpe la puerta de su casillero y se va corriendo.

—Hey, ¡Jordyn! —grita Andy, mientras desaparece en el interior del gimnasio, y me deja atrás.

Miro a mi alrededor, y de repente me siento muy cohibida sin ella. Cruzo los brazos sobre el pecho y camino hacia el gimnasio sintiéndome muy sola.

La profesora nos separa en cinco grupos: cuatro parejas en cada sección. Naturalmente, me toca primero con Samantha y Blake. Todos nos ponemos frente a frente. Yo soy la única persona sin pareja.

¿Qué tan difícil puede ser esto? Tengo el récord de flexiones, carreras de ida y vuelta y escaladas, y todos esos ejercicios son exámenes individuales también.

Los ojos de Samantha se fijan en mi shorts.

—Déjame adivinar, ¿ropa de segunda mano? —dice.

En verdad necesito jalarlos hacia abajo, pero este quizá no sea el mejor momento.

Empieza la música y ahoga nuestras voces, pero puedo escuchar claramente como Samantha le pregunta a Claire si la estupidez se contagia.

"¡Agarren a sus parejas!", escuchamos decir al granjero John en la grabación, al igual que cada vez que la canción empieza a sonar. Sus palabras resuenan muy alto por todo el gimnasio. Le echo una mirada a Niles, que está dándose prisa por colocarse tapones en los oídos. Blake y Samantha se toman de las manos.

Siento cómo se me retuerce la panza, y agradezco que mi mamá nunca prepara burritos para el desayuno. Estiro el brazo, igual que todos los demás, pero mi mano se queda colgando en el aire. ¿Tengo que enroscar los dedos alrededor de una mano imaginaria? Mantengo los dedos estirados y luego trato de curvarlos. Samantha y Claire me ven y se ríen, así que doblo los dedos como si me dolieran y lo hubiera hecho a propósito.

Empezamos haciendo una caminata. Recuerdo cómo bailé la noche anterior con Gordon y anticipo lo que viene a continuación. El próximo paso es una vuelta, con una mano sobre la cabeza. No solo me veo como una de esas ridículas bailarinas de plástico de los joyeros, sino que mis shorts se me suben incluso más.

Si no tengo pareja, ¿qué le importa a la profesora si yo soy la que guía? Me paso al otro lado de un salto. Hacemos una reverencia ante nuestras parejas y nos alineamos frente a frente. Se oye el punteo de las cuerdas de los banjos, y las parejas van pasando al centro, de una en una, para hacer un dos-à-dos. Sin alguien que me lleve, medio adivino cuándo ir hacia atrás, y acabo estrellándome contra Claire.

—¡Ten cuidado, torpe! —me dice.

Cuando estoy en medio, sacando el codo y dando vueltas alrededor de una pareja imaginaria, todo el mundo se ríe. Blake arruga la cara de pena. Ya sé que está enojado conmigo, pero el gesto que está haciendo ahora mismo es peor que si estuviera riéndose. Pienso que incluso siente lástima por mí.

La llamada que se escucha es "cambien de pareja". Durante

un giro me toca con Samantha, y Blake es quien tiene que imaginarse una pareja. Pero no es lo mismo, tiene a alguien con quien ir en unos segundos, y nadie se está riendo de él.

Samantha y yo enlazamos los brazos y damos varias vueltas en círculo. Ella se desliza, sus pies apenas tocan el suelo. En cambio, yo doy pisotones. Samantha no tiene suficiente tiempo de insultarme, pero alza la mano con la que me tiene enlazada y se tapa la nariz.

Clara se ríe, y cuando volvemos a cambiar, hace lo mismo.

El gesto se vuelve viral, y cada vez que me toca una compañera con moño como pareja, también se tapa la nariz.

—Se rumora que sus padres la encontraron en un basurero —susurra Samantha, el susurro más alto de la historia—. Por eso apesta a pañal sucio.

Luego la llamada dice: "Damas y caballeros, el aro". Ahora me toca junto al grupo de Niles y Andy, y sé que Andy puede oír todo lo que están diciendo. Niles está contando en klingon al ritmo de la música, así que entre el método de Gordon y los tapones para los oídos, está demasiado concentrado para poder escuchar los comentarios de Samantha.

Pero Claire habla lo suficientemente alto como para que cualquiera de nuestro grupo pueda escucharla.

—El experimento científico salió mal, es demasiado bajita para ser humana.

He aprendido a ignorar este tipo de comentarios y de gente, pero cuando veo a Carl rascando chicles pegados y gargajos secos de los lados de las gradas ...

Daría lo que fuera por tener sus verrugas en los pies ahora mismo.

Ya ni siquiera escucho las llamadas. Choco contra alguien detrás de mí y le doy un pisotón. Quienquiera que sea pega un grito. Me doy la vuelta, y Samantha está sujetándose un pie y dando saltitos. Se queda mirando el reguero de adornos brillantes que yace en el suelo.

—¡Estos son tenis Pinnacle! —Se agacha y comienza a recoger los adornitos de color rosado como si fueran diamantes.

—¡Arriba, Pinkerton! —grita la profesora—. Y de ahora en adelante usa tenis apropiados para el gimnasio.

Termina la canción y nos movemos a otro grupo de cuatro parejas. Ahora me toca con Gordon y Zola, puedo respirar de nuevo. Ya sé que no soy la persona favorita de Zola, pero al menos no quiere matarme.

Si tan solo pudiera bailar con el "floriturante" estilo de Gordon, en vez de sostener una mano invisible y tropezarme con mis propios pies. Cambiamos de pareja, y ahora estoy con Zola. Llegamos a la parte en la que se supone que demos vueltas una alrededor de la otra, y a medio recorrido choco sin querer contra Gordon y lo mando al suelo. Me esfuerzo para ayudarlo a levantarse. La profesora me mira y hace una nota en su portapapeles.

Volvemos a cambiar una última vez y estoy con Andy y con Niles. Niles no deja de contar: "Wa', cha', wej, loS". Es adictivo, y me doy cuenta de que yo estoy diciendo los números mentalmente. Niles sostiene la mano de Andy, lo que significa que se siente cómodo bailando con ella.

En cuanto se escucha la llamada de cambiar, Andy extiende la mano, pero no me mira. Su mano está inerte en la mía, daría lo mismo si yo estuviera bailando con un trapeador.

Incluso cuando Niles baila con mi pareja imaginaria, va perfectamente a tiempo, gracias a la sugerencia de Gordon de ir contando. Pero cuando vuelven a emparejarse, Niles pisa sin querer a Andy.

—¡Auch, Niles! —grita Andy, como si regañara a su hermanito.

Niles se encoge y se echa hacia atrás.

Me acerco para confortarlo, pero antes de que lo alcance, Andy le pone la mano en el hombro.

—Perdóname —dice, en un tono de voz más suave—. Es solo que tengo un padrastro en una uña.

Ya hacia el final de la clase, ambos están diciendo en voz alta y al unísono: *"Wa', cha', wej, loS . . ."*, y se están riendo. A mí se me cierra la garganta.

Nos retiramos a los vestidores y estoy tan distraída que casi le entrego a Andy los shorts de la escuela, por costumbre. Ella me está dando la espalda, y puedo oír a Jordyn decir algo sobre comer tazones de *açaí* después de la práctica de fútbol. ¡No puedo con esto! La Andy que yo conozco jamás comería frutas con antioxidantes solo por entretenerse.

Andy cierra de golpe la puerta de su casillero y se va. Tengo que hablar con ella.

Justo estoy siguiéndola, cuando la voz de la profesora recorre los vestidores.

—Lupe, ¿puedo hablar contigo un momento? —Me señala su oficina.

Andy se adelanta y camina hacia los pasillos.

¿Será que la profesora se dio cuenta de que tomé de su taza de café? Jugueteo un poco con mi mochila.

—No te preocupes por llegar tarde a tu clase, te daré una nota. —La profesora baja su portapapeles y le da unos golpecitos con la pluma—. No fue tan malo como pensabas, ¿verdad?

¿Tendrá la más mínima idea de lo desastroso que fue?

—Esto es una tortura —digo, casi sin mover los labios.

—Eres una chica fuerte —me dice—. Las dos sabemos que no la has tenido fácil.

Reconozco la expresión de su cara. Es la misma mirada que me dirigía la gente cuando mi papá murió; así que estoy segura de que está hablando de eso y no de lo que pasó con Samantha y Claire. Ni siquiera creo que se dé cuenta de la mayoría de las cosas que ellas hacen durante la clase.

Garabatea mi nota de retraso, la arranca del bloc y me la entrega.

—Porque sé lo fuerte que eres, confío en que puedes hacer esto.

CAPÍTULO 15

Nuestro camino a casa, un poco lluvioso, transcurre en silencio, excepto por el *clic… clic… clic…* que hacemos Niles y yo al patear nuestra piedra. Sé que Niles es mejor escuchando que yo, pero nunca me había dado cuenta de lo mucho que hablo, y lo mucho que Niles tiene que escuchar.

Voy a intentar escuchar más a mis amigos de ahora en adelante. Pero hoy, en lo único que puedo pensar es en la ley del hielo que me está aplicando Andy… y en las cosas que dijeron Samantha y Claire… y cómo nadie, ni siquiera Andy, me defendió. La tristeza hace que camine mucho más lentamente de lo usual.

Justo el día que me sería más útil, no hay ni rastro de Delia en su jardín.

Llegamos frente a mi casa, y nuestra piedra traquetea hasta la rejita de la coladera. Me agacho para recogerla y veo que hay otra piedrita cubierta por el lodo. Tiene la forma y el tamaño perfecto para el montículo de un minipaisaje en una villa de ratones. La limpio con los dedos y la pongo en el bolsillo para preservarla.

El día de hoy ha sido particularmente malo, así que dudo antes de preguntarle a Niles, porque temo su respuesta.

—¿*Doctor Who* en la noche? —logro decir.

—Pues, estaba pensando en proponerte mejor un maratón este fin de semana —contesta—. Tendremos un par de episodios para ponernos al corriente. —Duda por un momento—. Además . . . digamos que tengo otros planes para hoy en la noche.

Yo sé que Niles tiene otros amigos, en el dojo, pero ninguno vive cerca de nosotros y nunca antes ha permitido que ellos se interpongan entre nosotros. Me muerdo un cachete por dentro, para mantener la barbilla firme. Ya sé que me va a doler después, precisamente ahora que acababa de curarse después de morderlo durante mi encontronazo con Andy.

—Incluso puedo tratar de conseguir un poco de helado extra a escondidas —me dice.

Me encojo de hombros.

—Seguro —contesto, y camino hacia la entrada de mi casa.

Cerca de la puerta, me le quedo mirando hasta que casi está frente a su casa. Justo cuando está por entrar, se voltea y me dice adiós con la mano. Me pregunto si alguna vez volveremos a tener nuestras noches de lunes.

***

—¿Cuánto tiempo van a estar abuela y Pa Wong aquí con nosotros? —pregunta Paolo—. Tengo que hacer ...

Mamá cambia la música de Missy Elliot a clásica, mientras corre por la cocina, poniendo todo listo para la cena mensual con nuestros abuelos.

—No los ven tan seguido como deberían, y a ellos los hace felices verlos a ustedes dos.

—La abuela solo nos va a gritar por usar demasiada salsa de soya. "Tsk, tsk, tsk " —digo, imitándola—. ¡Demasiada salsa de soya!

Paolo se ríe.

—Respeta. —A mamá se le quiebra la voz—. Nunca sabes por cuánto tiempo tendrás a alguien. —Hace el signo de la cruz y sorbe por la nariz.

Paolo y yo terminamos de poner la mesa sin que nos lo pidan, y nadie vuelve a hablar de la salsa de soya.

La abuela y Pa Wong realmente nunca hablan mucho de papá ni lo lloran, a diferencia de mi mamá, pero yo sé que es por su carácter, y eso no quiere decir que se sientan menos tristes por lo sucedido.

—Por cierto —dice mi mamá—. Quizá quieras ponerte tus pantalones del Día de Acción de Gracias. También Bela va a venir a cenar.

Paolo hace un gesto de triunfo con el puño y va a la alacena por otro plato. Eso quiere decir que habrá competencia entre la abuela Wong y la abuela Salgado, y estamos a punto de tener la mejor cena de todos los tiempos.

Mamá saca una cebolla del refrigerador para picarla. Todos mis abuelos juntos implica arroz blanco al vapor en la arrocera para la abuela y Pa Wong, y otra olla en la estufa con cebolla, ajo, jitomate y consomé de pollo para Paolo y Bela. Yo me serviré una cucharada de cada uno, para mantener las cosas equilibradas.

Unos minutos después, un carro se estaciona en nuestra entrada. Luego de eso, la puerta de entrada chirría al abrirse. Asomo la cabeza por el marco de la puerta. Por supuesto, la abuela Wong trae suficiente comida como para asegurar su triunfo sobre Bela.

Mi abuela deja en el suelo las bolsas y me abraza, luego abraza a Paolo. Nos da a cada uno un pellizco en los cachetes, que duele tantito, pero yo sé que es tan importante como el abrazo. Inmediatamente después, se pone a arreglar nuestros zapatos en filas muy derechitas cerca de la entrada.

Pa sostiene un platón de tartitas chinas llamadas *don tat*. La bandeja es de la abuela, con un patrón azul y blanco, y está cubierta de plástico transparente. La abuela Wong nunca lo admitiría, pero todos sabemos que compró las galletas en la pastelería china.

Le quito el platón a mi abuelo, y él me envuelve en sus brazos. Tiene pepitas de girasol en el bolsillo, son para nuestro momento de "escupir cáscaras después de la cena y conversar". La primera vez que las trajo fue cuando papá acababa de morir. En esos días, las traía solo cuando a mí no me estaba yendo tan bien. Pero ahora que estoy en secundaria, las trae más seguido.

La abuela me jala para separarme de mi abuelo, y me abraza de nuevo.

—Pareces un muchachito. ¿Cómo va el piano? —me pregunta.

—Dejé el piano hace dos años, abuela, ¿recuerdas? Para concentrarme en el beisbol.

La abuela Wong agita la mano como si con ese gesto pudiera hacer desaparecer el beisbol.

—Deberías tocar el piano... —Su expresión se ilumina—. ¡O la cítara! —dice emocionada.

Mamá está, literalmente, mordiéndose los labios para no echarse a reír.

—Hola, Cora. Qué bueno verlos —dice, y ayuda a la abuela con las bolsas—. No tenías que traer tanto.

En circunstancias normales, me pondría del lado de mamá, pero en la mañana vi como lanzaba, con gesto frenético, pollo, chícharos congelados y un tipo de pasta amarilla a la Crock-Pot. Cualquier cosa que haya traído mi abuela va a ser mil veces mejor.

La abuela Wong olfatea el aire.

—Guarda lo que sea que hayas cocinado para ti y los niños.

—Sssí —sisea Paolo.

Mamá le echa una de sus miradas.

Paolo carraspea.

—Es decir, mmm, realmente tengo muchas ganas de comer sopa amarilla de pollo mañana en la noche.

La abuela Wong coloca sus platos estratégicamente frente al

lugar en el que nos sentamos Paolo y yo, como si fuéramos los jueces de la competencia abuelesca de comida. Pa está enseñándole a Paolo un truco de cómo hacer que una moneda pase a través de su mano.

La abuela se sienta en la silla junto a la mía, así puede servirme directamente la comida que trajo.

—Lupe, ¿puedes correr al garaje y traer unas sillas? —me pide mamá, mientras saca un tazón de la alacena.

—¿Por qué Paolo no . . . ?

—Estoy aprendiendo una lección para toda la vida. —Paolo pone el codo sobre la mesa y descansa la barbilla en una mano, mucho más interesado en uno de los trucos de Pa de lo que ha estado durante toda su vida—. ¡Fascinante!

Me levanto.

—Tiene la moneda escondida bajo el pulgar —le murmuro a mi hermano al pasar por su lado.

Enciendo la luz y voy al otro lado del garaje. Las sillas plegables están junto al equipo de pescar y acampar de mi papá. Allí a un lado también está su bolsa de beisbol. Su guante descansa, como un monumento, justo arriba del resto de sus cosas.

No es una ofrenda como la del Día de Muertos, pero las cosas del equipo de pesca y de beisbol se sienten más como mi papá que una foto vieja, unas velas y unas flores anaranjadas.

Y se sienten más como él que la versión china del Día de Muertos, *Qingming,* que es cuando la abuela Wong nos lleva al cementerio para quemar papelitos que representan lo que ella cree que mi papá necesita en el otro mundo. Este año, quemó

170

una casa de papel y dinero falso. Yo llevaba escondidos un bate y una pelota hechos de papel. Cuando mi abuela no me estaba viendo, los quemé junto con un horario de los Marineros.

Levanto el guante de papá y el trapo de aceitarlo, y me siento en el suelo del garaje con las piernas cruzadas. Al trapo apenas le queda aceite, pero restriego la piel del guante para quitarle el polvo, y empiezo a pulirlo con pequeños movimientos circulares. Cuando se ve como si papá pudiera tomarlo en cualquier momento para ofrecer un juego de beisbol, me detengo. Empiezo a deslizar la mano en el interior del guante, pero dudo. Ponerse el guante de otra persona es algo muy personal. Uno sabe que está invadiendo el espacio de la otra persona, porque el guante nunca queda bien del todo. Incluso mi propio guante requiere de cierto tiempo, calor y sudor para ajustarse perfectamente a mi mano. De todos modos, deslizo la mano dentro del guante de papá y cierro los ojos. Imagino que estoy sosteniendo su mano.

Luego, con el guante todavía puesto, me recuesto sobre él, como si fuera una almohada.

—Lupe —me llama alguien con voz suave.

Me incorporo rápidamente y pongo el guante de vuelta en su lugar. La abuela Wong camina lentamente hacia mí.

—¿Qué estás haciendo?

¿Cuánto habrá visto? Me encojo.

—Perdí la noción del tiempo —le digo.

Por un instante, mi abuela le echa una mirada al guante. Asiente con la cabeza y levanta dos sillas, me entrega una. Caminamos hasta la casa y mi abuela acomoda las sillas frente a la

171

mesa. Me siento muy agradecida de que no me pregunte de nuevo nada sobre cómo me encontró.

Aunque mamá le dijo a Bela que llegara a las 6:00p.m., porque el plan era empezar a cenar a las 6:15p.m., son ya las 6:27p.m. y no hay señales de ella todavía. A mí se me hace agua la boca mientras miro fijamente los huevos al vapor que trajo la abuela Wong. Ella se acurruca junto a mí y me frota la cabeza mientras esperamos.

Cinco minutos después, dos bocinazos nos indican que la abuela Salgado está afuera. Paolo y yo vamos en su ayuda pegando de brincos. Para cuando llegamos a la puerta de la entrada, Bela entra como un huracán. Se seca el sudor de la frente, y tiene almidón en la mejilla. Paolo toma la bolsa aislante de una de sus manos. Ella me abraza incluso con más fuerza que Pa Wong.

—Párate derecha, Lupe —me dice, presionando un dedo en mi espalda, de tal modo que tengo que sacar el pecho—. Deberías estar orgullosa de tus chichis. Eso muestra que tienes confianza en ti misma. —Me da el flan y me toma la cara entre las manos, dándome un beso tronado en los labios.

Paolo se ríe disimuladamente.

—Ella no tiene de esas, Bela —dice.

Genial, justo lo que toda chica de doce años quiere escuchar, a su abuela y a su hermano discutiendo acerca de su pecho.

Bela entrecierra los ojos para mirar a Paolo y le pellizca un cachete con fuerza.

—¿De qué estás hablando? No vas a ser capaz de darme bisnietos si no puedes ni mantener tu cuarto limpio.

172

Paolo ladea la cabeza, confundido.

Mantengo la boca cerrada para no reírme, pero estoy segura de que sé de dónde me viene el gen de las respuestas mediocres.

—Bela, eso no tiene sentido —le dice Paolo.

—Exactamente —contesta Bela—. Ve a limpiar tu cuarto. —Y también lo besa, aunque él trata de zafarse.

Luego, me toma la barbilla con una mano.

—Tienes que estar orgullosa de lo que tienes, mija.

Me miro el pecho. Paolo ganó esta ronda.

Pongo el flan en la barra de la cocina, junto a las *don tat* falsas de la abuela Wong. Bela saluda a todo el mundo y se disculpa, mientras se queja de que su vecino estaba bloqueando su estacionamiento, de la lluvia, del tráfico y de un bache.

Bela se apura a lavarse las manos y se sienta a la mesa, mientras sacamos su pozole y los tamales. Bela se sienta a mi derecha, lo que me convierte en el relleno de un sándwich de abuelas. Mamá extiende ambos brazos y todos la imitamos, tomándonos de las manos. Incluso yo me doy cuenta de cuán diverso es nuestro grupo, pero sentados todos juntos, enlazados como una cadena, siento que nada puede lastimarnos en nuestro círculo familiar.

—Bendice la mesa, Paolo.

—Dios, gracias por nuestros abuelos, que pueden cocinar. Sin ofender —le susurra a mamá. Se escucha un pequeño toque, seguido de—: Ah, y gracias por darle al señor Montgomery una infección en el ojo, para que se pospusiera mi examen de Álgebra. Y ayuda a Lupe con su pubertad y bendice esta comida.

—Paolo —lo regaña mamá.

173

—Oh, perdón —dice, y vuelve a inclinar la cabeza—. Amén.

Mamá y Bela suspiran al unísono y se persignan. Pa y la abuela Wong no son tan religiosos, pero asienten respetuosamente.

Paolo debe estar hambriento, porque no pierde el tiempo en servirse pozole a cucharadas.

Bela sonríe, y le da unas palmaditas en la cabeza.

—El pozole es mágico. Puede curar cualquier enfermedad o problema que tengas.

—¿Cuánto pesas ahorita? —le pregunta la abuela Wong a Paolo—. Muy flaco.

—Sí, muy flaco —dice Bela, mostrándose de acuerdo.

Mamá deja sus palillos.

—Está perfecto así. Acaba de tener su examen médico anual.

—Mmh. —La abuela Wong se echa un camarón a la boca y mira por la ventana.

Bela ignora el comentario de mamá y sirve más pozole en el tazón de Paolo.

Yo me sirvo una cucharada colmada de huevos al vapor sobre mi arroz blanco y un cucharón de pozole sobre una buena porción de arroz mexicano.

Tomo la salsa de soya y esparzo apenas cuatro gotas sobre los huevos.

—Mucha salsa de soya, tsk, tsk, tsk —dice la abuela Wong.

Paolo me mira y achica los ojos, justo como la abuela, y los dos estallamos de risa.

—Aiya —dice la abuela, sorprendida por nuestro estallido.

Acabo de devorarlo todo, me pongo de pie con el plato.

—¿Ya terminaste? —me pregunta la abuela Wong, pellizcándome de nuevo un cachete—. Me imagino que no necesitas más, puedo ver que has estado comiendo mucho.

Mamá deja caer el camarón que sostenía en la mano.

Bela toma el plato de mis manos y lo vuelve a colocar en la mesa. Entonces toma un tamal de su propio plato y lo pone en el mío. Luego me jala para que me siente, y yo le doy una mordida antes de que ella misma me lo meta en la boca con sus propias manos.

Me apresuro a flexionar el brazo y enseñárselo a la abuela Wong.

—Tengo que mantenerme muy fuerte, abuela. Ya empezó la temporada de beisbol.

Bela sonríe y me palmea la rodilla por debajo de la mesa.

La abuela Wong apenas baja la voz.

—No hay dinero en el beisbol. Pérdida de tiempo.

Azoto mis palillos. Una cosa es que siempre me esté diciendo que estoy gorda (es una costumbre de una abuela china), ¡y otra muy diferente criticar el mejor juego de la historia!

Bela se endereza en la silla y saca orgullosamente sus chichis para demostrar confianza.

—El beisbol se originó en México, lo llevamos en la sangre —dice.

Paolo resopla por la nariz sobre su pozole. Los ojos de Bela están muy abiertos y tiene la boca apretada. Más o menos agradezco su apoyo, pero la abuela Salgado está absolutamente equivocada en cuanto al origen del juego, pero no me voy a poner a corregirla.

—Tchhhh —deja escapar la abuela Wong bajito.

Se entabla una competencia de alzar las cejas entre mis dos abuelas.

Pa, sabiamente, finge que examina el entramado de la madera.

Creo que la única cosa que mis dos abuelas tienen en común es que nos obligan a Paolo y a mí a ponernos Vicks Vaporub en los pies y en el pecho si llegamos a mostrar aunque sea el más mínimo síntoma de que no nos sentimos bien.

Todo se torna muy silencioso, hasta que ambas abuelas dicen al unísono, "come más". Bela, a mí; la abuela Wong, a Paolo. Le echo una mirada a Pa y trato de sonreír, encogiéndome de hombros.

Pa Wong dobla su servilleta, la pone junto a su plato y se pone de pie.

—Ven conmigo, Guadalupe —me dice—. Hay algo que quiero enseñarte.

Nunca he sentido tanta gratitud hacia mi abuelo. Cuando salimos, se sienta en el último escalón de la entrada y da palmaditas en el suelo, junto a él. Me desplomo y pongo las manos en los cachetes. Pa saca del bolsillo el paquetito de semillas de girasol y lo abre.

Algo en el modo en que lo hace me recuerda todo lo que pasó durante la semana. Me desplomo aún más y me recuesto en mi abuelo. Pa me pasa el brazo por los hombros.

—No siempre lo expresa de la mejor manera, pero la abuela

solo quiere lo que cree que es mejor para ti —me dice—. Es solo que esa es su costumbre.

—Quieres decir que esa es la *costumbre china* —digo—. Ella no ve quién soy en lo absoluto. Ninguno lo ve. Todos quieren que sea *todo* lo que ellos son.

—A veces la gente quiere que seamos algo que no somos, en lugar de ver quiénes somos realmente. —Sus palabras me hacen pensar en el baile de country. Me agarra la mano y me pone un puñadito de semillas en la palma—. Tú eres muchas cosas. Eres china. —Se pone una semilla entre los labios y la lanza a dos metros—. Eres latina.

Ni siquiera sé si Pa alguna vez ha escuchado que la escuela espera que solo elija una etnia, y sobre mi campaña en el sexto grado para que añadieran una casilla como mexichina o china-mex, debajo de "etnia", en los formularios de la escuela.

—Estoy cansada de que todo mundo piense que sabe quién soy..., o lo que debería gustarme..., o lo que debería de hacer... —Me echo las semillas a la boca.

—¿No te va bien en la escuela?

Escupo las semillas, que salen disparadas de mi boca como de una lata de espray.

—Mmmh. Ya veo.

Me limpio la saliva.

—Ni siquiera sé todavía qué fue lo que pasó. Simplemente no quería bailar en la clase de Educación Física. Pero ahora, todos me odian, todavía tengo que bailar country y ni siquiera tengo pareja. Odio ese baile de country. —No puedo entrar en detalles con el abuelo acerca de por qué tengo tantas ganas de conocer a Fu Li. No quiero que piense que estoy reemplazando a mi papá.

—¿Sabes? La energía que le transmites al universo es exactamente la que recibes en respuesta. —El abuelo mueve un brazo lentamente, en un semicírculo. Se me ocurre que tal vez eso signifique que quiere que yo vaya con él a tomar clases de *tai chi* al Centro Chino para Adultos Mayores—. Tratar de eliminar un obstáculo mediante el odio y tratar de superar ese obstáculo mediante la aceptación son dos cosas muy diferentes. Mejor supéralo, Guadalupe.

—Pero papá dijo que tenía que luchar por las cosas que quiero.

—Es verdad —contesta el abuelo.

—Creo que si mi papá hubiera luchado con más empeño en seguir jugando beisbol, nunca hubiera tenido que aceptar ese último trabajo de pesca en Alaska. —Me alivia no tener las semillas de girasol en la boca. De repente, siento un nudo en la garganta—. Así no hubiera estado en el barco pesquero cuando se hundió.

La voz de mi abuelo suena aún más suave.

—Ser adulto es complicado. Tu padre dejó de jugar beisbol por buenas razones.

No puedo ni hablar. No hay ninguna razón lo suficientemente buena. Estamos mucho peor ahora de lo que estaríamos si él hubiera ganado mucho menos dinero, pero todavía siguiera con nosotros.

Mi abuelo deposita unas cuantas semillas más en mi mano.

—Pero recuerda, no siempre tienes que luchar. Solo si hay una buena razón. Aceptar algo que no puedes cambiar y superarlo no es un fracaso ni una traición a tus principios. Es lo opuesto al fracaso.

Estoy segura de que no hay forma de hacer eso que dice el abuelo y que al mismo tiempo mi plan funcione. ¿Será que puedo dejar de luchar contra el baile de country y llegar a superarlo al mismo tiempo?

Lanzo una semilla de un soplo, y cae a medio metro de la que lanzó él.

—También eres una buena jugadora de beisbol y una chica valiente. —Escupe otra semilla que cae varios centímetros delante de la mía—. Eres inteligente . . . —Me toma la barbilla y me mira a los ojos—. Pero, sobre todo, tú eres lo que crees que eres. —Suspira, y baja la mirada—. Estas son las cosas que debí decirle a tu padre cuando tenía tu edad.

—Soy una buena pitcher, Pa.

—Lo sé. —Pone su mano suave y morena en mi mejilla—. Sé que vas a jugar en las mayores.

Sé que en verdad lo cree, y el nudo que tengo en la garganta se desata. Nada de eso me ayuda con el dilema de la escuela, pero saber que tengo a mi abuelo de mi parte me hace sentir que, sin importar lo que pase, voy a estar bien.

Pa se para y se sacude el polvo de los pantalones.

Todavía no tengo idea de qué quiere decir exactamente eso de "aceptar algo que no te gusta y superarlo". Pero me suena a que mi abuelo quiere que acepte el baile de country y llegue a las finales nacionales o que empiece una revuelta a causa del baile de country.

Cuando regresamos a la casa, la abuela Wong está poniendo música de ópera, y me guiña un ojo.

—Esto te va a encantar.

Miro a Pa, y él se tapa la boca para ocultar su sonrisa y desvía la mirada. Nos volvemos a sentar a la mesa, junto con mamá, Paolo y Bela.

El rasgueo de una cítara llena la cocina. La abuela Wong cierra los ojos y echa la cabeza hacia atrás, como si estuviera tomando una bocanada de aire fresco. Una mujer "canta", y su voz es peor que la de Elmo imitando a una ballena. ¿Creerá la abuela que *eso* es lo que llevo en la sangre?

—¿No es hermoso? —pregunta ella, moviendo los dedos como olas del mar.

—Ajáaa —contesta mamá, sin llegar a formular realmente una palabra.

—Pues no es Vicente Fernández —dice Bela muy alto.

Me encojo, con la esperanza de que Bela no haya traído música ranchera.

La cantante de ópera lanza un chillido tan agudo que apuesto a que lo oyeron la mitad de los perros del vecindario.

—Después, podemos ver el DVD que traje de la Ópera de Pekín —dice la abuela—. Es una obra llamada *La prisionera Su San*.

Bela se inclina a buscar en su bolsa, murmurando con

desaprobación. Podría garantizar que Vicente Fernández está metido en esa enorme bolsa.

—¡No puedo! —suelto, demasiado fuerte. Ya me puedo imaginar lo que las quejas de esta mujer cautiva y el viejo del sombrero pueden hacer juntos.

Todos se me quedan viendo.

—Tarea —bajo la voz, y pateo a Paolo por debajo de la mesa.

—Sí —Paolo dice—. Álgebra.

Aunque apenas son las siete de la noche, estoy supersegura de que mamá siente que ya cumplió con sus deberes de hija del mes.

—Tengo que calificar trabajos —murmura, confirmando mis sospechas.

Bela hace que Paolo se coma otro tamal antes de irse, así no "va a estar demasiado flaco para darle nietos algún día". Pa sale a encender el carro, mientras mamá ayuda a la abuela Wong a ponerse el abrigo y a recoger sus bolsas. Por mi parte, me refugio en mi cuarto, para evitar subsecuentes pellizcamientos de cachetes.

—Quería despedirme, Guadalu... —Ahora Pa está parado a la entrada de mi cuarto con la boca abierta y ojos grandotes. Espera, esto está todo mal.

—¿Qué? Mamá me hizo recogerlo todo. Puse mi ropa sucia y apestosa en la lavadora antes de que ustedes llegaran.

—No me refiero a eso —dice, y se dirige a mi cama—. Tiene que estar de cara al este.

Me doy una palmada en la frente, porque ya sé qué está a punto de pasar.

Mi abuelo mueve la cama de donde está frente a la puerta, a donde yo la había movido para poder correr y lanzarme sobre ella, y la centra contra la pared del fondo.

Recoge mi cactus y lo saca al pasillo.

—Las plantas crecen de noche. Eso . . . —dice, y señala con firmeza hacia el lugar donde acaba de quitar el cactus—, te quitaría la energía mientras duermes. —Luego murmura algo sobre mi número *kua* y, en tres minutos, durante los cuales la abuela Wong no para de tocar el claxon, mi cuarto ha sido feng-shuizado.

—No quedó perfecto —me dice—, pero con razón las cosas no están yendo bien. Ahora vas a ser capaz de pensar con claridad y todo te saldrá mejor. —Me guiña un ojo y sale, mientras la abuela Wong sigue tocando el claxon.

No estoy segura de si el cambio se debió a la conversación con Pa, al pozole de Bela o al feng shui, pero quince minutos después, luego de descansar en mi cama, de repente todo cobra sentido y se me ocurre una solución. ¿Por qué no lo pensé antes? Un Fu Li sonriente me mira desde la tarjeta enmarcada en la pared. La desesperación . . .

Me levanto y me ajusto mi coleta. Luego abro la puerta de mi cuarto y cruzo el pasillo. Me detengo frente a la puerta de Paolo.

"No se va a reír. No se va a reír", me engaño a mí misma, calladamente.

Toco la puerta.

—Entra, plebeya —responde—. Espero que sea por algo que valga la pena, estoy trabajando en algo importante. —Paolo sostiene un Señor Cara de Papa, que ahora porta senos de plastilina y tiras de pelo rubio.

Estoy a punto de preguntarle de dónde sacó el pelo, pero decido que eso podría conducirnos al tema de los senos.

—Necesito que me ayudes —le digo.

—No puedo. No han descubierto la cura contra la fealdad.

—Es en serio. Esto es importante.

—¿Qué cosa? —Paolo levanta una ceja y entrecierra el ojo del otro lado, como si fuera un científico malvado—. Puede que te cueste caro.

Una melodía de los horrores del día pasan por mi mente: yo estrellándome contra Claire, lanzando a Gordon al suelo, arruinando los zapatos caros de Samantha.

—Necesito que bailes conmigo.

CAPÍTULO 16

Paolo hace a un lado al atrevido Señor Cara de Papa. Está completamente serio.

—Yo no bailo.

—Por favor —le ruego—. Se trata del baile de country y necesito sacar una buena calificación.

—Ah, sí. Tu trato con el tío Héctor para conocer a Fu Li. Necesitas sacar *A* en todo. Qué ironía que Educación Física sea el prob...

—¡Ya sé! Ya sé. ¿Me ayudarás? Necesito practicar.

Pero Paolo no cede. No lo hará de ninguna manera.

Me volteo para irme, pero me detengo en la puerta.

—Esto, en parte, es culpa tuya.

—¿Cómo que es mi culpa? —pregunta, en un tono de voz más agudo de lo normal.

—Pudiste haber mencionado el baile de country cuando tomaste la clase en séptimo grado. Hubiera estado prevenida. ¿Por qué lo mantuviste en secreto?

Tiene la misma cara que puso cuando Buddy Turner le bajó los pantalones en la fila de la cafetería. Y en ese momento, sé qué sucedió.

Paolo también ha sido traumatizado por el baile de country. Voltea la cara.

—Eso..., eso no tiene ninguna importancia. Pasó hace mucho tiempo. —Me mira de nuevo—. ¿Qué pasó con el chico que vino el otro día a practicar? Oblígalo a *él* a practicar contigo.

—Tééécnicamente, Gordon no es mi pareja.

—¿Entonces quién lo es?

Se me revuelve el estómago de nuevo, como cuando estaba a punto de entrar a la clase de Educación Física. No puedo decirlo en voz alta.

—Ayyy, no. ¿Fuiste la última que quedó, verdad? —Se sienta en la cama—. Eso sí que es horrible.

Muevo una de sus novelas gráficas y me desplomo junto a él.

—Gracias. Eso me hace sentir mejor.

—Podría ser peor —dice Paolo—. ¿Sabes quién es Joey Stewart?

Lo conozco. Él y sus hermanas tienen una enfermedad rara que los convierte en parias.

—¿El niño con hemorroiditis contagiosa permanente?

—Ese mismo —me dice—. No tenía eso antes del baile de country.

—¿Qué quiere decir eso? ¿Lo pescó durante Educación Física?

—No puedo creer lo que estoy escuchando. ¡Eso quiere decir que el baile de country realmente causa enfermedades!

—¿Qué? ¡No! —Paolo hace un gesto con las manos para calmarme—. Mira, lo que pasó fue que el primer día de la clase, cuando tenía que elegir a una compañera de baile, Joey Stewart dijo que todas las chicas le parecían igualmente repugnantes, así que bailaría con la que quedara libre.

—¿Y?

—Cuando la música empezó, todas tenían pareja. Joey se quedó sin compañera de baile, así que empezó a correr, dándole vueltas al gimnasio. Tuvo la ridícula idea de que si no había con quién bailar, la profesora lo dejaría correr en círculos o limpiar los chicles de las gradas.

Niego con la cabeza, boquiabierta, como si creyera que esa es la idea más estúpida del mundo.

—¿Y luego qué?

—La profesora le dijo que tenía que bailar —resopla Paolo—. Al principio, trató de discutir con ella, pero ella le dijo que lo reprobaría allí mismo si no empezaba a bailar. —En la cara de Paolo comienza a aparecer una sonrisa—. Joey tuvo que empezar a dar vueltas él solito. Tuvo que hacer la caminata en círculo y recorrer la línea de baile él solo.

—Sí, sí. Ya sé. —Le hago un gesto para que continúe.

Paolo levanta las cejas.

—Y entonces, se tropezó con la persona equivocada.

—No entiendo.

186

—Joey no sufre realmente de hemorroiditis contagiosa permanente.

—¿Qué? Pero . . . , pero si toda su familia la padece.

—Esa enfermedad no existe. Ese fue un rumor que empezó después de que chocara con Sabrina Pinkerton durante un paso de baile y le rompiera el celular que ella llevaba escondido en el bolsillo.

—¿La hermana de Samantha Pinkerton? —Me tapo los ojos, horrorizada.

—Los rumores se las arreglan para esparcirse —me dice—, y con una molestísima Sabrina Pinkerton respaldando el rumor, la cosa se puso fea. —Me da unas palmaditas en la rodilla—. ¿Ves? Pudo haber sido mucho peor.

Por mi mente pasa como un rayo la imagen de Samantha agarrándose el pie y chillando como un cerdo. La frase "¡Estos son tenis Pinnacle!", retumba en mi cabeza. La situación acaba de empeorar.

Entonces caigo en la cuenta. Si estoy a punto de contraer una enfermedad en el trasero, Paolo también.

—Entoooonces . . . ¿Toda la familia de Joey tiene hemorroiditis por lo que le sucedió a él con Sabrina? —digo, y chasqueo la lengua—. Estoy segura de que Samantha Pinkerton está planeando algo bien bueno para mí justo en este momento, luego de que yo arruinara sus tenis finos en la clase de hoy.

De repente, Paolo pone cara de estar sufriendo una aguda inflamación anal. Pero hay algo más en su expresión, algo que no he descifrado todavía.

187

—Lupe —dice, después de una pausa—. Gracias a lo bondadoso que soy, no permitiré que eso te pase a ti. Podemos resolver este asunto. Eso sí, vas a estar en superdeuda conmigo.

—¿Qué me va a costar?

—Después vemos los detalles.

Estoy desesperada por encontrar una pareja, aunque Paolo seguramente no fue tan genial cuando le tocó bailar.

—Espera —le pregunto—. ¿Quién fue tu pareja?

Paolo arruga la cara y cierra los ojos como si lo hubiera picado una abeja. Luego se relaja, pero mantiene los ojos cerrados.

—Cuéntame —le digo, muy bajito. Creo que nunca le había hablado a Paolo con tanta gentileza.

—Sabrina Pinkerton —su voz chilla.

—¡¿QUÉ?! Paolo, ¿por qué hiciste eso?

Se pega en la cabeza varias veces, como si estuviera tratando de sacar el recuerdo a golpes.

—Fui tan tonto. En cuanto empezó la música, simplemente salí disparado hacia ella.

—Ay, no.

—Pensé que si la invitaba a bailar —continúa—, ella se vería forzada a conocerme, y yo podría llegar a gustarle. Me volvería un chico popular. —Paolo se deja caer de espaldas en la cama—. No creo que ella tuviera ni idea de quién era yo.

Ahora me doy cuenta de por qué Paolo salió de la cocina como si estuviera en llamas el día que Delia vino a cenar.

—Durante todo el tiempo, me sudaban las manos —me dice.

—¿Y qué? Las manos de todos sudan —le contesto.

—Ah, es que eso no es todo. —Traga y respira profundamente, luego deja salir el aire lentamente por la boca—. Fue justo después de que papá se fuera a trabajar a Alaska. ¿Te acuerdas de cuando mamá regresó a trabajar? Nos mandaba a la escuela con sobras de la Crock-Pot para el almuerzo.

—Ay, sí. —Arrugo la cara.

—Bueno, yo tenía Educación Física justo después del almuerzo.

Recuerdo perfectamente esos momentos después del almuerzo cuando estaba en quinto grado. Padecía de explosiones incontrolables, como si una fila de corchos de champaña se destaparan.

—Ay, no.

—Aaaahhh . . . Sí. Es muy difícil esconder los pedos cuando estás haciendo el dos-à-dos y girando en un miniciclón durante una hora entera. No era tan terrible como haber roto el celular de Sabrina, como Joey Stewart, pero entre las manos sudadas y los pedos . . . ella se lo dijo a todo el mundo. Por supuesto que sabía quién era yo después de eso. —Paolo se levanta y se para frente a mí—. Tuvieron que pasar dos años para que dejaran de llamarme Motorcito. Ya sufrí demasiado, y no puedo arriesgarme a que llegues tú y lo arruines. —Extiende la mano hacia mí.

Se me sale sin querer un pequeño sollozo y me tapo los ojos.

—Ayyy, no —dice—, ¿ahora te vas a poner toda emo o qué?

—No —respondo, y me limpio la nariz.

—Párate, Lupe. Solo son las hormonas. Ya pasarán.

—Yo no tengo de esas —digo, entre dientes.

Paolo se ríe.

—Sí tienes. —Me pone la mano en el hombro—. Mira, yo puedo ayudarte con la parte del baile, pero con lo demás... Los adolescentes pueden ser malvados, y las chicas dan mucho miedo. Tú solo sonríe y finge que te la estás pasando como nunca en tu vida.

Pienso en Samantha, en Claire y en el resto, tapándose la nariz cuando están cerca de mí. No tengo nada que perder.

—Joey Stewart... y yo..., los dos dejamos que se nos metieran en la cabeza —dice Paolo, y me da unas palmaditas en la cabeza—. No dejes que se metan en la tuya.

Durante medio segundo, incluso llego a pensar que Paolo no es tan mala onda. Pero ya sé que probablemente voy a acabar restregando la taza del baño durante meses después de este trato.

—Vamos. Hagámoslo.

—Bueno, pero yo guío —le digo, pasándome del lado opuesto.

CAPÍTULO 17

El miércoles, un chico se acerca a nuestra mesa durante la hora del almuerzo y se sienta. Debe ser nuevo. De reojo, veo que tiene buena ropa y pelo perfectamente peinado con gel. Es un gran contraste con Niles, con los pelos parados y la camiseta que dice "¡El caracol lechuga: la próxima víctima adorable del calentamiento oceánico!", y conmigo, con la coleta despeinada y el jersey de los Marineros con una mancha de mostaza en la "i".

No me parece raro que el chico nuevo se siente en la mesa de la cafetería con los menos populares. No volteo a verlo. Muy pronto se dará cuenta de quiénes somos y encontrará chicos más padres con los que sentarse.

—Hola —dice Chico Nuevo.

—Hola —respondo, pero sin alzar la vista. En mi mente, continúo repasando los movimientos de baile.

Niles se limpia la boca llena de hummus.

—¿Qué onda, Gordon?

Volteo rápidamente la cabeza hacia el chico nuevo. Lo que veo es superextraño.

—¿Gordon? ¿Qué te pasó?

Gordon Schnelly parece salido de la portada de una revista *Tween GQ*. Lleva jeans oscuros y una camisa de vestir por fuera de los jeans.

—El nuevo novio de mi abue me llevó de paseo, solo muchachos.

—Tu pelo . . . —le digo. No solo está muy peinado y aplastado con gel, ya no están sus gafas protectoras.

Gordon se frota la cabeza con una mano, pero con tanto gel, no se le mueve ni un pelo.

—Me llevó a que me cortaran el pelo en la barbería de Julio Márquez, y luego me llevó a comprar "un vestuario nuevo para un hombre nuevo" —dice, con voz grave.

—¿Y te gusta? —le pregunta Niles.

—No lo sé. Me siento . . . demasiado . . . arreglado. —Se encoge de hombros.

Niles asiente y quita una minizanahoria del puente de vegetales que había construido en su hummus.

—¿Qué preferirías, tener una capa de invisibilidad o trabajar como ingeniero en la nave estelar *Enterprise*?

Gordon pone la mano en su barbilla, luego se desabotona la nueva camisa y revela una camiseta con el *Halcón Milenario*, que brilla en la oscuridad; todo esto sin decir una palabra. Todavía es él.

—Nave estelar *Enterprise*, por supuesto. Pero, como bien sabes, si pudiera elegir, atravesaría la galaxia en un Destructor Estelar clase *Impe*...

—Gordon —lo interrumpo—. Vuelve a decir "nave estelar *Enterprise*".

Suspira.

—Susanita saca las sandalias del saco —dice.

Su siseo desapareció por completo.

Gordon hace una sonrisa falsa y se da unos golpecitos en dos incisivos perfectos.

—El novio de mi abuela es especialista maxilofacial, así que este retenedor y esta prótesis para los dientes apenas le tomó una hora.

Gordon no se ve muy feliz por algo por lo que la gente normalmente se gasta mucho dinero.

—Estoy teniendo problemas para decir mi propio nombre.

—¿No puedes pronunciar *Gordon*? —le pregunta Niles.

—No —dice Gordon—. Snelly.

—Schnelly —lo corrige Niles.

—Ya sé. —Gordon hace una bolita con su servilleta—. Ya no puedo pronunciarlo. Es por los dientes nuevos.

—Me gustaba más cómo eras antes —dice Niles, mientras saca su jugo de manzana.

—Shhh —susurro, y le doy una palmada a Niles por debajo de la mesa.

193

—¿De veras? —le pregunta Gordon.

—Sí. Porque ese eres tú. —Niles toma un largo trago de su jugo, luego dice bajito—: La naturaleza no comete errores.

A juzgar por la sonrisa de Gordon, Niles acaba de deshacer, en diez segundos, el daño que hubiera tomado años de consultas con Delia.

***

Ya pasaron cinco días, y Andy todavía me da la espalda. No hay tiempo para arreglar nuestra amistad antes de que vaya al gimnasio y me enfrente al baile de country. En vez de eso, corro al lavamanos, me echo agua en el pelo y me ajusto la coleta. Llevo una *lycra* por debajo de los shorts, así que hoy no se me van a meter en ningún lado. Incluso me rasuré las piernas y los dos pelos de la axila. Estoy lista.

Mantengo la barbilla en alto y entro al gimnasio. Gordon (también conocido como el Exagerado Porta Gafas Protectoras) incluso se atreve a arquear las cejas al ver las bandas de tela absorbente que llevo en las muñecas.

Nos emparejamos y me toca con Gordon y Zola, Andy y Niles y otros dos chicos. Cuando Zola ve a Gordon, pone una cara como si la hubiera invitado al baile de graduación el capitán del equipo de fútbol.

—Ho . . . hola, Gordon.

Aunque el chico lleva puestos sus tontos shorts de deporte de siempre, se ve diferente a causa del gel en el pelo y los dientes arreglados.

La música empieza casi de inmediato, así que no tenemos que escuchar a Zola caer rendida a los pies del nuevo Gordon.

Sin querer piso a Andy una vez, pero ella ni siquiera reacciona.

El que hace las llamadas aúlla: "¡Regrese con su pareja!".

Cambiamos, y me encuentro sola de nuevo. Hacemos una caminata y choco con Niles.

—Perdón.

Niles asiente, y continúa moviéndose. Él y Andy no cometen ni un solo error. Siento un retorcijón en el estómago. Me les quedo mirando demasiado rato y se me pasa un dos-à-dos.

Estoy perdiendo la concentración. Doy un giro apenas con el espacio suficiente y vuelvo a mi posición.

Pero cuando extiendo la mano para unirla con la de Andy, para una alemanda a la izquierda, pierdo completamente el ritmo y me tropiezo con mis propios pies. Intercambio lugares con mi pareja inexistente. Si no puedo tener un compañero de verdad, tengo que visualizar que estoy con Paolo. Me toco la frente con una de las muñequeras.

Me detengo y cierro los ojos. Paolo y yo estamos dando vueltas, tomados del brazo. Cambiamos hacia la dirección contraria y nos tomamos de las manos, de manera perfecta.

Cuando abro los ojos, la entrenadora me está mirando fijamente.

Le hago la seña del pulgar hacia arriba. Aunque está un poco lejos, me parece que la veo hacer la misma seña por detrás de su portapapeles.

Cambiamos hacia el siguiente grupo. Cuando nuestras miradas se encuentran, Samantha desvía los ojos hacia arriba y a la derecha. Estoy segura de que está tratando de inventar alguna enfermedad falsa para mí cuando la veo gruñir y se quita las manos de Blake de encima. Blake acaba de hacer una caminata en la dirección incorrecta y le ha dado en la pantorrilla.

—¡Eres pésimo! —le grita Samantha, deteniéndose a medio círculo y encarándolo. Los demás seguimos aplaudiendo al ritmo de la música y evitamos hacer contacto visual—. Cualquier bailarín puede ver que tienes cero sentido del ritmo. Tienes la misma coordinación que el mono inflado que baila afuera del negocio de carros de mi papá. Hasta Lupe es mejor que tú.

Durante un minisegundo, pienso que Samantha se merece otra emisión de pedo silencioso pero letal cuando volvamos a ser pareja de baile. Pero también es lo más amable que ha dicho de mí en toda su vida.

Blake vuelve a empezar la rutina y la hace dar una vuelta demasiado rápida.

—Ah, sí, pues tú eres una tonta y . . . y . . . , además hueles como si hubieras dormido sobre un montón de fruta podrida.

—Me puse la esencia "Ducha de flores de té nacientes", cavernícola —le contesta ella.

Los banjos no me dejan escuchar lo demás. La llamada dice: "Cambien de pareja".

Blake parece aliviado, pero ahora yo estoy del lado receptor de la mirada asesina de Samantha.

"Medio sashay".

Samantha y yo nos movemos en arco, una alrededor de la otra. Paolo me dijo que sonriera y que fingiera que la estaba pasando bien, así que sonrío tanto como puedo y me pongo a mover la cabeza de un lado al otro sin parar.

Samantha se echa hacia atrás.

—¡Deja de hacer eso! Me parece siniestro.

Pero sigo sonriendo. Si me va a endilgar una enfermedad, prefiero que sea algo sobre mi salud mental.

Nos toca pasar con la siguiente pareja. Hago lo mismo con Claire, que también se echa hacia atrás boquiabierta. Por mi parte, redoblo la velocidad de mis movimientos de cabeza.

Luego me toca de vuelta con Samantha. Sigo sonriendo y moviendo la cabeza.

—Eres tan rara. —Samantha se tropieza—. Si no dejas de hacer eso, voy a decirle a la profesora Solden que me estás sonriendo.

Sonrío más ampliamente y luego hago una reverencia.

"¡Regresen con sus parejas!", dice la llamada.

Estoy de regreso con un Paolo invisible. Hago un dos-à-dos y luego un paso a dos. No seré experta en florituras, pero lo estoy haciendo bastante bien. Creo que hasta podría llevarle el paso a Gordon.

La profesora está caminando alrededor de la cancha. Tiene el portapapeles descansando sobre la cadera y garabatea en una hoja de papel mientras nos mira. Sonrío, y hago una reverencia en dirección suya.

Suena el timbre y termina la clase. La profesora mueve la cabeza y sonríe.

CAPÍTULO 18

Durante la siguiente semana, en el entrenamiento de beisbol, el radar de bolsillo me sitúa en los cien kilómetros por hora, así que ahora Blake se deja caer de vez en cuando por el montículo, como si *él* fuera el responsable de mi nuevo récord de velocidad.

Para el jueves, al final del entrenamiento, Marcus es el único que me sigue ignorando, todo porque su mamá decidió que cada domingo comerían guisado de maíz y bailarían el baile de country en su casa.

Para el viernes, con la *lycra* bien firme debajo de mis shorts, no me tropiezo absolutamente con nadie en Educación Física. Domino cada giro, cada dos-à-dos y paso a dos sin siquiera dar un solo pisotón. Justo como lo dijo Pa Wong, superar algo es mejor que luchar en su contra.

Llego a casa después de la escuela y la encuentro vacía. No fue un día tan malo, pero no tengo entrenamiento, ni tarea . . . ni a Andy.

Pero todavía tengo a Niles. Me doy cuenta de que, técnicamente, ya es fin de semana, así que después de cenar decido averiguar si todavía le interesa ver un maratón de *Doctor Who*. Me subo en la bici y llego a su puerta en menos de un minuto.

Me abre la puerta su mamá.

—Hola, Lupe. ¿Cómo te ha ido?

Siento una extraña oleada de vainilla y algo que creo que es romero.

—Ah, ¡súper! —le digo, manteniendo la distancia, para que no pueda llevarme a su laboratorio y darme una dosis de "Confianza" o "Éxito".

—Están en el cuarto de Niles —me dice, como si yo supiera de quiénes está hablando.

¿Quiénes están?

Señala hacia el pasillo con la mirada.

El retorcijón en mi panza regresa contundente, como un gong que resuena. Lo que sea o *quienes* sean, probablemente estoy a punto de averiguar por qué Niles ha estado escabulléndose de nuestras citas los lunes para ver *Doctor Who*. Me debato entre preguntarle o no a la señora Foster si tiene un aceite llamado "No se asuste".

Camino por el pasillo y escucho voces.

Me quedo ante la puerta, dudando. Luego golpeo con mi toque personal: golpe, toque, toque, golpe.

—Pasa, Lupe.

Abro, y veo a Gordon y a Niles sentados en el suelo sobre almohadones cuadrados y planos. Una música suave, inquietantemente parecida a la ópera china de mi abuela Wong se escucha de fondo. Niles está sentado con las piernas cruzadas y está haciendo girar su pluma para *post-its* en una mano, sin siquiera mirar; Gordon está sentado frente a él. Una parte del póster de Niles de la nebulosa del *Doctor Who* está cubierta por un póster de *Star Trek* con tres rostros muy serios que emergen de un arcoíris.

Echo una mirada alrededor. Bruce Lee sigue en la pared y el equipo de artes marciales de Niles está en la silla, igual que siempre.

El edificio rojo de novelas gráficas es dos ejemplares más alto que la última vez que estuve aquí.

Gordon todavía lleva su ropa elegante. Su pelo tiene la misma cantidad de gel, pero tiene puestas orejeras cafés en espiral, parecidas a las que la Generala Organa usaba cuando era joven y usaba vestidos. También tiene un *post-it* de color rosado que dice "¡Superestrella!" en la frente. Tienen varios modelos de naves espaciales acomodadas entre ambos en filas muy ordenadas. Puede que esta visita no haya sido la mejor idea.

Me quedo en la puerta, manteniendo la distancia, con miedo de quedar atrapada en este nuevo vórtice, pero también preguntándome qué le pasa a Niles.

—Hola, Gordon. No esperaba encontrarte aquí. ¿Qué hacen?

Supongo que debería estar contenta de que todos nos estemos

volviendo buenos amigos. No es como que me estén excluyendo. Pero entonces, ¿por qué estoy celosa?

—Un par de hombres hablando de negocios —responde Gordon.

—¿Naves espaciales? —pregunto.

No puedo evitar darme cuenta, una vez más, de que Niles cambió su pijama de *Doctor Who* por una cubierta con las palabras "Larga vida y prosperidad" y "A donde jamás ha llegado el ser humano". De repente siento como si no hubiera cenado absolutamente nada y tuviera el estómago totalmente vacío.

Con la mano libre, Niles me hace un gesto de que entre.

—En realidad, estábamos tomando un descanso para hablar de beisbol.

Esta *sí* fue buena idea. Cierro la puerta y me dejo caer entre ellos.

—¿Pueden creer que los Marineros intercambiaron . . . ?

Gordon se ríe y le da un codazo a Niles.

—Estábamos hablando de lanzar, Lupe.

—Ah, muy bien. En ese caso, estoy dispuesta a responder cualquier pregunta —les digo.

Gordon suspira.

—Física. Estábamos hablando de la física de una bola de nudillos.

—¿Eh? —Miro a Niles. Él me mira de frente y deja la pluma.

—En realidad, Gordon estaba hablando de física. El objetivo de una bola de nudillos es el de dotar a la pelota con tan poca velocidad de rotación como sea posible, ¿verdad?

Asiento.

—¿Sabes? —dice Gordon—. La trayectoria del lanzamiento cambia por la diferencia entre las partes lisas de la bola, en contraste con las costuras, que son más rugosas.

En realidad, no sé de qué hablan. Me encojo de hombros.

—¿Ajá?

En este punto es cuando la mayoría de la gente me dejaría atrás, pero Niles, fiel a su estilo, no lo hace.

—La gente tiene discusiones de por qué la bola se mueve arriba y abajo —explica Niles—. Yo lo que digo es que no todo está hecho para medirse. Probablemente es una combinación de elementos y depende de la forma del pitcher.

Gordon se inclina hacia Niles.

—No puedes ignorar el flujo de aire o la teoría de que las costuras crean un patrón de zigzag y la elevan.

A pesar de que nunca he logrado lanzar una, y es como mi Santo Grial, no creo que alguna vez llegue a entender realmente cómo funciona una bola de nudillos. Miro a uno y luego al otro. No tengo nada que añadir.

—Niles insiste en que yo estoy tratando de aplicar demasiada ciencia, y que a veces un pitcher simplemente "sabe" lo que tiene que hacer. —Pone los ojos en blanco y hace comillas en el aire. Luego, le pone la mano en el hombro a Niles—. Me parece que llegamos a un *impasse,* amigo mío.

Me doy cuenta de que ellos dos probablemente tengan en común cosas de las que no puedo ser parte, y eso debería darme gusto.

Niles me mira, y no puedo evitar tener el ceño fruncido y los hombros caídos. Se voltea hacia Gordon.

—¿Quieres que hablemos de la bola de nudillos en otro momento?

—Claro —dice Gordon—. ¿Qué tal si hablamos de cómo el *Halcón Milenario* le patearía el trasero a la *Enterprise* en una escaramuza intergaláctica?

Niles eleva las comisuras de la boca ligeramente.

—Eso no pasaría jamás —dice—. Tu nave sacrifica control para obtener propulsión de hipervelocidad.

Gordon arquea las cejas.

—Simplemente me acabas de dar la razón, camarada. *El Halcón* puede evadir los ataques gracias a su velocidad.

—Pero la *Enterprise* puede maniobrar en *high warp*. *El Halcón Milenario* es veloz, pero ineficiente en combate de cerca. —Niles vuelve a tomar la pluma y en un segundo la convierte de nuevo en un borrón giratorio.

—Entonces, ¿huirías del conflicto galáctico en vez de encarar la batalla?

—¿Pero qué hay de la TARDIS? —digo, tratando de sumarme.

Ambos voltean a mirarme al mismo tiempo. Me siento un poco fuera de lugar.

—Es decir, ella tiene alma —continúo—, y puede desmaterializarse en un punto y luego rematerializarse en . . .

—No en la misma galaxia, Lupe —resopla Gordon—. Sin ofender.

Suspiro y doblo las manos sobre el regazo.

Niles y Gordon siguen hablando de naves que tienen *warp* y disparan y participan en batallas, pero nada sobre *Doctor Who*.

Ver cuánto se divierten ellos dos juntos, y lo incómoda que me siento, solo hace que extrañe mucho más a Andy. Ya no puedo pasar un día más sin ella.

—Bueno, creo que mejor me voy.

Están tan abstraídos, que apenas se dan cuenta de que me escabullo por la puerta. Les echo una mirada y sonrío, porque sé que esto es algo bueno. Tengo que aceptar que Niles está haciendo nuevos amigos y encontrar cómo componer las cosas con Andy.

Me subo en la bici y voy a toda velocidad a casa de Andy. Voy a hacer que vuelva a ser mi mejor amiga y voy a volver a casa antes de que mi mamá llegue del trabajo, así puedo preguntarle si Andy se puede quedar a dormir.

Doy la vuelta en la esquina de su casa tan rápido que las llantas casi se derrapan debajo de mí. Puedo ver la casa de Andy. Algunas chicas están corriendo y escondiéndose detrás de los arbustos y los carros para evitar globos de agua. Andy se agacha detrás de un contenedor de basura, apenas a tiempo para esquivar un globo rojo brillante . . . , pero no puede ser ella. A pesar de que a mí me encantan, Andy odia las peleas de globos de agua.

Reconozco a las otras chicas que están corriendo por todos lados y gritando y riéndose, son las chicas del fútbol.

205

Dejo la bici del otro lado de la calle y camino hacia Andy.

—Hey —saludo.

Andy se voltea y se queda boquiabierta.

—¿Qué haces aquí?

Sonrío, pero no de manera siniestra, como en la clase de Educación Física.

—¿Puedo hablar contigo?

Andy mira hacia atrás, a donde todas las chicas dejaron los globos y ahora nos están mirando.

—Estoy algo ocupada —dice, mientras sostiene un globo verde lleno de agua.

Jordyn camina hacia nosotras y se para junto a ella, como si ahora fueran una especie de equipo. Ninguna me devuelve la sonrisa. Siento un vacío en el estómago, y me pregunto si Andy habrá compartido Nueva Roedoria con Jordyn.

—Solo quería ver si podíamos hablar —le digo.

Jordyn la jala del brazo.

—No necesitamos más jugadoras, ¿no, Andy?

Andy da unos pasos hacia atrás.

—Mejor vete.

No puedo creer que esto esté pasando. Sin importar qué, yo siempre había podido contar con Andy.

—Pero si tú odias los globos de agua.

—No, no los odio. Mis nuevas amigas no gritan "bomba de trasero" mientras apuntan a mi... —Andy se calla y cierra los ojos—. Vete, Lupe.

¡Teníamos nueve años! Se supone que . . . ¿Por qué no me dijo que odiaba las bombas de trasero?

—Andy, yo . . . yo . . . , perdóname, por favor. Por todo. —Tengo que arreglar esto, pero ella no me está dejando. Me empieza a temblar la barbilla—. ¿Puedo venir más tarde y hablar contigo a solas?

—Tengo planes —me contesta.

—Guaaau. Alguien no sabe captar una indirecta. —Jordyn se voltea y camina hacia las otras chicas.

Andy suelta un respiro molesto, y se pone una mano en la cadera.

—Además, como bien dijiste, soy una 'seguidora', ¿no? —El globo que Andy sostenía en la mano se desliza entre sus dedos y se estrella contra el suelo, como un simbólico gesto de fin de conversación. Luego, ella se va detrás de Jordyn sin darme siquiera chance de decir nada más.

Durante un momento, me quedo ahí, parada. ¿Cómo puedes ser la mejor amiga de alguien durante seis años y luego, en menos de una semana, esa persona te reemplaza por chicas más populares? Mamá siempre me ha dicho que lo único que necesito para sobrevivir es un buen amigo . . .

Es culpa mía que Andy se haya alejado. Tal vez descubrí, demasiado tarde, cuánto he metido la pata.

Pensar en pasar la secundaria sin Andy me da terror.

No tengo a nadie.

Cruzo la calle y levanto mi bici, mientras escucho risitas de fondo. Me pongo el casco y pedaleo rumbo a casa tan rápido como puedo. Me tiemblan las piernas y la bici se tambalea debajo de mí, pero continúo pedaleando. Las lágrimas me ruedan por las mejillas y se alojan en la correa de la barbilla.

***

En verdad creo que me ayudó mucho que Pa Wong hiciera su onda feng shui en mi cuarto, pero justo ahora no está funcionando. Me la he pasado tendida en mi cama durante veinte minutos y sigo sintiéndome peor que nunca. Ni siquiera puedo poner la mejilla en el retrato de papá que está en el pasillo con todo mundo en la casa. Así que hago lo que más se le acerca: bajo la tarjeta de Fu Li de la pared y recuesto mi mejilla en ella. Solo por un instante, imagino que Fu Li es mi papá. Incluso puedo sentir el olor a café.

Tocan a mi puerta, y me apresuro a meter la tarjeta en la funda de mi almohada. Finjo que estaba dormida, pero justo cuando se abre la puerta, comienzo a respirar tan agitadamente que parece que me he quedado sin aliento.

Mamá corre junto a mí.

—Ay, no, ¿qué pasó?

Comienzo a balbucear. Trato de decir "todos me odian", y en vez de eso me sale:

—O - ds - m - diaan.

Pero mi mamá es superbuena para interpretar el lenguaje 'llorando-feo'.

—No, nadie te odia. —Me limpia las lágrimas con la manga de su suéter—. ¿Qué pasó?

—A - dy - e - ne - vas - m - gas.

—Bueno, estoy segura de que tú puedes hacerte su amiga también. Podemos invitarlas a que vengan.

Ha pasado demasiado tiempo desde que mamá estuvo en la secundaria. Estoy segura de que los grupitos de chicas no existían en los tiempos en que ella tenía mi edad.

Es una línea muy fina, no puedo decirle a mi mamá que Andy ni siquiera me habla. Qué tal si hace lo clásico de mamá protectora y se enoja con ella o peor . . . , llama a la mamá de Andy. Así que en vez de eso la miro como si hubiera enloquecido por hacer esa sugerencia.

—O - fun - na - a - í - , - má.

Ella me pasa un mechón de pelo por detrás de la oreja.

—¿Quieres contarme qué pasó? Estoy segura de que Andy no te abandonó así nada más.

La pelea entre nosotras me viene a la mente. "Tu mamá puede mover sus influencias", luego: "te orinaste en los pantalones", y luego: "banco y suspensorio". Y: "tú ni siquiera puedes enfrentar a tu mamá".

En verdad no puedo contarle eso a mi mamá. Veo las líneas de preocupación en su frente. Necesito mantener esto bajo control.

Me obligo a sonreír, y me doy un minuto para que mi respiración vuelva a la normalidad. En ese momento, tomo una decisión: aunque Andy no me vuelve a hablar, tengo que intentar escuchar más a la gente, en vez de preocuparme solamente por mis metas y mi persona.

Mamá me limpia la cara para quitarme los mocos y el pelo empapado por las lágrimas.

—Entré al portal de la escuela ahorita que no estabas —me dice—. Estás teniendo un buen semestre, ¿no? Tienes *A* en casi todo, esas son buenas noticias, ¿verdad? —Se inclina y me da un beso en la mejilla—. Si te esfuerzas un poco más vas a poder conseguir *A* en todas las asignaturas y podrás conocer a Fu Li.

Uno de los aspectos menos positivos de tener una mamá que también es maestra es que, además de que los maestros vigilan cada cosa que uno hace, los maestros que son padres sí verifican las calificaciones. *Snif.*

—Sí, claro. Educación Física es la única clase que todavía está en el aire.

Mamá se encamina hacia el pasillo, pero me guiña el ojo cuando va saliendo.

—Bueno, creo que tengo algo que te animará. ¡La profesora Solden va a revelar quiénes son los mejores bailarines de country que bailarán el Día del Salmón la próxima semana!

CAPÍTULO 19

¡No es suficiente tiempo! Apenas he tenido dos semanas para convencer a la profesora de que soy lo bastante buena, y solo he tenido un día de baile muy bueno. Ahora solo me queda una oportunidad. Sé que hay al menos cuatro parejas igual de buenas, o mejores, que yo en la clase. Si puedo bailar requetebién este lunes en Educación Física, es posible que logre que la profesora me incluya cuando anuncie a los ganadores al final de la clase.

Me bajo de la cama de un brinco, saco la tarjeta de Fu Li de la funda y la vuelvo a colgar en la pared.

"¿Quieres *Aes* en todo? ¡Pues las tendrás!".

Corro hasta el cuarto de Paolo y golpeo la puerta.

—¡¿Qué?!

Su puerta se abre de repente y, en esta ocasión, veo que lleva una máscara de luchador anaranjada y amarilla y sostiene una Pitufina hecha de Legos.

—¡¿Qué?!

Señalo la máscara, la Pitufina, y mejor decido no preguntar.

—¿Qué cosa quieres, cretina?

—¿Puedes bailar conmigo un poquito?

Está a punto de cerrar la puerta, pero me recuesto a ella.

—Tenemos un trato. —Empujo con más fuerza, pero mis pies se resbalan hacia atrás mientras la puerta empieza a cerrarse.

Paolo gruñe.

—No soy tu sirviente, Lupe.

—¡Nada más un poquito! —Empujo con más fuerza—. Y limpio tu cuarto.

No puedo creer que acabo de decirle eso a alguien que piensa que para que la ropa interior esté limpia hay que colgar la sucia de la manija de la puerta para que se oree toda la noche. Tendré que entrar en contacto con mocos y Dios sabe qué más. Y no tengo un traje de protección contra materiales peligrosos.

La puerta se abre de repente, y voy a dar al suelo, sobre una montaña de porquerías. Hago arcadas y toso. Luego brinco para alejarme del montón de ropa que huele como si un perro mojado hubiera estado encerrado en el clóset durante un año.

—¿Qué chin...? —pregunto.

Paolo se quita la máscara y la lanza sobre la montaña.

—Pueees...acabas de decir que vas a limpiar eso. Tendrás treinta minutos de mi tiempo mañana, pero solo después de que termine mi importante proyecto —dice, y pone a Pitufina sobre su escritorio con mucha gentileza.

Luego me empuja de nuevo hasta la puerta. Me resisto una vez más, recostándome de nuevo a ella, solo para hacerle la vida difícil.

—Está bien. —Me incorporo, y Paolo cierra la puerta. Espero que el golpe que escucho sea su cabezota.

Voy a mi cuarto, y del gancho que está detrás de la puerta, descuelgo mi bata de la TARDIS de *Doctor Who* y me la pongo. Desearía que fuera una máquina del tiempo y del espacio de verdad, y que yo pudiera acompañar al Doctor. Podría volar hasta Gallifrey y hacer que todo esto desapareciera.

Voy a acurrucarme junto a mi mamá en el sofá, y ella me cubre con un brazo.

—¿Te sientes mejor, pequeña?

—Supongo que sí —respondo.

—Dame un momento —dice, y se pone de pie y va a la cocina. Unos minutos después escucho el clanc de una olla, y más tarde el olor de palomitas comienza a inundar la casa.

Mamá regresa con un tazón gigante de plástico.

—Tengo justo lo que necesitas. —Toma el control remoto y pone la cuarta temporada de *Doctor Who*, pero me viene a la cabeza que la primera vez que vi estos episodios fue con Niles.

Mamá me quita el pelo de la cara.

—Te quiero hasta la luna de Poosh y de regreso, mija.

Rose siempre ha sido la mejor pareja del Doctor, al menos

para mí. Se sienten como estar en casa, así que entre mamá acariciándome la cabeza y *Doctor Who* en la tele, me quedo dormida antes de que Rose y el Doctor salgan de la TARDIS.

Cuando me despierto, estoy en el sofá y el sol me da en los ojos. Me cubre una sábana y tengo palomitas en el pelo.

Paolo todavía está dormido, así que me pongo a practicar el baile sola un rato.

Una hora después, Paolo no se ha levantado, así que voy al patio a practicar mis ochenta y un lanzamientos en la zona. Hago un poco de calentamiento con diez rectas, luego con unos cuantos cambios. Lanzo una curva y le doy al borde de la zona, pero logro meterla.

Necesito concentrarme. Si puedo perfeccionar los lanzamientos más difíciles, puedo perfeccionar la onda esa del baile.

La voz de papá me llega como una brisa tranquilizadora. "Escucha, Toti".

Como lo oyeron, pero ese no es exactamente el apodo que quiere una gran pitcher. "Y ahora, para lanzar, ¡Toti, Lupeee Wooooong!". Para probar mi madurez, lanzo unos cuantos cambios y bolas de cuatro costuras, todas dan en la zona. Me siento como si pudiera lograr casi cualquier cosa.

"Para cuando estés en la prepa, si te esfuerzas lo suficiente, lograrás lanzar una bola de nudillos", dice papá. "Sigue practicando y tendrás la oportunidad de llegar al verdadero show".

Lo he intentado miles de veces antes. Si tan solo pudiera lanzar una bola de nudillos . . .

214

Mis manos todavía son muy pequeñas para que pueda colocar los nudillos en las costuras. Pienso en lo que dijo Niles. Quizá no todo sea ciencia. Quizá cada pitcher simplemente "sabe" cuándo es el momento. Encajo las uñas junto a la costura y deslizo el pulgar hacia el lado inferior.

"Recuerda, si es más de una rotación, no cuenta", dice papá.

Encajo la punta del pie para estabilizarme.

Me imagino a papá demostrándome cómo se hace, echando un brazo hacia afuera: "Tienes que lanzar y empujar".

Doy un paso hacia adelante como él, y la empujo. La bola baila un poco hacia adelante y hacia atrás, luego da directamente en el cuadro de la zona con un *tum* que suena profundo.

Solo es una, ¡pero lo logré! Se me cae el guante.

Si puedo perfeccionar la bola de nudillos, estoy segura de que llegaré a las mayores, y si puedo lanzarla, puedo bailar country.

Corro hasta el cuarto de Paolo y golpeo puerta.

—¡Paolo! Levántate.

De adentro me llegan ruidos de cosas que se caen.

—Dije que en algún momento mañana. No en la raya del trasero del amanecer —me grita.

Abro la puerta.

—Son las once.

Hay Cheetos esparcidos por la alfombra que se mezclan con un líquido que se derrama de un vaso recién caído.

Paolo se tapa la cara con la almohada.

—Está bien, ya voy.

Durante las primeros rondas, sufrimos unos cuantos tropiezos y empujones, pero las siete siguientes son casi perfectas. Para cuando terminamos, estoy mucho más preparada de lo que estaba el viernes.

Paolo le pone fin a la práctica con un empujón de hermano que me lanza contra el sillón.

—Ahora no me molestes, a menos que vengas preparada con ofrendas comestibles —me dice, y desaparece de nuevo en su cuarto.

El lunes, cuando la profesora vea qué bien bailo ahora, me dará una *A* en Educación Física, asegurando el 4.0 que necesito para conocer a Fu Li, ya que no me podría ir mejor en el resto de mis clases. Entre haber lanzado una bola de nudillos y llegar a dominar el baile de country con la peor pareja del mundo, ¡nada puede derrotarme!

Decido cerrar el asunto y relajarme un poco bailando por mi cuenta. En el buscador de la computadora tecleo "El pavo en la paja". El primer video es de Barney el Dinosaurio. Incluso aunque no saliera con un sombrero y botas vaqueras, tengo una política muy estricta anti-Barney. El segundo es un reportaje de la NPR titulado "¡El verdadero origen de la canción del camión de helados!". Realmente no tengo tiempo de estar leyendo noticias de gente vieja, pero le doy clic al video porque sé que al menos tendrá la canción.

Pero en lugar de la música que espero, sale una señora de rizos rubios y lentes negros de pasta, con acento británico.

"Durante décadas, los estadounidenses han celebrado la tradición del baile de country, *square dancing*. Casi todas estas canciones tuvieron sus orígenes en la región del sur".

No es un misterio. Andy y yo vimos como un montón de esas canciones, en su versión original, las cantaban personas que eran esclavas.

"Pero lo que muchos de ustedes no saben es que algunas de estas canciones tienen versiones modificadas que están llenas de racismo". La señora se calla y me mira fijamente. Bueno, no me mira a mí, sino a la cámara.

"La disquera Columbia Records lanzó en 1916 una versión tan perturbadora . . . —la voz de la señora tiembla un poco—. Dejaré que la canción hable por sí misma".

Empieza a sonar la familiar canción del camión de helados. La música se escucha un poco entrecortada, pero igual que en la versión que conozco, un hombre con acento sureño empieza a gritar.

La palabra que comienza con "N" suena como si el cantante estuviera acostumbrado a decirla todo el tiempo. Hace una llamada en voz burlona para que "ellos" vayan a recibir helado, y luego repite una y otra vez cómo esos "N" adoran comer sandía. ¿Los chicos de mi edad tuvieron que bailar al son de esas palabras en algún momento de la historia? ¿Es esta la supuesta herencia que quieren que celebremos? El estómago se me revuelve lentamente, como si hubiera comido carne podrida.

Lo único que se me ocurre es cómo se sentiría Andy si estuviera aquí. Me arden los ojos llenos de lágrimas. Esto no es lo

mismo que poner mi chamarra encima de un charquito de ori-
nes para protegerla.

Incluso si Andy no quiere tener nada que ver conmigo, no
puedo permitir que escuche nunca esa canción.

CAPÍTULO 20

El cielo está oscuro y llueve a oleadas. Los pasillos de la escuela son especialmente peligrosos con este tipo de clima. En vez de ir a la cafetería a almorzar con Niles y Gordon, voy a la dirección.

Me pasé la mañana entera en clase, preguntándome si estoy haciendo lo correcto. Estaba tan cerca de sacar una *A* y de conocer a Fu Li. ¿Quién sabe qué pasará ahora? Me recuesto en una esquina cerca de mi casillero, para poner en orden mis pensamientos. Si me quedo quieta y nunca le digo a nadie, a lo mejor nunca se van a enterar, y una vez que atraviese la puerta de la oficina de la directora Singh, podría empeorar las cosas. Podría llamar la atención sobre esta versión en particular, lo que provocaría que Andy la escuchara, y todo por mi culpa.

Pero si no hago nada, la canción seguirá ahí afuera. ¿Y si

alguien la escucha y piensa que otras personas la oyeron y no dijeron nada? ¿Qué van a pensar?

No es posible que sepa cómo se sentiría Andy si escuchara esa canción, pero lo que sí sé es cómo se siente algo que duele. Y cuando una ve algo malo en el mundo, una tiene que alzar la voz y oponerse. Incluso aunque Andy siga enojada conmigo dentro de diez años por lo que le dije, cuando escuche esa canción, al menos sabrá que intenté hacer lo correcto.

Conocer a Fu Li va a tener que esperar.

Este es uno de esos días en los que no se puede correr dentro del tráfico de estudiantes, a menos que una esté lista para la batalla. Me aprieto la mochila y salgo de entre las sombras. Avanzo en línea recta por el centro del pasillo hacia la oficina de la directora Singh.

¿Y las palabras del abuelo de que no siempre hay que luchar en contra de las cosas, a menos que exista una muy buena razón? Bueno, no se me ocurre una mejor razón que esta.

No tengo nada preparado, ni presentación de PowerPoint ni lista de puntos. Solo las horribles palabras de la canción que resuenan en mi mente. No sé como podré escuchar de nuevo esa canción y pensar en algo distinto.

Toco a la puerta y espero.

—¿Sí?

Abro y me quedo parada en la entrada de la oficina. La directora Singh está sentada con las piernas cruzadas en un tapete de yoga, en el suelo.

—Srta. Wong, ¿se trata de algún asunto que pueda esperar?

Justo como la señora del programa de NPR, no puedo evitar que me tiemble la voz.

—Es algo muy serio.

Ella enrolla el tapete de yoga.

—Supongo que ahorita está bien, en cualquier otro momento, tal vez no esté tan calmada —murmura. Toma un largo trago de agua de su botella reusable y se pone de pie—. Así que, ¿en qué puedo ayudarte?

Me doy cuenta de que me estoy rascando un pellejito del pulgar, como Andy.

—Vi algo en las noticias. Algo malo, y no estoy segura de cómo decírselo.

—Bueno, ¿puedes enseñarme lo que viste? —dice ella, mientras se sienta a su escritorio.

Parece un poco sorprendida cuando paso alrededor de su escritorio para teclear en su computadora. Hago la misma búsqueda que hice la noche anterior. Por supuesto, aparece Barney, e inmediatamente debajo de él, está el reportaje de la NPR.

—¿Qué es esto? —me pregunta.

Doy clic en el enlace. La mujer con acento británico empieza a hablar sobre los orígenes del baile de country, particularmente *square dancing.*

La directora Singh, de pronto, ya no suena tan calmada.

—Lupe, si esto tiene que ver con volver a cambiar la canción . . .

—Solo escuche.

Presiono un botón del teclado y subo el volumen. Justo ahí,

en la oficina de la directora, empieza a sonar la canción del camión de helados.

Las palabras entrecortadas del viejo disco se escuchan más alto. La directora recorre con la vista el artículo que acompaña el reportaje mientras escuchamos la canción. No está sonriendo.

Después del segundo verso, presiona *mute*.

—Ya escuché suficiente. —Todo queda en silencio, solo se escucha el tictac de un pequeño reloj en su escritorio. Sospecho que este es uno de esos momentos en que debo callarme y esperar.

Ella desvía la mirada y habla muy bajito.

—En ese momento hice lo que sabía hacer. Ahora que sé un poco más, puedo hacerlo mejor.

No estoy segura de si me esta hablando a mí o a sí misma. Pero de todos modos, son palabras muy inteligentes.

Por fin voltea el rostro hacia mí y me pone una mano en el hombro.

—Necesito pensar en cómo voy a manejar esta situación, pero hiciste lo correcto llamando mi atención sobre esto.

—Directora Singh, ¿usted sabe que si vuelve a cambiar la canción a estas alturas, daría igual transferirme a una secundaria en la Antártica?

—Esto no se trata de toda la canción —me dice.

¿Qué? ¿Acaso no escuchó la letra?

—Lupe, el baile de country no es repugnante. La música de esta canción no es repugnante. La letra que alguien le puso es repugnante.

—Pero alguien lo hizo así —contesto.

—Y no tenemos que aceptar eso.

Puedo ver su punto de vista, pero hay algo todavía que no me cuadra. Solo que no logro definir exactamente qué es.

—No quiero que piense que me estoy quejando del baile de country —digo, y ella alza tanto las cejas que casi le llegan al nacimiento del pelo—. Pero no entiendo por qué todos tenemos que bailarlo.

Mientras le digo eso pienso sobre la danza del León en el desfile del Año Nuevo Chino. El retumbar de los tambores vibrando en mi pecho y ese sentimiento de querer saltar y volar, justo como los leones. O mirando a Bela, bailando el jarabe tapatío, ondeando su falda imaginaria.

—Es decir —continúo—, soy norteamericana, pero no veo qué tiene que ver el baile de country conmigo o con mi herencia cultural. Nunca he visto a nadie de mi familia o a ninguno de mis amigos bailarlo antes de esta clase de Educación Física. ¿Su familia baila country, específicamente *square dance*?

—No —dice la directora, y se ríe.

—Entonces, ¿por qué todos están pasando por alto que *este baile* nos deja fuera a la mayoría?

¿Acaso eliminarlo sigue siendo lo que quiero? Finalmente logré dominarlo. Podría haber llegado a ser una de las finalistas. Esto es lo que es sentirse dividida entre haber conseguido lo que quería y saber que algo no anda bien.

La directora sonríe.

—Tienes razón, Lupe. Pero, el baile de country no es malo,

solo es ... —Suena el timbre de la siguiente clase, interrumpiéndola—. No puedo ayudarte a olvidar esas palabras, así que tendrás que darme la oportunidad de reemplazarlas para ti.

—¿Cómo puede alguien reemplazar algo así? —le pregunto.

Da golpecitos con el dedo en su escritorio.

—Mira lo que hicieron por los libros Julius Lester y Jerry Pinkney —dice la directora—. Los cuentos del pequeño Negro Sambo y el Tío Remus estaban llenos de cosas racistas. Sin embargo, ellos tomaron esos cuentos, los reinventaron y crearon algo hermoso que ahora es atesorado por su comunidad y por todos nosotros. Podríamos hacer lo mismo.

—O sea que todavía ...

—Oh, sí —dice, y se pone de pie—. Desde 1938, la Secundaria Issaquah ...

—Sí, ya sé. —Suspiro, y camino hacia la puerta.

Eso quiere decir que aún vamos a bailar el baile de country y yo todavía tengo que quedar entre los finalistas.

En lo único que puedo pensar es como voy a tener que cargar con la culpa de lo que sea que se le ocurra hacer a la directora.

—¿Podría no decirle a nadie quién le dijo? —le pregunto.

Ella se ríe y va conmigo hasta la puerta.

—Creo que algunas personas lo sabrán. —Me da un abrazo—. Pero de todas tus causas, esta es una de las que deberías estar extremadamente orgullosa. Me alegra que hayas acudido a mí, y creo que se me acaba de ocurrir una manera de hacer el Día del Salmón de Issaquah incluso mejor, eso para empezar.

No tengo idea de qué se le pudo haber ocurrido, pero con mi historial (aun cuando creo que hice lo correcto), estoy segura de que acabo de martillar el último clavo del ataúd de mi vida social.

CAPÍTULO 21

Gordon y Niles me están esperando junto a mi casillero para ir a Educación Física. Están jugando a "Piedra, papel o tijera", y cada vez que uno gana, se empiezan a reír. Me pregunto si lo estarán haciendo solo por diversión. No parece el mejor momento para contarles lo que acaba de suceder con la directora Singh.

—Vamos, chicos.

Es como si nos enfrentáramos a cincuenta equipos de *roller derby* en una pista recién engrasada. Mientras Niles, Gordon y yo nos mantengamos juntos, la combinación de nuestras masas disminuirá la posibilidad de que nos saquen del pasillo y alguno termine en el lodo.

La profesora Solden pasa junto a nosotros.

—Hola, profesora —la saludo.

Asiente mientras juguetea con sus llaves, y rápidamente mira hacia otro lado.

—¿Qué opinan de eso? —dice Gordon, señalando hacia la profesora. El chico está tan cerca de mí que la irregularidad en su voz es mucho más notoria y perturbadora. Quedar finalista en el baile de country es tan importante para él como para mí, pero por razones totalmente diferentes.

A menos de que tengan micrófonos, la profesora no puede saber todavía sobre mi conversación con la directora. Le doy una palmadita en el hombro a Gordon.

—Tal vez solo tiene prisa o no quiere que parezca que tiene favoritos. —No estoy segura de si estoy tratando de animar a Gordon o a mí misma—. Mira, tenemos una oportunidad más para convencerla. Solo asegúrate de que estemos en el mismo grupo, así los demás se van a ver mal en comparación.

Nos detenemos entre dos secciones de casilleros cerca de la pared, ya fuera de peligro.

—Hoy necesito mi cara de póquer —dice Gordon—. El hombre está de regreso.

Se quita la mochila y se la da a Niles. Luego se pasa las manos por el pelo varias veces, desordenando el peinado con gel. No le queda tan rizado y esponjado como antes, pero está bastante cerca. Se quita el suéter nuevo de Hike-Tech, pero se le atoran los brazos y tengo que ayudarlo a zafarse. Debajo, lleva puesta una camiseta en la que Yoda se apoya en su bastón con los ojos entornados, que dice: "Pero no lo intentes . . .".

Gordon se aleja un poco y se queda quieto, mirando a la gente pasar. Está tan metido en el tráfico del pasillo, que lo empujan.

—Cuidado. —Lo jalo hacia la pared—. ¿Estás loco? Mejor vámonos a clase. Está a punto de empezar.

Le paso el suéter, pero Niles lo toma y lo cuelga de la mochila de Gordon.

—Antes tengo que hacer algo —dice Gordon, con voz temblorosa. Se quita el retenedor y la prótesis de los dientes, dejando a la vista el hueco del diente que le falta y el que está roto. Me hace sonreír. Extrañaba sus viejos dientes. Cuando vuelvo a mirarlo a los ojos, hay algo en su mirada que hace que se me congele la sangre. Está respirando entrecortadamente, mirando los dientes que el novio de su abuela le hizo, cada vez más pálido.

—Gordon, ¿qué te pasa? —le pregunto.

—Mi antiguo yo era mejor —dice—. No debería tener que cambiar para gustarle a la gente.

—Si eres el verdadero tú, la gente adecuada te querrá —le dice Niles con una sonrisa.

¿Me estoy perdiendo algo?

Gordon cierra los ojos y avienta sus dientes falsos hacia el río de estudiantes. Los ve caer, pero no se mueve para evitar que los pisoteen. Después de un momento, se acerca a recogerlo.

—¡Gordon! ¡Nooooooo! —grito.

Niles me detiene antes de que me lance detrás de Gordon.

—Déjalo —me dice.

De cualquier forma, es muy tarde. Gordon está cinco metros más adelante, pero dado el número de personas entre nosotros, bien podría ser un kilómetro. En vez de seguir las reglas y mantenerse erguido para que no lo decapiten, se arrodilla a recoger sus dientes. Su cabezota es un blanco fácil, y su cuerpo se dobla cuando lo golpean en la cara con el estuche de un trombón y en el estómago con una mochila. Para cuando se detiene la golpiza, está a diez metros de distancia, ya no en el cemento, sino en el lodo.

Se levanta. Le está saliendo sangre de la nariz y uno de sus ojos está cerrado, pero alza el retenedor pisoteado entre los dedos como si fuera un trofeo.

***

Casi pierdo un zapato ayudando a Gordon a salir del lodo. La nariz rápidamente le para de sangrar. Fuera de una costra de sangre bajo su nariz, no hay más evidencia de lo que acaba de hacer, aunque su párpado está cerrado por la hinchazón del ojo.

Nada de esto parece sorprender a Niles. Me pregunto si lo habrán planeado antes.

—¿De verdad tenías que tirar tus dientes ahí? —le pregunto—. ¿No podías haberlo pisado tú mismo en la seguridad de algún salón?

—Ahora ya no va a ser mentira si le digo a mi abuela que tuve que ir por mis dientes nuevos. Fue la decisión correcta, ¿verdad? —dice, tartamudeando otra vez, pero nos guiña el ojo exageradamente—. Schnelly . . . Schnelly . . . —repite, como si estuviera haciendo una prueba de sonido, con una sonrisa chimuela y enorme—. Me siento yo mismo.

Respira profundamente y camina con confianza hacia la clase de Educación Física.

Damos vuelta a la esquina y llegamos al gimnasio. Mi estómago da un vuelco. Estoy segura de que Gordon será uno de los finalistas, pero la siguiente hora será decisiva para mí. Miro la camiseta de Gordon, y me doy cuenta de que Yoda tiene una gota de sangre seca en la punta de una oreja peluda. Este es uno de esos momentos en que tengo que poner primero a mis amigos, aunque hoy mi vida dependa de no llegar tarde . . .

—¿No crees que deberías ir con la enfermera? —le pregunto.

—No —contesta—. Estuve esperando dos semanas por este momento.

Saco un *kleenex* de mi mochila y lo mojo en el bebedero.

—Espera.

Le limpio debajo de la nariz para borrar cualquier evidencia que lo pueda mandar a casa.

Gordon y Niles desaparecen en los vestidores de niños, después de que Niles se despidiera diciendo adiós con la mano.

Cuando entro al vestidor de las niñas, Andy ya está en su casillero, de frente a mí.

Baja la vista. Sigo sus ojos y descubro que he dejado un rastro de huellas lodosas por donde acabo de pasar. Mis zapatos y calcetines son del mismo color que los malvaviscos cubiertos de chocolate, gracias a Gordon.

Dejar huellas de lodo en el gimnasio puede provocar que la

profesora me baje la calificación. Me quito los zapatos y me acerco al lavamanos. Abro la llave y los limpio con una toalla de papel. Después de unos minutos, ya no son de color café, pero están empapados. Enciendo el secador de manos, pero la profesora ya está soplando el silbato y apenas me da tiempo de ponerme mi uniforme de gimnasio antes de que empiece la clase.

Salgo corriendo y me detengo junto a Gordon y Zola para quedar en su grupo.

Zola está mirando a Gordon.

—¿Qué pasó? Tus dientes . . . tu pelo . . .

Gordon se muerde el labio con su diente roto. Uno de sus ojos está medio cerrado. Eso a Zola no le preocupa, aunque seguro se va a convertir en un gran moretón.

—Creo que se ve muy bien —digo.

Gordon me sonríe y se sonroja. Zola entrecierra los ojos y ladea la cabeza un poco como si eso fuera a transformarlo de regreso en Gordon-GQ con pelo y dientes perfectos.

Gordon le da la espalda y queda de cara al centro de la pista.

—Gracias por la preocupación, Zola, pero me siento muy contento con esta nueva imagen que elegí yo mismo.

La profesora da un silbatazo.

—Escuchen. Sé que deben estar nerviosos y que tienen muchas ganas de saber quiénes van a representar a su clase el Día del Salmón. Así que sin más preámbulo: ¡estos son los ganadores!

No puede ser. ¡Necesito que vea cuánto mejoré! Me salgo del círculo y agito la mano en el aire.

La profesora está mirando su portapapeles.

—La primera pareja ... —dice.

—¡Espereeeeeeee! —grito mucho más fuerte de lo que esperaba.

Todos se voltean a mirarme. La profesora alza la vista, molesta y ladea la cabeza.

—Espero que tengas una buena razón.

—¿No vamos a bailar antes? —pregunto, balanceándome de un lado a otro en mis zapatos mojados. El chapoteo resuena por el gimnasio.

La profesora baja la cabeza y cierra los ojos, como si no pudiera aguantar más nuestras tonterías.

Trato de meter las manos en los bolsillos, pero no tengo.

—Usted sabe. Para ... ver realmente nuestro progreso.

—Sí. —Gordon junta las manos frente a su pecho haciendo un gesto exagerado, como si rogara por su vida—. Perdimos un día de práctica por jugar a capturar la bandera.

—Tarados —dice alguien en forma de tos.

—Marcus, ven a verme después de clase —dice la profesora, sin siquiera levantar la mirada. Pone el portapapeles debajo del brazo y se pellizca la nariz con los dedos—. Voy a anunciar a los ganadores primero y después podemos bailar. Como les gusta tanto bailar, ustedes dos se pueden quedar después de la escuela y bailar todo lo que quieran. Con gusto les pongo la música.

—*Touché,* profesora —susurra Gordon—. Tal vez lo haremos.

Aprieto mis calcetines mojados entre los dedos de los pies. La suerte está echada. Practiqué para nada. Miro alrededor, y veo a Andy. Sé que puede verme, pero no se voltea.

—Ejem. La primera pareja que espero practique un poco más para estar lista el viernes, está compuesta por . . . —La profesora consulta el portapapeles—. Samantha y Blake.

Los que aplauden lo hacen como si no estuvieran seguros de cómo se supone que reaccionemos. Sobre todo, hay un silencio incómodo. Samantha y Blake eran obvios. Samantha podría bailar con un elefante, y aun así salir como finalista.

Blake le sonríe a Samantha, y ella pone los ojos en blanco, como de costumbre. Parece que le está dando una convulsión.

—Por hacer el mejor trabajo en equipo, . . . —La profesora mira a lo largo de la fila con una de las comisuras de su boca más alta que la otra. Luego alza una ceja—. Niles y Andalusia.

Niles abre mucho los ojos, y Andy hace un sonido extraño que suena como *miip*.

Andy le sonríe a Jordyn, y no puedo evitar notar que ella no le devuelve la sonrisa. Andy y Niles se miran.

—Lo lograste —dicen al mismo tiempo—. ¡Encantado! —gritan y luego se ríen.

Gordon le da unas palmaditas a Niles en el hombro.

—Buen trabajo, amigo —dice, sin su entusiasmo normal.

Algunos compañeros están murmurando, pero creo que hablan sobre sus planes para después de clases y no sobre la competencia del baile de country. Estoy muy segura de que Gordon y yo somos los únicos a los que nos importa el próximo anuncio.

La profesora sopla el silbato, y el ruido disminuye.

—Por el estilo y la capacidad, más allá de una vuelta o caminata típica, la tercera pareja es... —ella mira de nuevo su portapapeles como si no supiéramos que lo hace para hacerse la graciosa—, ¡Gordon y Zola!

—¡Sí! —dice Gordon, levantando un puño, y su ojo bueno comienza a empañarse.

—Felicidades, Gordon y Zola —dice la profesora.

Jugueteo con las manos y doblo las rodillas de tal manera que mis shorts se suben. En mi prisa por limpiar los zapatos, se me olvidó ponerme la *lycra*. Además, mi pelo está muy despeinado y hay un charco bajo mis pies. La vibra de hoy es muy distinta al viernes, cuando bailé tan bien. Si el feng shui de Pa aplica a la Educación Física, no está funcionando.

—La última, pero no por eso menos importante, mi categoría favorita —dice la profesora con una risilla—, la pareja que más ha mejorado.

¿Pareja?

Mi estómago se desploma, como si hubiera tomado la vía rápida desde la panza hasta los pies. La última ganadora no es una perdedora como yo, que convenció a su hermano de ayudarla o que practicó sola frente al espejo como una tonta, pensando que de alguna manera podría ganar. Miro mis pies, pero mis zapatos comienzan a desdibujarse. Me obligo a no parpadear.

Todo el mundo está conversando, a nadie le importa lo que tiene que decir la profesora.

—Lo siento, Lupe. —Gordon me acaricia el brazo.

No levanto la mirada. Los murmullos están aumentando. La profesora sopla el silbato.

—El próximo que hable tendrá que darle varias vueltas a la pista corriendo.

Ahora sí todos se callan, nadie respira. Yo estoy completamente quieta.

—Como dije, por la gran mejoría... —comienza diciendo la profesora, y por el ruido que hace, sé que está moviendo sus papeles sin razón—, y esto también aplica a la actitud. La ganadora final es... ¡Lupe Wong!

Parpadeo, y siento una lágrima rodar por mi mejilla. Con la boca abierta, me volteo a mirar a Gordon y a Niles.

Gordon alza el puño y se echa a reír.

Jordyn y las otras chicas del equipo de fútbol también se están riendo, pero no de la misma forma. Niles se sale de la fila y me regala una enorme sonrisa.

Miro a Andy, y me parece que sonríe un poquito, pero ella no se voltea a mirarme.

—¿Es una broma? —Samantha Pinkerton me señala—. Lupe ni siquiera tiene una pareja.

La profesora camina hasta las gradas y deja allí su portapapeles.

—Bueno, gracias a Lupe, eso no volverá a pasar. De ahora en adelante, las personas van a cambiar de pareja cada vez que necesitemos equilibrar las parejas y cualquiera va a poder elegir con quién bailar.

Samantha mira de un lado a otro.

—Bueno, así probablemente podré elegir bailar con alguien más profesional.

—¡Cállate, Samantha! —dice Blake, con la voz de alguien que se acaba de percatar de que se va a quedar sin pareja.

La profesora se voltea a ver a Samantha.

—Creo que dije algo sobre la próxima persona que hablara...

Samantha abre la boca.

—Empieza a correr —dice la profesora—, y el resto pónganse en parejas.

Samantha da un pisotón para mostrar su enfado, y después comienza a trotar con la mayor lentitud posible alrededor del gimnasio. El resto nos movemos para ponernos en pareja y separarnos en grupos.

Blake se acerca a la profesora.

—¿Puedo practicar con Lupe si Samantha no puede ser mi pareja?

La profesora Solden me mira, pero yo todavía estoy sorprendida por el anuncio y no me he movido.

Por un momento pienso que me va a hacer bailar con Blake, pero entonces...

—Creo que los dos pueden practicar solos hoy —dice, y me guiña un ojo.

Y tiene razón. Estoy bien sola.

Blake hace un puchero ante la posibilidad de pasar toda una clase bailando con el aire, pero al menos no pisará a nadie si está bailando solo.

Pero no me siento capaz de hacerle eso. Él no me apoyó en su momento, pero yo no puedo darle la espalda.

—Blake —lo llamo.

Corro hasta él, y enlazo mi brazo con el suyo. Blake se endereza y tiene una enorme sonrisa.

La profesora niega con la cabeza, pero no dice nada. El teléfono en la pared comienza a sonar, y ella enciende la música.

—¡A practicar! —dice.

Los demás ya están en grupos y bailando. La profesora trota hasta el teléfono y contesta.

—¿Bueno? —Nos da la espalda, y no podemos escuchar nada más.

Cuando se voltea, me está mirando con el ceño fruncido.

—¿Qué? —Esa parte sí la escucho—. No tenía idea. —Cierra los ojos y niega con la cabeza—. Por supuesto. Déjame ver qué puedo hacer. Gracias por avisarme.

La profesora barre el gimnasio con la mirada como si estuviera pensando, y entonces se detiene. Sus ojos están posados en Carl, que está tratando de alcanzar quién sabe qué por encima de su cabeza mientras limpia debajo de las gradas.

—¡Trodson, ven acá! —dice, sonriente, y cuelga el teléfono.

Carl comienza a caminar lentamente, con la cubeta de chicles y la espátula en la mano. A medida que se acerca a la profesora, sus ojos se agrandan y exagera su cojera. Ella le pone una mano en el hombro, como lo hizo conmigo cuando me daba ánimos antes de un partido. Carl le da la cubeta y la espátula. Entonces, la profesora me descubre mirándolos.

—¡Blake, Lupe! —grita—¡Pónganse a practicar!

Doy un salto, porque con tanta emoción, se me había olvidado lo de bailar. Sonrío como si acabara de romper mi piñata de cumpleaños. Por un momento, pienso que la profesora está enojada, pero cuando me volteo a verla tiene una sonrisa satisfecha.

Eso es todo. Lo logré. Saqué *A* en Educación Física, y ya tengo *Aes* en el resto de mis clases. Voy a conocer a Fu Li. Lo único que me queda es . . .

Las piernas se me vuelven gelatina. ¿Cómo pude olvidarlo? Ahora voy a tener que bailar sola enfrente de toda la escuela.

CAPÍTULO 22

Después de una clase épica en la que yo fui la que guie a Blake, me siento paralizada por una mezcla de terror y alegría. No puedo parar de pensar en qué cambio tiene planeado la directora Singh. Zola y yo somos las últimas en entrar a los vestidores, porque Gordon insistió en tratar de añadir un giro y una inclinación al final del baile. Dijo que yo también necesitaba hacerlos, para probar cómo se veía en el escenario.

Zola me da unas palmaditas en el hombro.

—Va a quedar increíble, Lupe.

Mi instinto me dice que me voltee a ver el lugar que acaba de tocar, pero no lo hago. Debo de estar comenzando a pensar que ya no es la niña que se metía el dedo en la nariz cada segundo del día.

Damos la vuelta para entrar a los vestidores. Veo que Jordyn le lanza una lata vacía de crema de afeitar *Hawaiian Breeze* a Andy, quien la atrapa con una mirada confundida y la lanza rápidamente al basurero.

—Oh, hola, Lupe —dice Jordyn, demasiado entusiasmada.

Suenan risitas por el vestidor, y aunque esperaba que me molestaran un poco, siento que algo no anda bien.

Conforme me acerco a mi casillero, cada vez más fuerte es el olor a coco. Continúo hacia adelante, segura de que no me espera nada bueno. La palabra "Cacalupe" está escrita en el centro del casillero, en sentido vertical, con las letras muy unidas unas con otras. Manchas blancas decoran el suelo. Siento como se me calienta la cara. Zola no se está riendo.

—Solo están celosas —murmura, con voz temblorosa.

Me volteo a mirarla, y sus ojos están llenos de lágrimas.

—Lo siento —dice—. Sé cómo se siente.

La cara se me pone más roja. Si Zola sintió en segundo grado el mismo golpe en el estómago que estoy sintiendo yo ahora, fue por mi culpa. Me está mirando como si fuéramos miembros de un club que solo nosotras entendemos, y tiene razón. El sabor podrido que siento en la boca proviene de saber que yo fui la que la inició en ese club. Las palabras de la directora cobran sentido de repente: "En ese momento hice lo que sabía hacer. Ahora que sé un poco más, puedo hacerlo mejor".

Miro a mi alrededor sin saber qué quiere decir "mejor". Me encuentro con la mirada de Andy, y ella desvía los ojos. Nunca me he sentido tan sola. Me gustaría que se abriera un hoyo en el suelo y me tragara.

No todas las chicas se ríen como Samantha, Claire, Jordyn y su séquito, pero todas me miran. La palabra "Cacalupe" ya se convirtió en una línea que cruza mi casillero.

La profesora entra desde el gimnasio y las risas se detienen. Se para detrás de Zola y de mí y señala el letrero.

—¿Quién fue?

Abro la puerta del casillero para tomar la toalla, y la crema de afeitar termina por caer al suelo. Comienzo a limpiar el charco con olor tropical, pero la profesora me quita la toalla.

—Cámbiate, Wong, yo me encargo de esto.

—No, profesora. Yo puedo limpiarlo —digo, tratando de que mi voz no tiemble, y alargo la mano para tomar la toalla—. No pasa nada.

Me ignora, y limpia la puerta. La crema de afeitar ha arruinado la pintura y ha dejado una marca en el casillero.

—*Sí* pasa —dice ella con fuerza, mirando al resto de la clase—. Voy a averiguar quién hizo esto.

La profesora da media vuelta, pero uno de sus pies se resbala con la espuma que está en el suelo. De pronto tiene la pierna en el aire y trata de detenerse con un brazo, pero cae y produce un golpe sordo. Se escucha un *crac*. Aprieta los labios para no dejar salir las palabras que se le acumulan en la boca, pero que no obstante logramos escuchar y que parecen groserías en una lengua alienígena.

Sus balbuceos se mezclan con algunas risillas.

¿Por qué se están riendo? Está lastimada.

Zola y yo no nos estamos riendo. Tampoco Andy. Andy se

está apurando a vestirse, pero no sé si es porque está tratando de evitarme después de que ayudó a ensuciar mi casillero o si se da cuenta de que esto ya escaló de una broma a algo más serio.

La profesora se acerca el brazo izquierdo al cuerpo.

—¡Cuando descubra quién hizo esto, esas personas van a pasar una semana castigadas! —ruge, y logra sentarse—. ¡Todas fuera!

Ahora todas se cambian rápidamente. La mitad de las chicas se van, pero yo estoy paralizada. Miro a la profesora. Una cosa es ver a un chico caerse en la escuela, y otra muy diferente es cuando un adulto, que está aquí para cuidarnos, se lastima, la impresión es muy aterradora.

La profesora se apoya en el banco, con los ojos cerrados, sosteniendo su brazo. Andy toma sus cosas y sale corriendo detrás de las demás sin mirarme.

—Vete a clase, Wong —me dice la profesora cuando abre los ojos y me encuentra allí todavía.

—Está bien. Ya voy —miento.

Sé que no tengo permiso, pero entro a su oficina y aprieto el botón que dice "Directora Singh" en el teléfono.

—¿Qué pasó, Becky? —pregunta la directora.

—Es Lupe, no Becky —digo en voz baja—. Necesitamos ayuda. La profesora se lastimó. Creo que está alucinando por el dolor. No le diga que yo llamé, pero apúrese.

—En camino —dice, y cuelga.

Me tomo mi tiempo para vestirme. La directora llega en

menos de dos minutos, pero el resto de mis compañeras ya se fue a su siguiente clase.

—Deja eso, Becky —dice la directora, corriendo hasta la profesora, que está todavía intentando limpiar la crema.

—Estoy bien. —Tiene la cara tan pálida como la tiza.

Tomo mi mochila y salgo de los vestidores.

Jordyn me está esperando afuera, bloqueándome el paso. Huele a coco.

—¿Ahora qué? —le digo—. ¿No hiciste suficiente?

—Si dices que fue mi culpa, les diré que fue idea de Andy —me dice con las manos en las caderas y los ojos entornados.

El corazón se me baja hasta los tobillos.

—¿Por qué harías eso?

Jordyn se encoje de hombros y comienza a caminar hacia el edificio principal.

—Escuchaste lo que dijo la profesora. Alguien tiene que pagar por esto.

***

Aunque sé que Andy probablemente sí tuvo algo que ver y en estos momentos no me habla, la idea de que se lleve toda la culpa por lo sucedido hace que aumente todavía más mi resentimiento con Jordyn, Samantha, sus seguidoras y todo el equipo de fútbol.

He tenido tantas altas y bajas en el día de hoy, que si fuera Gordon ya habría vomitado mi desayuno.

Al regresar de la escuela, no me detengo a hablar con Delia, a pesar de que hay un gato nuevo sentado en su lote de menta gatuna.

Me baño y me pongo la pijama.

No sé por qué lo hago, pero reviso mi correo electrónico. Ya ha pasado más de una semana, pero las respuestas a mi pedido de apoyo en Change.org van por tres mil. Desde la noche anterior he recibido ciento cuarenta y siete correos nuevos. Leo los asuntos: "Tienes el apoyo de la sección ACLU-Florida", "¡Qué adorable!" y "¡Yo también odio el baile de country!". Pero no solo veo asuntos del tipo "¡Destruyamos *square dancing*! ¡Y después el kale!", sino que también me han hecho donaciones. ¡¿Qué?! No se supone que esta fuera una página de recaudación de fondos. Ahora, ¿qué voy a hacer con todo este dinero que no me merezco?

Cierro la página antes de que pueda ver más. No puedo pensar en esto con todo lo que está pasando.

Me acuesto en la cama. No sé cómo resolver este problema.

Cuando abro los ojos, mi mamá me mira desde la puerta.

—Siento lo que pasó hoy —dice—. ¿Palomitas y *Doctor Who*?

—Déjame adivinar. Llamó la profesora.

—No. Esta vez fue la directora.

—¿Cómo está la profesora? —pregunto, y cruzo los brazos sobre los ojos, tratando de bloquear la imagen de la profesora en el suelo del vestidor.

—Se rompió el brazo. Va a tener que usar un cabestrillo seis semanas, pero estará bien. Al parecer, ya alguien ha delatado anónimamente al culpable.

Es peor de lo que pensaba. La situación debe estar en código rojo después de que la profesora se rompiera el brazo. Y Jordyn ya culpó a Andy por algo que ella hizo.

Me volteo para mirar a mamá.

—No me siento bien. Creo que me voy a dormir temprano.

—No cenaste nada. —Me mira como si estuviera loca y me pone la mano en la frente—. No tienes fiebre.

—Por favor —digo. No puedo soportar la idea de sentarme a cenar cuando el universo se destruye a mi alrededor—. No tengo hambre.

Mamá me acaricia la cabeza.

—La directora me envió el enlace del reportaje que le enseñaste. ¿Por qué no me lo mostraste?

Un sabor a sardinas mohosas me inunda la boca al pensar en el texto de la canción.

—¿Para que lo vieras? Amas cualquier cosa que tenga que ver con bailar. No quería arruinar el baile de country para todos.

—La directora tomó la decisión correcta al enviarme ese correo —dice—. Los padres tenemos que decidir si discutir el asunto con nuestros hijos o no.

Siento como si me resbalara agua helada por la espalda.

—¿Se lo mandó a *todos* los padres? —pregunto, y recuerdo cómo me sentí al escuchar esa canción. Entonces me imagino a todos los padres mostrándoles el reportaje a mis compañeros.

—Lupe, lo que descubriste era una costra que necesitaba quitarse. Entre más difícil es un asunto, más incómodo es hablarlo, pero ¿realmente piensas que la directora debería haber mantenido el asunto en silencio? Es mucho mejor revelar lo descubierto, para que todos puedan aprender y ser más conscientes.

Me tapo la cabeza con la almohada.

—¿Crees que Andy lo vio?

Ella me quita la almohada.

—La mamá de Andy no es el tipo de persona que le ocultaría cosas para protegerla. Deberíamos darles la oportunidad a ustedes de ver lo bueno y lo malo y encontrar sus propias respuestas.

Pero yo no tengo ninguna respuesta para esto.

Mamá me acomoda el pelo por detrás de las orejas.

—El pasado es confuso. Muchas personas hicieron esas cosas sin saber que estaban mal. Cuando yo era pequeña, los otros niños me decían apodos y me molestaban por ser mexicana.

Pienso en cuando los hermanos Krueger me dijeron cosas horribles y me pregunto por qué nunca se lo conté.

—Todo lo que podemos hacer es darle a esa gente la oportunidad de aprender y mejorar —dice mi mamá, y suspira—. Algunos decidirán hacerlo mejor. Otros nunca van a escucharnos. Pero no podemos ignorar el origen de algunas de esas canciones o nadie va a aprender.

Pienso en Gordon y en lo mucho que le gusta el baile de country y como él nunca sería capaz de decir o hacer algo que lastimara a otra persona.

—Supongo que el baile de country tampoco está tan mal —digo.

—No está mal. —Mamá da un paso de baile que me llena de vergüenza—. Un pasado en parte incómodo no va a hacer que la

246

gente deje de bailar. Tenemos que quedarnos con las partes buenas, hacerlas nuestras y no repetir las partes malas.

Sé que tiene razón y eso me hace sentir mejor, pero la palabra "Cacalupe" todavía está grabada con crema de afeitar en mi memoria. Me doy la vuelta.

—Bueno, pues por ahora, me voy a ir a dormir.

Mi mamá se inclina y me da un beso en la cabeza.

—Bueno —dice, y se detiene en la puerta—, mañana seguramente será un día mejor.

Pero presiento que no lo será.

Si lo que dice mi mamá es verdad, Andy ya está metida en problemas.

La sacarán del equipo de fútbol y, para colmo, tendrá que pasar una semana castigada y reconstruir Villa Roedoria después de que su madre se la destruya. Andy estará rindiendo cuentas con su mamá hasta que este vieja como nuestros propios padres. No puedo permitir que eso pase.

Pero no tengo idea de cómo evitarlo.

Me imagino lo que pasaría si Jordyn me estuviera culpando a mí. Pasar una semana castigada sería incluso peor para mí. No podría ir a las prácticas, y el nuevo entrenador fue muy claro: si no vas a tres prácticas, pierdes tu puesto de regular. Tendría que ver la cara de engreído de Marcus desde el banco durante toda la temporada si fuera la segunda en la rotación, y estoy segura de que no puede haber nada peor que eso.

Pero ¿y Andy? Todo lo que quiere es que su mamá se sienta orgullosa de ella.

No sé qué puedo hacer para ayudarla. Mi abuelo me dijo que no siempre tenía que luchar, algunas veces podía simplemente superar las cosas. ¿Cómo puedo luchar contra Jordyn y encontrar una manera de superar esto para que Andy no se meta en problemas?

De repente, todo en lo que me he concentrado últimamente es menos importante que ayudar a Andy. Daría cualquier cosa para sacarla de este problema. Me acuesto de lado, mirando la tarjeta de Fu Li en la pared. ¿Qué haría mi papá?

No estoy haciendo lanzamientos, pero escucho su voz fuerte y clara en mi cabeza: "Lanzar para conectar no te va a dar un juego perfecto, pero hacer sacrificios por el bien del equipo es lo más importante".

Respiro profundo. No estoy segura si fueron las palabras de mi papá o el feng shui del abuelo, pero sé lo que tengo que hacer.

CAPÍTULO 23

Apenas me da tiempo de lavarme los dientes. Si espero a Niles para irnos caminando a la escuela, para cuando lleguemos habrá demasiados chicos y mucha conmoción. Necesito que la directora me preste toda su atención.

Llamo a Niles y le digo que voy a ir más temprano a la escuela, para que lo lleven su mamá o su papá. Le dejo a mi mamá una nota en la que le digo que me fui temprano porque tenía grupo de estudio. Es una minimentira, pero hay demasiado en juego como para preocuparme de eso ahora. Corro durante la mayor parte del camino.

Me limpio el sudor de la frente antes de tocar la puerta. *Déjà vu.*

—¿Sí? —dice la directora.

Traigo conmigo todos mis buenos modales. Entreabro la puerta un poco y asomo la cabeza.

—Es Lupe otra vez. ¿Puedo hablar con usted?

La directora está enrollando su tapete de hacer yoga y se ve muy calmada.

—Por supuesto —dice, y me hace un gesto para que entre—. ¿Es sobre lo que sucedió ayer en Educación Física?

Meto una mano en el bolsillo y cruzo los dedos, aunque sé que eso no evitará que lo que estoy a punto de decir sea una mentira. Decido que lo mejor es confesar antes de que me cuente su versión.

—Fui yo quien puso la crema de afeitar en mi casillero.

La directora toma un sorbo de agua larguísimo y después apoya las manos sobre la mesa.

—¿Fuiste tú?

—Sí —respondo, tratando de mantener mi voz calmada—. Quien dijo que fue Andy estaba mintiendo. Andy no lo hizo.

La directora se recuesta en su silla de cuero y entrecierra los ojos.

—Qué interesante. No le había mencionado a nadie el nombre de Andalusia.

Siento punzadas en el cráneo. Es mi única oportunidad y la estoy echando a perder.

—Bueno, pues fui yo. Yo lo hice.

—¿A tu propio casillero? —me pregunta.

—Sé que no tiene sentido —digo—, pero he investigado y mi lóbulo frontal no está formado completamente todavía. Es de esperarse que a veces tome malas decisiones.

La directora suspira y niega con la cabeza.

—Lupe, ¿sabes que tengo que castigar a la persona responsable?

—Sí, lo entiendo.

¿Qué persona admite que cometió un acto de vandalismo a su propio casillero? Especialmente si todos saben que no fue ella. No tengo duda: acabo de asegurarme un papel de marginada social por los siguientes dos años.

—¿Estás segura de que fuiste tú? —me pregunta.

No soy capaz de verla a los ojos.

—Pensé que si le hacía eso a mi casillero . . .

—¿Sí? —dice, con un gesto que indica que termine la frase.

—Entonces . . .

—¿Sí?

—Entonces, los demás se sentirían mal por mí y se darían cuenta que el beisbol es mejor que el fútbol.

La directora frunce el ceño.

—¿Qué quiere decir eso?

Creo que iba bien hasta que dije la última parte. Solo necesito apegarme a los hechos: actué sola.

—Ya sé. Es una razón pésima. Pero yo lo hice, sola, y tengo que afrontar las consecuencias.

Agacho la cabeza y simulo vergüenza.

—Bueno, no puedo decir que no me sorprenda, pero no tengo opción —dice—. Estarás castigada después de clases toda esta semana por destruir la propiedad escolar.

Sonrío, pero enseguida tengo que morderme los labios y pretender que la sonrisa fue una reacción nerviosa.

—Lo entiendo.

La directora firma una nota de castigo y me la pone enfrente.

—¿Entiendes que al firmar estás admitiendo que fuiste tú? Tengo que creerte si lo haces.

—Sí.

Tomo el papel y la pluma con demasiado entusiasmo y firmo antes de que cambie de opinión. Cuando estoy firmando el papel, siento un dolor abrazador en el estómago, porque sé lo que estoy sacrificando por ayudar a Andy. *Lo más importante es lo mejor para mi equipo . . .*

Y así, solo con eso, he sacrificado mi puesto de primera en la rotación del equipo por el resto del año.

***

Aunque solo le cuento a Niles sobre mi confesión falsa, y él no se lo dice a nadie, para el miércoles en la mañana ya se corrió la voz de que confesé. También se enteran todos de que fue mentira. Al menos diez personas estaban ahí cuando Jordyn lo hizo. El resultado no es lo que esperaba. Casi todos, hasta los miembros de mi equipo de beisbol (incluso Marcus, aunque no porque se sintiera mal por mí) son un poco más amables conmigo.

La directora dice que "lo que hice" no tiene nada que ver con la celebración del Día del Salmón, así que todavía puedo bailar sola en el escenario el viernes por la mañana. Todavía no ha revelado cuál es su plan para mejorar el baile de country.

De camino a Educación Física, Zola camina conmigo, Gordon

y Niles, como si fuéramos viejos amigos. Zola nos enseña un *Snapchat* de un chico haciendo un dos-à-dos con su perro, y vemos a dos chicos de séptimo grado haciendo una caminata antes de un examen de Matemáticas para la buena suerte. Todos hemos sido infectados. En algún momento vamos a estar zapateando y aterrorizando a nuestros hijos igual que nuestros padres.

Ahora entiendo que nunca hubiera podido contra el baile de country.

Cuando llego a Educación Física, Andy ya se cambió y está esperando junto a nuestro casillero. Tiene la cara triste, pero al menos hoy me mira a los ojos. Se está rascando un padrastro del dedo.

—¿Por qué confesaste si las dos sabemos que tú no lo hiciste?

Dejo caer mi mochila y abro mi casillero marcado, que todavía huele a coco. Estoy segura de que Andy no sabe que Jordyn trató de echarle la culpa.

—No sé. Supongo que . . .

La profesora da un silbatazo más fuerte de lo usual. Qué buen tino. No tenía ni idea qué le iba a decir a Andy.

La profesora está de pie junto a la puerta de su oficina con el silbato en su mano sana, el otro brazo está enyesado y adornado con rayas moradas y doradas, los colores de la Universidad de Washington.

—Escuchen. Como todos saben, vamos a terminar la sección del baile de country de este trimestre en el evento del Día del Salmón el viernes por la mañana.

Todos vitorean, pero no sé si es por las actividades geniales que se avecinan en los días del Salmón, o porque ya no vamos a tener que bailar más en Educación Física.

—Así que no olviden llevarse su ropa olorosa a casa hoy porque mañana no tendremos Educación Física. —Suelta el silbato y me señala—. ¡Wong! ¡A mi oficina!

Me apresuro para ponerme los shorts prestados por la escuela porque se me olvidaron los míos. Otra vez. Algunas cosas nunca cambian.

Andy me sonríe. Es una leve sonrisa, pero hace mucho tiempo que no me miraba así.

—Espera. —Andy mete la mano en su casillero y me da sus shorts de fútbol.

Alejo la mirada para evitar las lágrimas.

—Gracias —le digo, y tomo los shorts.

—Mi mamá recibió el correo de la directora —me dice, cerrando el casillero—. ¿Tú eres la estudiante que descubrió la canción?

Asiento.

—¿Por qué no me lo dijiste?

—Últimamente no hemos hablado mucho que digamos —respondo, y pretendo que me estoy atando las agujetas de mi zapato para no mirarla a los ojos—. Y . . . las palabras eran muy desagradables.

—Eso escuché —dice ella.

Levanto la mirada, y ella me la sostiene. En los pocos segundos que nuestros ojos se encuentran, pasan más sentimientos entre nosotras de los que podríamos poner en palabras.

—Me alegro que le dijeras a alguien. —Se agacha a cerrar su casillero. Luego me mira y me sonríe—. Gracias, Lupe.

Sé que no estamos cerca de ser las de antes, pero sé que regresaremos allí algún día.

—¡Wong! —se oye desde la oficina.

—¡Voy!

Estoy segura de que la profesora sabe que yo no pinté mi casillero con la crema de coco. Pero si ella piensa que sí lo hice, entonces también piensa que soy responsable por su brazo roto.

Estoy nerviosa porque no sé qué esperar, pero la profesora no se ve enojada. No digo nada, solo me detengo frente a ella sin saber qué hacer con las manos, así que las escondo debajo de las axilas.

—No tiene ningún sentido para mí que aceptaras la culpa por algo que sé que no hiciste —dice, y agarra un lápiz y se rasca el yeso—. Dime al menos si fue por una buena razón.

Aprieto las manos con las axilas sudadas.

—Si digo cualquier cosa, no estoy admitiendo que no lo hice, ¿verdad?

—Está bien —responde—. Da igual.

Me imagino la decepción de la mamá de Andy si llegara a saber que ella tuvo algo que ver.

—Sí. Fue por una buena razón.

CAPÍTULO 24

Claro que la profesora aún me acusa con mi mamá diciéndole que sabe que no fui yo. Mi mamá me pone a sacar la basura, lavar los platos y hacer limpieza general del azteca durante toda la semana, por decirle una mentira a la directora Singh. Dice algo sobre enfrentar las consecuencias.

La directora Singh anuncia el jueves por la mañana que en lugar de remplazar el Día de los Deportes con un baile de country tipo Sadie Hawkins neutro (que, por supuesto, fue mi culpa), vamos a tener en la escuela la primera Noche de Celebración Familiar de las Culturas, el viernes por la tarde, para incluir a todos (de cierta forma, esto también es mi culpa). Pero creo que los esfuerzos de la directora por hacer los eventos más inclusivos es un paso en la dirección correcta. Pienso en cómo comenzó todo esto: en Andy diciéndome que ninguna cultura debería ser más importante que otra. ¿Qué hubiera pasado si la hubiera escuchado en ese momento y le hubiéramos contado a la directora esa revelación desde el principio? Ahora ya es muy tarde.

Termino el tercer día de castigo tratando de no pensar en cómo Marcus va a sonreír con superioridad sobre el montículo, pero lo hecho, hecho está.

El viernes en la mañana, me despierto temprano, sin alarma. Probablemente sea porque estoy nerviosa por el evento. Salgo al patio todavía en pijama. Lanzo diez curvas, diez cambios y tres bolas de nudillos para concentrarme.

No debería, pero vuelvo a revisar mi correo electrónico. Tengo 2874 en total. No puedo seguir mirando cuando leo "¡Acabo de romper mi alcancía para apoyar tu causa!" en el asunto de un correo. Lo cierro.

Regreso a mi cuarto para encontrarme con que allí está mi mamá.

Tiene una sonrisa ridícula en la cara. Me muestra las botas vaqueras que tenía escondidas detrás de la espalda.

—No —le digo.

—Escucha. Tienes que meterte en el papel. La página de la escuela dice que debes usar ropa de baile.

Levanta las botas como si fueran una reliquia mágica.

—Tengo mi propio sistema —le digo, señalando mis zapatos cómodos, bautizados con lodo y vómito de Gordon—. Me voy a caer del escenario con esas cosas.

—Bueno, pero . . . —Toma el overol de mi cama y la sonrisa ridícula regresa. Están cubiertos de parches en un patrón a cuadros.

—¡Mamáááááááá! ¿Qué hiciste? —Había planeado ponerme el overol para el evento, pero ahora no tengo tiempo de buscar otro atuendo ni de quitarle los parches.

—Podemos quitárselos cuando termine—dice, y lo pone frente a mí, para que pueda meter las piernas, como cuando era niña—. No pude hacer esto con Paolo.

—¡Claro, porque él no tuvo una estúpida reunión!

Me ignora y me sube los pantalones hasta la cintura.

Paolo entra al cuarto con un sombrero mexicano en la cabeza.

Esto no está pasando.

Mamá le hace un gesto con la mano, como si él fuera un asistente incompetente.

—¡No, no! El sombrero de paja.

Paolo sale dando pisotones de regreso hacia el garaje.

—¡¿Qué tal sin *ningún sombrero*?!

—Pero te vas a ver superauténtica —responde, y aplaude mientras habla, con su voz más aguda que de costumbre.

Deja que me vea bailando sola mientras que el resto de los chicos están en pareja. Está demasiado feliz por algo que la va a decepcionar.

—¿Sí te acuerdas de que voy a bailar sola, como un faro solitario? —Me levanto, y el overol se me baja hasta las rodillas.

—Por supuesto que lo sé. —Mi mamá sonríe, y me ayuda a

subirme los pantalones y a abotonarme los tirantes. Me da un beso en la mejilla—. Serás el faro más bonito del escenario.

Paolo regresa, trae un sombrero de paja del que sobresalen algunas ramitas, como borlas *hillbilly*.

—De verdad no quiero usar un sombrero. —Hay una línea muy delgada entre dejar que las mamás se sientan útiles y no lastimar sus sentimientos—. Es decir, para cualquier otro baile lo usaría, pero necesito ver bien.

—Pffft —murmura, y toma el cepillo de mi mesita de noche. Uno pensaría que mi mamá estaría más preocupada porque voy a bailar sola que porque no quiera usar un sombrero zonzo.

Me divide el pelo y me hace dos trenzas francesas a cada lado de la cabeza. Luego saca un tubo de rímel de su bolsillo.

—¡No!

Ladea la cabeza, los ojos como platos, como si no pudiera creer que esté molesta.

—Es para pintarte pecas.

Cruzo los brazos.

—Bueno —dice, antes de guardarlo de regreso y acomodarme el cuello de la camiseta.

Froto los parches de mi overol con las manos y suspiro.

—¿Sabías que Becky Solden no la pasó bien con el baile de country cuando tenía tu edad?

—Pues no debe haber sido tan terrible como bailar sola frente a toda la escuela —le digo.

—Oh, fue mucho peor.

—¿En serio?

—Sí, de verdad.

Mamá ya no está sonriendo. Se agacha y me enrolla cada pierna del pantalón más arriba de los tobillos. Tendré que desenrollarlos luego cuando no se dé cuenta.

—Bueno, ¿me vas a contar?

Se sienta a mi lado.

—Uno por uno, los chicos se aproximaban a ella, pero en el último momento la ignoraban y sacaban a otra chica a bailar. Al final, era la última chica, aunque también quedaba un chico llamado Bruce.

Con un nombre como Bruce ya sé que las cosas no van a terminar bien.

—Igual que los demás, se acercó a ella, solo que él sí se detuvo y le hizo la reverencia. Becky ya estaba muerta de vergüenza, pero de todas formas decidió aceptar su mano, como nos había dicho la profesora que teníamos que hacer.

—¿Y cuál es el problema? Mucha gente ha tenido una pareja horrible.

—Que la cosa no terminó ahí. Justo antes de que Becky le diera la mano, Bruce se echó para atrás y salió corriendo y gritando hacia el vestidor de los chicos. Todos se rieron . . . menos Becky.

—¿Y? Supongo que lo regañaron y de todas formas tuvo que bailar con la profesora Solden.

—Bueno, eso le dijo la profesora. Que tenía que darle dos vueltas corriendo al gimnasio y luego bailar con Becky, pero

Bruce le contestó que prefería que lo castigaran antes que bailar con una gorila.

Décadas después, se me rompe el corazón un poco por la profesora.

—¿Y entonces?

—Castigaron a Bruce, y Becky se quedó sola.

La voz de mamá suena a que, si ellos estuvieran allí mismo, frente a nuestros ojos, ella ya habría abrazado a la profesora Solden y le hubiera dado a Bruce una patada en una parte inmencionable.

Yo me quedé sin pareja por defecto, pero a la profesora Solden la humillaron.

—Eso es horrible —digo, mientras rasco el parche de la rodilla—. Pero no es tan malo como tener que bailar sola en frente de . . .

—Se pone todavía peor. Estuvimos bailando dos semanas enteras, y cada vez que un chico tenía que bailar con Becky, se ponía a imitar un mono. Ya sabes, haciendo "uuh-uuh, aaah, aaaah". Incluso algunas de las chicas lo hacían también y se rascaban las axilas.

Tal vez la insistencia de la profesora de que bailara sola se debía a una herida que ha cargado por los últimos treinta años. Ahora sé por qué tenía esa mirada cuando me dijo que "siempre alguien se queda fuera" y de que el baile ayuda a "forjar el carácter".

Nada de lo que Samantha, Jordyn y las demás me han hecho ha sido así de humillante.

—Guau.

—Sí, la secundaria también apestó para nosotras, Lupe— me dice.

Entonces suena el timbre.

—Es Niles —digo, y el corazón me late fuerte. Quedamos en irnos juntos porque hoy, más que cualquier otro día, necesitamos mutuamente la protección de los demás.

—Voy a abrir. —Mamá se levanta y me da un beso en la frente—. Vas a hacerlo genial, Lupe.

Luego sale de mi cuarto.

Me siento en el suelo, me ato los cordones y desenrollo los pantalones. Cuando me volteo hacia la puerta, allí está Andy cargando una bolsa abultada. Su frente está sudada y se está mordiendo el labio inferior.

—Hola —le digo.

No me contesta.

—Y . . . ¿cómo estás?

—No sabía adónde ir —dice, antes de abrir la bolsa y sacar un vestido con volantes más ancho que el ancho de la puerta. Me golpea en la cara una ráfaga de "Ánimo".

—Ay, no —murmuro—. Lo hizo la mamá de Niles.

—¿Cómo lo sabes?

El vestido tiene adornos dorados y azules. La falda está llena de figuras masculinas inclinadas en diferentes direcciones. Además, tiene un hombre con flequillos negros pegados a la frente, con una camiseta de manga larga entallada de color azul pitufo. Lo reconozco como una persona del póster nuevo de *Star*

Trek en el cuarto de Niles. Parece estar saludando, con el mismo gesto raro que Niles le hace a Gordon en el que el meñique y el anular parecen estar pegados.

—Estaba tan emocionada con la idea. Le preguntó a Niles si le parecía bien ... Y él me preguntó a mí ... —Andy suspira—. Estaba tan contenta con hacer los trajes que nos sentimos demasiado culpables y no pudimos decirle que no.

Esto está mal. Los dos van a necesitar de todo mi apoyo en cuanto nuestros compañeros vean sus trajes.

—¿Está haciendo sombras de perro? —pregunto, ladeando la cabeza, para tratar de entender la señal que hace el hombre.

El otro hombre, vestido de un color dorado horripilante, tiene los ojos entrecerrados como si estuviera coqueteando, mientras sostiene lo que parece un celular viejo.

—Son Spock y el capitán Kirk —dice Andy bajito.

—¿*Star Trek*?

—Sí. LSO.

—¿LSO?

—La serie original.

—Todo va a estar bien, nadie va a notar a esos señores raros, con lo lejos que vamos a estar del público.

—Tal vez. —Andy alza la falda, y me pega en la cabeza con ella—. Pero voy a necesitar la mitad del escenario si uso esto.

Tiene razón. Se deja caer a mi lado.

—Lupe, ¿por qué dijiste que fue tu culpa? —me pregunta, después de lanzar tres suspiros.

Me encojo de hombros.

—No sé. ¿Podemos hablar luego?

—Yo sé que Jordyn me iba a echar la culpa a mí.

Alzo la cabeza y la miro, porque solo le conté a una persona sobre la amenaza de Jordyn.

—¿Cómo lo sabes?

—Niles me lo dijo.

—Oh.

—Pero . . . ¿por qué? —pregunta de nuevo.

No puedo evitar mirar mi guante de beisbol que está a los pies de mi cama. Trato de no imaginarme sentada en el banco mientras Marcus pitchea.

—Supongo que pensé que tenías más que perder que yo —le digo, bajando la cabeza—. De verdad lamento mucho lo que dije de tu mamá, y lo de la clase de programación y el fútbol y lo de orinarte en los pantalones . . .

—Bueno, pues dejé el equipo de fútbol. —Andy me interrumpe.

—¿Qué? —Debería sentirme feliz, pero solo puedo pensar que todo lo que hice por Andy fue para nada.

Andy mira el suelo mientras se jala los pellejitos del pulgar.

—Le dije a Jordyn que no me volviera a hablar, así que obviamente nadie me habla.

No tiene que decir más. Andy acaba de destruir su posición social.

—¿Y tu mamá? ¿No había dicho que tenías que jugar?

—Mi mamá ya pasó por la secundaria. Aunque lo que me dijiste fue cruel, tenías razón. Si mi mamá solo va a estar orgullosa de las cosas que ella quiere que haga, pues ese es su problema. Pero creo que bailar hoy frente a toda la escuela compensará un poco lo del fútbol.

Espero que tenga razón y que Villa Roedoria esté a salvo.

Nos quedamos en silencio un momento.

—Estar sola no es nada divertido —le digo.

Andy sorbe por la nariz, pero no puedo verle la cara.

—Perdóname por no valorarte —le digo—. No lo volveré a hacer.

Andy agarra mi almohada y se limpia la nariz. Hago una nota mental de darle la vuelta antes de irme a dormir.

Andy se voltea a mirarme, y me da un toquecito en la nariz. Yo hago lo mismo en la suya.

Me estiro para sacar de la mesita de noche una bolsa Ziploc y se la doy. Adentro hay dos piedras en miniatura, una concha que pensé que podría usar como plato y un pedazo de cuero del tamaño de un ratón que corté de un guante de beisbol que encontré en el terreno.

Andy sonríe, pero está rascándose los pellejitos tan fuerte que pienso que llegará al hueso en cualquier momento. Abre la boca y vuelve a cerrarla un par de veces, como si no pudiera encontrar las palabras para lo que quiere decir.

—¿Qué pasa?

Respira profundo.

—Me pregunto . . . —dice.

Pienso en todas las horas que trabaja su papá y en que su mamá nunca la escucha.

—¿Qué ibas a decir?

En su cara se dibuja una sonrisa.

—Hay una convención de aves de rapiña en el centro de Seattle el próximo fin de semana. ¿Quieres ir?

Sonrío entre dientes. Preferiría lamer una rana.

—Claro. Si es algo que tú quieres hacer.

—Sí —dice, y pone las manos en su regazo.

Si voy a intentar ser una mejor amiga para Andy y Niles, tengo que acostumbrarme al vómito de búho y a Comic-Con.

Me da un codazo, y yo me levanto y extiendo la mano. Ella la toma sonriendo y me jala para abrazarme.

Extendemos su vestido en el suelo, con los volantes hacia abajo. Andy se sujeta de mí para no perder el equilibrio, mientras mete los pies en el hueco de la cintura del vestido, como si se tratara de un juego de *Twister*. La ayudo a cambiarse los zapatos porque una vez que está vestida, no puede verse sus propios pies. Tengo que empujarla a través de la puerta de mi cuarto para que pueda ir a la sala.

Mi mamá entra y se echa para atrás cuando la ve.

—¡Oh, por . . . !

Doy un paso atrás para que mi amiga no me vea, y niego frenéticamente con la cabeza hacia donde está mi mamá. Tengo suerte de que entienda el gesto.

—Ejem . . . Qué vestido tan bonito —dice.

Andy le lanza una sonrisa débil.

—La escuela me queda de camino, ¿saben? —continúa mamá.

Sé que es una mentira, pero incluso mi mamá sabe la tortura que tendríamos que soportar si tomamos el autobús.

Salgo de la casa y encuentro a Niles en la entrada, esperándonos. Está vestido con una camisa de la misma tela que el vestido de Andy. Se encoge de hombros y me lanza una sonrisita. Entonces, Andy aparece detrás de mí. Niles se pone un poco nervioso antes de caminar rápidamente para pararse a su lado. Lleva un pin de *Star Trek* en la camisa que combina con la falda de Andy. Juntos parecen dos caramelos de limón y mora que se hubieran derretido y adoptado la forma de un pegote humano.

—¿Qué piensas? —le pregunta Niles nervioso a Andy.

—Que podemos lograrlo —responde Andy, con los ojos brillantes y el puño en alto.

Niles sonríe, y choca su puño con el de ella.

Mi mamá abre la puerta trasera del carro.

—Vamos, soldados, amontónense.

Empujamos a Andy y, cuando ya está dentro, Niles y yo nos sentamos a cada lado de ella. La falda de Andy me roza el brazo, así que pongo mi chamarra entre nosotras.

Cuando llegamos a la escuela, nos estacionamos justo enfrente, y Niles abre la puerta del carro para bajarnos.

—Espera. —Me estiro y vuelvo a cerrar la puerta. Algunos chicos ya llegaron y otros están entrando, los pasillos no tardaran en llenarse. No estoy lista.

Mi mamá se voltea para mirarnos.

—Todo va a salir bien. Se ven maravillosos —dice, y comienza a moverse mientras canta "El viejo Dan Tucker", como si acabara de activar un superpoder. Por alguna razón, no me da tanta vergüenza que haga eso ahora, en comparación con semanas atrás.

—Terminemos con esto de una vez —dice Andy, y se estira sobre Niles para abrir la puerta.

—Ella tiene razón, podemos postergarlo, pero el día de hoy de todos modos va a suceder —dice Niles, y me hace un gesto con la cabeza.

—Él tiene razón —dice Andy, encogiéndose de hombros.

Tenemos que jalar a Andy para sacarla del carro. Su falda se expande como un abanico chino inmenso.

La mayoría de los chicos que van llegando nos miran y sonríen. Sé que lo hacen porque están felices de no ser nosotros. El profesor Lundgren pasa vestido con una camiseta amarilla fluorescente que dice "Piensa como un protón. ¡Sé positivo!", y nos enseña un pulgar hacia arriba, que no es precisamente el tipo de respaldo que estaba buscando.

—Geniaaaaal —dice un niño al pasar.

Andy, Niles y yo nos miramos y sonreímos.

Estamos de pie en la fila, frente a la escuela. Las ventanas del edificio nos miran, mientras las puertas abiertas de par en par parecen como una boca lista para engullirnos por atrevernos a venir vestidos de esta manera.

CAPÍTULO 25

La cortina está cerrada, mientras nosotros nos apretamos detrás del escenario. Obviamente, a las cuatro "parejas" de nuestra clase les asignan ir al frente. Me pregunto si hay un arreglo de feng shui para el baile de country.

Blake y Samantha están juntos. Llevan puesto lo que parece un conjunto hecho a la medida para *Bailando con las estrellas*. Samantha debe de tener conexiones para conseguir trajes de baile, y claramente las usó para este evento. Los dos llevan los colores de la escuela, azul y verde, en líneas diagonales por todo el cuerpo. Parados, uno al lado del otro, sus trajes forman un triángulo verde en el centro. Pero no son un equipo. Samantha aleja su hombro, y el triángulo se desploma en un rombo.

La profesora Solden está a un costado del escenario dándoles instrucciones a Carl y a otro chico encargado de la música. Al parecer, la llamada misteriosa que recibió durante la clase fue de la directora Singh, para contarle lo de la letra de la canción y pedirle ayuda. La profesora Solden solo conocía una víctima de las verrugas plantares que podía ponerle su propio toque a "El pavo en la paja". Incluso le dio a Carl "libertad creativa" para que escribiera lo que quisiera, mientras no usara groserías o términos despectivos.

Zola se rodea la cintura con los brazos, como abrazándose. Lleva un vestido con una tela a cuadros azules, que parece un disfraz reciclado de Dorothy, la del *Mago de Oz*. Está tamborileando con el pie.

—¿Dónde está? —murmura.

Andy mira a Niles.

—Lo hemos hecho un millón de veces. Solo tenemos que imaginarnos que estamos en la clase, ¿verdad? —dice.

Él asiente.

—¿Cuentas tú o yo?

Andy respira profundo dos veces.

—Mejor hazlo tú.

Yo estoy de pie sola, jugueteando con las manos. Cierro los ojos y visualizo que estoy bailando con Paolo.

—Hola, chicos. —Gordon llega corriendo, sin aliento. Es el único que no está vestido con un atuendo *country* hecho por su madre, su abuela o una costurera profesional. Lleva pantalones negros y un suéter de Samuel Salmón. Su pelo se le sale por debajo de las gafas protectoras que lleva en la cabeza. Le hace un gesto a Niles y a Andy.

—Muy bien. Veo que vienen en representación de la flota estelar.

El ojo hinchado de Gordon está mejor, pero todavía tiene un moretón negro en la mejilla.

Niles sonríe y aprieta su pin, que trina. Gordon se acomoda las gafas sobre los ojos.

—¿Qué tal el ojo? —le pregunto.

—Sanará. Supongo que siempre hay un precio por madurar.

Niles asiente.

Gordon saca del bolsillo un lazo de pelo rojo con brillos. Se lo entrega con ambas manos a Zola.

—¿Puedo?

La chica deja de mover el pie. Se sonroja cuando él ata el lazo a su trenza.

Suena el timbre para la primera clase.

La profesora Solden, con una camiseta morada que combina con su yeso, da un silbatazo en el escenario. Trata de meterse la camiseta en los shorts con el brazo bueno, pero no puede y se da por vencida.

—Bueno, bueno. Todos saben sus posiciones. Tenemos como . . . —Mira el reloj—. Ocho minutos y medio.

Siento que la cara me hormiguea, como cuando se me queda dormido el pie.

Andy tiene los ojos cerrados y está respirando lentamente, con los brazos a los lados, como en posición de yoga. Niles se pone en cuclillas, en una versión modificada de la posición de un luchador de sumo. Su boca se mueve ligeramente, así que

271

sé que también está entrando en la zona. Gordon murmura para sí.

—Erez ezpecial. Erez fzuerte.

El ruido de voces y pasos hace ecos al otro lado de la cortina. Niles exhala y se pone de pie.

—¿Cómo te sientes, Lupe?

Miro por una rendija de la cortina al auditorio.

—Superasustada.

—¿Qué preferirías, colgarte de una cuerda en llamas sobre el Gran Cañón, lleno de serpientes de cascabel, o bailar en el escenario por cinco minutos? —me pregunta, y sonríe.

No puedo evitar agarrarme el estómago y cerrar los ojos.

—Serpientes de cascabel —digo.

En ese mismo momento, siento un abrazo de oso. Cuando abro los ojos, Samuel Salmón me mira fijamente.

—Eztá bien, Lupe. Tú también erez fuerte —dice Gordon.

Andy se une al abrazo, y después Zola. Cuando finalmente nos separamos, Niles me da un suave apretón de lado.

Eso que me dijo mi mamá sobre cómo en la secundaria solo necesitaba un amigo para sobrevivir . . .

Pues tengo cuatro.

La profesora da un silbatazo más suave que de costumbre.

—Todos en sus marcas.

Niles saca del bolsillo los tapones de los oídos y se los pone. Gordon se quita el suéter y lo lanza dramáticamente a un costado del escenario. Ahora lleva una camisa negra de vestir. Se escucha una exclamación colectiva. La camisa está adornada con piedritas brillantes rojas y blancas. Entrecierro los ojos y me doy cuenta de que forman la silueta del *Halcón Milenario*. Gordon se voltea hacia Niles, y los dos se ríen. Después, Gordon se pone las manos en las caderas y una capa se extiende como las alas de una mariposa entre sus omóplatos y sus muñecas. La sonrisa y los ojos de Zola se agrandan, más que la primera vez que lo vio bien vestido y peinado.

La profesora mira a Gordon con el ceño fruncido.

—¿Qué?

—Puro estilo y clase, profesora —responde Gordon, y aprieta un botón en una cajita que lleva en el cinturón. Entonces levanta las alas, y un montón de lucecitas comienzan a brillar en la tela. Cuando gira, entre las luces del escenario, las piedritas de su camisa y sus alas brillantes, todo a nuestro alrededor parece llenarse de luces mágicas.

Los colores rojo y blanco se reflejan en los ojos de la profesora. Su cara se pone tan roja como las cuentas de la camisa.

Gordon vuelve a presionar el botón para apagar las luces.

—¿Entonceeeees, todavía no? —pregunta.

La voz de la directora Singh se escucha por el micrófono.

—Bienvenidos, estudiantes, padres y autoridades a nuestra celebración del Día del Salmón.

Todos nos quedamos congelados, incluso Gordon. No hay nada que la profesora pueda hacer sobre Gordon, así que simplemente nos dice que nos pongamos en posición y se para junto a mí en su puesto, detrás de la primera cortina de la izquierda.

El micrófono chirría.

—Después del juego "ponle la cola al monstruo *Sasquatch*", vamos a recoger manzanas. Después de una demostración de cómo cortar leña, tomaremos un descanso para comer pastel de moras . . .

Se escuchan aplausos y algunos "ñam".

—Y —añade la directora, su voz más fuerte—, daremos una caminata por el criadero de salmón.

Las exclamaciones y los aplausos se callan.

—Quiero recordarles a todos que venimos de todas partes del mundo o que hemos vivido aquí por miles de años —continúa—. Por eso, como ya anunciamos, en lugar de celebrar el Día de los Deportes o un baile tipo Sadie Hawkins, quiero invitarlos a la Noche de Celebración Familiar de las Culturas esta tarde.

Se escuchan dos pares de aplausos. Uno es de Gordon quien está junto a mí. Por la rendija de la cortina puedo ver que el otro le pertenece a una señora mayor con una coleta gris, sentada en la primera fila. Aunque tiene todos los dientes, reconocería esa sonrisa en cualquier lugar, es la abuela de Schnelly.

—Sí. Muy emocionante —dice la directora—. Pero primero, vamos a viajar algunos años al pasado, a un tiempo antes del *twerking,* o perreo, cuando la música rap era un señor dando instrucciones de baile.

La profesora se ríe entre bastidores, pero el público se queda callado.

—Bueno . . . —continúa—. Sin más que añadir, les presento a . . .

Suena la música de "El pavo en la paja", con los chirridos de violín al ritmo de los banjos.

—¡Los bailarines de country de Samuel Salmón!

Se abre la cortina. El auditorio está lleno, y no solo de estudiantes, hay mucha gente de pie en los pasillos, junto a los maestros. Sacan sus cámaras y teléfonos, y se encienden un montón de lucecitas rojas. Me concentro y miro hacia adelante. Me acuerdo de sonreír, y espero que mi cara no tenga esa mueca semipetrificada que se ve en mi fotografía del kínder. Cuento con la música. Comenzamos a bailar en tres . . . dos . . .

De pronto, la música se detiene y hay completo silencio.

Andy y yo nos miramos. Luego dirigimos la vista a un costado del escenario. La profesora camina hacia el chico del estéreo. Junto a él, y a la vista de todos, está Carl sosteniendo un micrófono. El chico está limpiando el disco con la camiseta. Lo empaña con su aliento y vuelve a limpiarlo, como si tuviera todo el tiempo del mundo.

—Agradecemos . . . eh, a todos, por su paciencia —dice Carl, con voz temblorosa.

Me quedo mirando al público, con otra sonrisa falsa.

Jordyn y las otras jugadoras de fútbol están sentadas en la quinta fila. Se están dando codazos y señalan a Andy, que las ve, levanta la barbilla y desvía la mirada, desafiante.

La profesora le quita el disco al chico y vuelve a ponerlo en el reproductor.

Miro a la audiencia. Mi mamá no mintió. Está sentada en la tercera fila justo frente a mí. Paolo, Pa, la abuela Wong y Bela están con ella. No puedo creer que mi mamá sacara a Paolo de la escuela para esto. Paolo sonríe y me toma una fotografía con su teléfono. Estoy segura de que acaba de agregarla a la colección de momentos vergonzosos para enseñar en mi boda algún día. Bela sonríe con nerviosismo, sus manos descansan sobre el inmenso bolso que tiene en el regazo. Pa Wong lleva puesta una corbata, y veo que la abuela Wong fue a peinarse a la peluquería, algo que solo hace en ocasiones especiales. Nuestras miradas se encuentran, y ella me sonríe.

La mitad de mi equipo de beisbol está sentada en el lado opuesto del auditorio. Los chicos nos saludan a Blake y a mí.

Me volteo hacia Blake para ver si los ve. Sonríe, y hace un ademán de batear. Los violines comienzan de nuevo, seguidos por los banjos.

Gordon aprieta el botón negro y se despliegan sus alas. El público exclama unos "oooohs y aaaaahs" y se oyen algunas risas.

Tengo que mirar sobre las alas de Gordon para poder ver a Niles del otro lado del escenario. Se balancea de un pie a otro y mira al público como si fueran velocirraptores. Me da miedo que vaya a tener un desmayo y me dan ganas de acercarme a él.

Andy le da una palmadita en el hombro.

—¿Todo bien, Niles?

—Sí —dice, asintiendo.

Se voltea para mirarla, y me doy cuenta de que Andy está contando en klingon.

—Wa', cha', wej, loS.

Niles repite las palabras y deja de mecerse.

La profesora levanta la mano sana y cuenta con los dedos: tres . . . dos . . . uno.

276

Marco con el pie la cuenta regresiva. Aquí vamos.

La voz de Carl se escucha con la música de fondo.

—Hazle una reverencia a tu pareja.

Los chicos y yo hacemos una reverencia; las chicas, una genuflexión.

—Haz girar a tu pareja.

El escenario vibra bajo nuestros pies. Le ofrezco el codo a mi pareja imaginaria, y doy vuelta dentro del grupo. No somos tan exactos como Riverdance, pero nuestros pasos suenan por el auditorio como un tambor.

La música se oye más fuerte que en el gimnasio y es más difícil escuchar, pero me sé la rutina e imagino que estoy con Paolo en la sala. De hecho, sí me estoy divirtiendo y casi hasta se me olvida dónde estoy.

Carl avanza algunos pasos, cojeando un poco, hacia el centro del escenario. Cuando llega el coro, salen de su boca palabras que no tienen nada que ver con la canción original.

—Verrugas en mi pie, ahora en un frasco. Verrugas en mi pie, ahora en un frasco. Arráncalas, presérvalas, muérete del asco —canta, y levanta un frasco de vidrio y lo agita.

Las dos verrugas entrechocan, flotando en el formaldehído.

—Verrugas en mi pie, ahora en un frasco —dice Carl.

No entiendo lo que estoy oyendo, y el público también se ve confundido. La directora lo logró: ahora, cada vez que oiga esta canción, recordaré a Carl rapear sobre sus verrugas.

—Dos-à-dos, amigos —dice Carl.

Gordon gira, y las piedritas y lucecitas de su vestuario brillan en todo el escenario. Está regalando un show de láser espectacular o provocando migrañas. Junto a Zola, con su vestido a cuadros blancos y azules y su lazo rojo, realmente se parecen a Dorothy y un Mago iluminado.

Niles y Andy hacen la pareja perfecta, cuentan en sincronía con cada paso, giro y vuelta que dan. Ahora entiendo a qué se refería Niles cuando dijo que el baile era similar a las artes marciales, aunque realmente tienen mucha más gracia. Le doy vueltas a mi Paolo invisible mientras Niles le da vueltas a Andy.

Mientras tanto, Samantha hace una mueca cuando a Blake se le enredan los dedos, sin querer, en su pelo.

Cuando todos damos una vuelta, veo a la profesora Solden. Como siempre, está haciendo los movimientos del baile con nosotros.

"Siempre hay alguien que se queda fuera".

Pues no más. Antes de que se escuche la llamada para que demos otra vuelta, corro hacia la profesora a un lado del escenario. Me hace un gesto para que regrese a mi puesto, pero en lugar de eso, le hago una reverencia y extiendo mi mano. No la toma. ¿Estará escuchando ruidos de mono en su cabeza? La primera regla que nos enseñó es que *tenemos* que aceptar la invitación, y ella no lo hace.

Quizá está en shock. Le tomo la mano buena y la jalo hacia el escenario conmigo, antes de que pueda protestar. El público aplaude.

La profesora se une al grupo de baile formado por Gordon, Zola, Niles, Andy, Samantha, Blake y yo.

Carl empieza a hacer ruidos con la boca, al estilo *beatbox*, y luego comienza a rapear de nuevo.

—Arráncalas, presérvalas, muérete del asco . . .

La profesora sonríe, nerviosa, mientras la hago girar.

—Cambien de pareja, vaqueritos —dice Carl.

Cambiamos de pareja, y ahora la profesora está bailando con Niles.

Gordon le da una vuelta a Andy, y un ala se le enreda en el cuello de Andy. Pero logran desenredarla y continuar. Gordon inclina a Andy hacia abajo, y ella extiende un brazo y una pierna, haciendo una perfecta floritura.

—De regreso con sus parejas —grita Carl.

Volvemos a cambiar, y Andy vuelve a contar junto con Niles.

Cabeceo de un lado al otro con la profesora y hacemos un dos-à-dos una alrededor de la otra, zapateando. La profesora mueve la cabeza al ritmo de la mía.

—La punta del pie, verruga en el talón, haz una caminata sin dar un jalón —rapea Carl.

Paseamos en un círculo grupal, como si fuera un hábito. Hay demasiado ruido, pero algunos nos estamos riendo. Niles y Andy todavía están contando: *wa', cha', wej* . . .

—Damas a la derecha. Caballeros a la izquierda. A la derecha, alrededor. Hagan un arco y háganlo alto, pasen por debajo con esplendor.

Niles y Andy comienzan a pasar por debajo del arco, pero a Andy se le atasca la falda. Gordon y Zola están tan concentrados que no se dan cuenta de lo sucedido. La profesora y yo rompemos nuestro arco y empujamos a Andy por detrás, mientras Niles la jala por el frente hasta que la falda cede.

Ahora el público se está riendo, y sus risas se escuchan por encima de la música y el zapateado. Pero nosotros, incluida la profesora, también nos estamos divirtiendo.

—Todos al centro y atrás.

La profesora y yo nos encontramos a la mitad de nuestro círculo con el resto del grupo, y claramente escucho a la profesora soltar un resoplido de la risa.

—Alemanda a la izquierda.

Cada uno nos volteamos hacia la persona que tenemos al lado. Extendemos el brazo izquierdo, giramos y volvemos a nuestra posición original.

—Ases arriba y doses abajo, hay que bailar sin tomar atajos. Una caminata y allá vamos . . . volando como grajos.

Carl aprieta los labios para el estilo *beatbox*. Se escucha el último banjo. Levanta los brazos para el final.

—Dong, dee, dee, donk, donk —dice Carl, agitando un brazo en alto.

—¡Yiiiijaaa! —grita Gordon, y lanza sus gafas hacia el techo.

Volteamos a ver al público, que nos está aplaudiendo. De todos, la primera en levantarse es mi abuela Wong. Aplaude con las manos por encima de su cabeza con emoción. Paolo se encoge en el asiento. Mi mamá, Bela y Pa Wong se levantan también, acompañando a mi abuela y aplauden más fuerte que el resto de la multitud.

Veo que una bolsa de semillas de girasol se asoma por uno de los bolsillos de Pa Wong, pero no voy a necesitarlas hoy.

Gordon le hace una reverencia a Zola, y a mí casi se me olvida agradecerle a mi compañera.

Tomo la mano de la profesora y me inclino ante ella.

La profesora hace una genuflexión. Cuando se yergue, tiene lágrimas en los ojos.

Puede que después de todo sí me guste el baile de country.

CAPÍTULO 26

Siete horas después, combino como una papa en un platillo de fruta, con mis shorts de mezclilla y mi camiseta, entre la multitud de atuendos increíbles.

La directora Singh lleva puesto un sari morado con bordados dorados sobre una camiseta anaranjada. Su voz chilla con nerviosismo a través de las bocinas.

—Amigos y familiares. La asistencia a la primera Noche de Celebración Familiar de las Culturas ha sido mucho mayor de lo que esperábamos. Así que tendremos que mudarnos de la cafetería al terreno de deportes para las presentaciones culturales.

Todos parecen hormigas emocionadas al salir de prisa hacia la pista de atletismo. Me gustaría poder irme a casa a hacer lanzamientos para recuperar mi posición #1 en la rotación del equipo el próximo año. Pero aunque preferiría estar practicando la bola de nudillos, tengo que admitir que es algo agradable ver a todos tan felices.

Gordon se mete a la boca su cuarta *lumpia* del plato de comida filipina, a pesar de que ya se comió seis *ha gao* de la abuela Wong.

Andy y yo intercambiamos una mirada nerviosa.

—Eh, oye, Gordon —dice Andy—. ¿Estás planeando bailar todavía más?

Andy debe estar recordando lo mismo que yo.

—¡Claro que sí! —responde Gordon.

No puedo evitar la mirada involuntaria a mis zapatos. En uno de los cordones todavía se puede ver una mancha amarilla.

Zola nos da a cada uno una galleta irlandesa de mantequilla y salimos hacia el terreno de deportes. En un costado, están Niles y sus padres sentados en un banco, alejados de la multitud y del ruido. El papá de Niles está leyendo un libro con una portada tan terrorífica que solo puede ser del tal King.

No hay ni rastro de mi equipo de beisbol. No me sorprende, porque ya no es el Día de los Deportes. Por fortuna, Jordyn y la mayoría de las jugadoras de fútbol tampoco están aquí.

Samantha Pinkerton acordonó un área con los conos de fútbol, y está en el campo dando vueltas en su tutú tieso y brillante, como si el evento fuera solo para ella.

La profesora Solden se lleva el megáfono a la boca.

—Gracias a todos por venir —dice—. Como llevamos una buena racha, vamos a continuar la noche con, ¿qué más...? Más baile.

La directora emite una risita disimulada, y estoy muy segura de que ellas dos son las únicas que piensan que son chistosas.

—Así que comenzaremos con un baile muy animado originario de la República Checa —añade la profesora, e inclina la cabeza hacia Gordon.

Gordon se limpia la boca y me da la servilleta sucia.

—Esa es mi señal.

Se acerca a la mujer que pensé que era su abuela y se quita el suéter. Lo lanza a un lado, en lo que ahora pienso será su rutina antes de cada espectáculo. Ahora lleva un chaleco de terciopelo con un bordado de amapolas que combina con la falda y el chaleco de su abuela, quien lleva unos listones rizados en el pelo gris.

Gordon la lleva de la mano hasta el centro del terreno de deportes. Un hombre con una sonrisa perfecta y un acordeón mira a la abuela de Gordon con adoración. El hombre (debe ser el novio) abre y cierra los brazos, moviendo el aire a través del instrumento.

Las personas se acercan y hacen un círculo. Si alguien tenía interés en mirar a Samantha Pinkerton, ha dejado de tenerlo. Ella se va del campo dando pisotones. Pasa junto a Andy, Zola y yo como una brisa floral, mientras su moño va deshaciéndose por el camino.

Un tañido vibra sobre el terreno de deportes cuando el novio de la abuela de Gordon mueve los dedos sobre las teclas del acordeón que parece un minipiano. La gente aplaude, mientras Gordon y su abuela comienzan a bailar y a girar a un ritmo perfecto. Extienden los brazos como molinos sincronizados al acordeón. Me imagino el menjunje de grasa y camarones dando vueltas en el estómago de Gordon. Pero su color todavía se ve bien.

Gordon hace girar a su abuela en un frenesí para el final de la canción, y hacen una reverencia.

Los gritos y vítores se escuchan sobre el campo, y solo se calman cuando el megáfono de la profesora Solden lanza un chillido. La mitad de las personas se tapa los oídos.

—Perdón. —La profesora carraspea, como si eso fuera a hacer que el megáfono funcionara correctamente—. A continuación, Andalusia Washington y su familia presentarán un baile de Guinea, donde nació el abuelo de Andalusia.

¿Qué? Me doy cuenta de que no sé dónde está Andy. Miro alrededor, y la veo a ella y a su hermano acercándose al centro. Llevan unos tambores. Andy se sienta en un banquito, detrás de un tambor que es casi tan grande como ella, mientras su hermanito se sienta a su lado con un tambor más pequeño.

Una mujer se acerca a ellos y, después de un segundo, me doy cuenta de que es la mamá de Andy. Pero no puede ser ella. No lleva puesto un traje, ni zapatos de tacón ni una *lycra*. Lleva puesto un vestido largo y colorido. Andy comienza a tocar el tambor y su hermano se le une.

—Presentaremos un baile de la cosecha proveniente de África Occidental llamado *kassa* —anuncia la señora Washington, y comienza a mover la cadera.

Me pongo tensa, y miro a Andy. Qué raro, ella no se ve avergonzada para nada.

La mamá de Andy cierra los ojos y mueve la cabeza al compás del tambor. Da un paso de izquierda a derecha, mientras sus pies se mueven cada vez más rápido. El ritmo del tambor va a la par de sus pies. Se inclina, barriendo con los brazos de un lado a otro. Entre las vibraciones del tambor de Andy en mi pecho y los movimientos de la señora Washington, se me enchina la piel. Es algo . . . hermoso.

¿Cómo es que Andy nunca me dijo que tocaba el tambor? ¿Hay algo de mí que no he compartido con ella? Conoce a la mayoría de mis familiares, pero me doy cuenta de que hay cosas de ambos lados de mi familia que nunca le he dicho porque pensé que no las comprendería. Por ejemplo, nunca la he llevado a comer *dim sum*, porque pensé que algunas cosas a las que yo estoy acostumbrada, como las patas o las mollejas de pollo, le parecerían raras. He evadido llevarla a casa de Bela porque sé que nos la pasaríamos viendo telenovelas durante horas. No le enseñé la ofrenda para mi papá del Día de Muertos porque temí que le pareciera una costumbre mórbida.

Simplemente, no le di una oportunidad.

La familia de Andy termina su presentación, y mi mamá y yo esperamos hasta que los aplausos terminan.

Le doy un abrazo a Andy, y después me detengo frente a su madre.

—Eso fue muy impresionante, señora Washington.

Los ojos de la señora Washington están llorosos.

—Gracias, Guadalupe —dice sonriente, y se limpia la frente—. ¿Te gustaría venir a bailar con nosotros un día a la casa?

—Yo . . . yo . . . —No sé cómo me puedo escapar de esta.

—Está decidido, entonces. Nos encantaría que vinieras a bailar con nosotros la próxima semana.

Miro a Andy en busca de ayuda, pero ella tan solo se ríe. Ya tengo suficiente evitando a mi mamá y sus bailes, ¿y ahora tengo que evitar también a la mamá de Andy?

—Ahora, nuestra directora, la señora Singh, y su hijo, Rajesh, van a bailar un hip-hop de la India —anuncia la profesora.

La directora avanza al centro con un niño vestido con un atuendo a juego. Es una miniversión de ella e imita todos sus movimientos, justo como los bailarines de Bollywood que he visto en la televisión.

Los siguientes bailarines son un chico de octavo grado y su hermanita, que zapatean y dan vueltas bailando el jarabe tapatío. Es un baile que sé más o menos cómo bailar, pero no hay manera de que me una.

—Ay, mira. El baile del sombrero mexicano —dice, equivocadamente, el papá de alguien. Pienso que esta noche ya hemos avanzando mucho, así que decido no corregirlo. Por esta vez.

Un poco después, una camioneta con un letrero del Centro Chino para Adultos Mayores, se estaciona junto al campo. Mi abuelo se baja del asiento del copiloto. Me saluda desde el otro lado del campo.

Chiflo para llamar la atención de la profesora.

—Ya llegaron —digo con la boca, pero sin emitir ningún sonido.

La profesora asiente y alza el megáfono.

—Ejem. Tres . . . dos . . .

Los estudiantes se callan en el dos. Los adultos los imitan, y dejan de hacer lo que estaban haciendo, aunque no porque peligren sus calificaciones.

—Quiero agradecer al abuelo de Guadalupe Wong por organizar esta sorpresa —dice la profesora.

La puerta corrediza de la camioneta se abre. Salen cuatro hombres, dos con tambores y dos con platillos. Los hombres con tambores entran al campo tocando con las manos. Los siguen los hombres con platillos, los cuales suenan primero ocasionalmente y luego al ritmo de los tambores.

La multitud mira asombrada a los cuatro hombres. Sonrío al saber que la gente está mirando en la dirección equivocada.

Por la puerta de la camioneta se asoma una gran cabeza emplumada, que parece ser la de un dragón rojo amigable. Algunas personas se dan cuenta y contienen la respiración. Junto a la cabeza roja, aparece una segunda cabeza amarilla. Ambas saltan de la camioneta, mientras sus partes traseras siguen dentro. Las cabezas parpadean con sus enormes ojos y se mueven de arriba a abajo al ritmo de los tambores y los platillos. Las partes traseras finalmente salen del vehículo haciendo ondulaciones. Y aunque parezcan dragones, en realidad son leones. Las cabezas roja y amarilla saltan alrededor del campo al ritmo del baile de los leones, abriendo y cerrando los ojos y la boca, haciendo que las personas griten y se rían al mismo tiempo.

El baile es mágico, colorido y misterioso. Sonrío pensando en que esas son algunas de las cosas de las que estoy hecha.

Los platillos suenan altísimo y el ritmo de los tambores me retumba en el pecho. Me volteo hacia Niles y sus padres, que aún están sentados en el banco, pero me doy cuenta de que él todavía lleva puestos los tapones en sus oídos. Me sonríe.

Me volteo nuevamente para ver como los dragones zigzaguean entre la multitud, de regreso hacia la camioneta. Corro detrás de ellos y abrazo a Pa.

—Gracias —le digo contra su pecho.

Pa se mete a la camioneta y señala hacia el campo de la escuela.

—Esto es lo que sucede cuando superas en lugar de luchar.

Mientras observo como se aleja, la directora se para junto a mí y me da un empujoncito.

—Entonces, ¿qué opinas, Lupe?

Sé que esto tenía como propósito hacer que el baile fuera más inclusivo. De todas formas, miro a la multitud y deseo que todas las actividades de la escuela pudieran incluirnos a todos.

—Es un buen comienzo.

—¿Comienzo? —pregunta.

—He estado pensando en el baile de invierno para padre e hija.

La directora mira a la multitud y ve lo mismo que yo: muchas familias compuestas por madres o padres solteros, dos familias con dos madres, tres con dos padres.

—Es verdad. Supongo que entonces tenemos más trabajo —dice, y suspira. Luego me da una palmadita en la espalda—. ¡Raj! ¡No! —grita, y desaparece convirtiéndose en un borrón colorido para perseguir a su hijo, que tomó una *gyoza* medio comida del suelo y se la metió a la boca.

Escucho un sonido familiar y, por supuesto, comienza a sonar una salsa. El superpoder de mi mamá está a todo lo que da. Toma de la cintura al profesor Lundgren, quien lleva una camiseta que dice: "Toda la buena ciencia hace bromas de Argón". Está sudando tanto como en el laboratorio, a pesar de que la noche está fresca. Mi mamá intenta que él mueva las caderas con soltura, pero se mueven con cierta rigidez.

Está oscureciendo, pero nadie se va. El campo está lleno de todo tipo de bailes, combinados a la perfección. Todos somos un poco diferentes. Algunos ni tan siquiera somos *de* aquí. Otros estaban aquí antes de que el país existiera. Pero ninguno es mejor que los otros.

El papá de Niles hace su libro a un lado y me saluda cuando me acerco. La mamá de Niles me sonríe. Niles todavía lleva puestos los tapones, pero le tiendo la mano para invitarlo a bailar.

En lugar de aceptar, señala a las personas en el campo.

Me volteo para ver lo que él ve. Hay gente comiendo, bailando y divirtiéndose. Pienso en lo necia que fui y en cómo no habría valorado nada de esto hace un mes. Pero ahora . . .

Cuando me volteo nuevamente, Niles está de pie y me pega un *post-it* de los Dragoncitos en la frente. Me río y me lo quito. Lo sostengo en la mano, y las letras negras sobre el papel rosado me devuelven un: "Eres valiente". Algo se me atora en la garganta. Miro a Niles, que está de pie ofreciéndome la mano.

Sonrío y la acepto sin pensarlo. Que te saque a bailar un chico no está tan mal.

Encontramos a mi mamá y al profesor Lundgren y bailamos junto a ellos.

CAPÍTULO 27

Aunque no la lancé para recaudar fondos, mi campaña en Change.org recibió donaciones por casi 12.000 dólares. Casi todas gracias a que la gente pensó que era "adorable". El baile de country, *square dancing,* todavía existe y, de hecho, me alegra que no lograra eliminarlo. Pero me alegra todavía más que la directora haya ayudado a buscar la manera de que todos aprendiéramos de la experiencia, y a hacer cambios para la escuela.

Además, ahora podemos bailar con quien queramos. No me pareció correcto quedarme con el dinero, así que se lo di a la fundación caritativa de Fu Li, que suena genial.

¿Qué quiere decir todo esto? Resulta que al final ni siquiera tuve que hacer el trato con mi tío Héctor de sacar puras *Aes.* Fu Li dijo que el cambio que había logrado merecía una mayor recompensa. No solo quiso conocerme, sino que además organizó todo para que hiciera el primer lanzamiento de un juego en casa.

Ese día, esperamos detrás de la puerta que lleva al *dugout*. Fu Li no es tan alto como lo era mi papá. Me le acerco y trato de captar su olor sin que se dé cuenta. Pero no huele ni a lluvia ni a café, huele a uniforme de beisbol limpio y a aceite para guante. Nada olerá exactamente como mi papá, pero aun así el olor de Fu Li me agrada.

Me pregunto si le frustra no tener una casilla donde marcar su etnia, chinamex, pero parece una persona muy estable para ser un adulto. Caminamos al *dugout* y la gente alrededor de la barandilla nos vitorea.

—¿Lista? —me pregunta Fu Li, mientras saca un paquete de jengibre deshidratado. Es del mismo tipo que mi abuelita compra en la tienda asiática. Tal vez su abuela también le dice que lo mastique cuando se siente mal de la panza. Me ofrece un pedazo y lo tomo.

—Gracias —me lo meto en el interior de la mejilla.

—Ya supe cómo fue que juntaste el dinero —me dice—. ¿No eres una fanática del baile de country?

Me encojo de hombros.

—Supongo que no es tan malo como pensé.

—Si, todos tienen que bailar el baile de country en algún momento —dice, y guiña un ojo inconscientemente. Me pregunto con quién habrá tenido que bailar—. Bueno, gracias a ti, ochenta niños que no podían pagar los gastos ahora van a entrar a las Pequeñas Ligas en la próxima temporada.

No lo había pensado desde ese ángulo, y me doy cuenta de lo afortunada que soy. Solo espero que a uno de esos niños le guste el beisbol tanto como a mí.

Fu Li se toca la gorra.

—¿Sabes? Esto nunca se trató de las calificaciones, Lupe.

Pienso en la nota que le dio a mi tío para mí: "Cualquiera puede lanzar una buena entrada, pero lanzar todo un juego y hacerlo bien, requiere carácter".

—Se trataba de que hicieras un esfuerzo para lograr algo que siempre habías sido capaz de hacer —dice. Lo que hiciste mostró más carácter que sacar buenas calificaciones.

Froto uno de mis zapatos atléticos contra el suelo. Creo que debo estar tan colorada como la tierra.

Observo el montículo que está cuatro metros más lejos de lo que estoy acostumbrada.

—¿Qué pasa si no llego al plato?

—Llegarás. Eres una chica que hace que las cosas sucedan —dice, y me pone una mano en el hombro—. Además, has estado practicando para esto durante mucho tiempo.

Estamos parados al borde del *dugout*. Una voz profunda como de locutor de radio llena el aire.

—¡Esta noche, haciendo el primer lanzamiento, tenemos a Guaaadalupe Wong, de Issaquaaaaaah!

Muerdo con más fuerza el jengibre y juego con los cordones de mi guante.

Fu Li me guía por las escaleras para salir del *dugout* y esperamos. La multitud nos ve y comienza a corear.

—¡Fu Li! ¡Fu Li! ¡Fu Li!

Si entrecerrara las orejas, casi podría escuchar: "¡Lu pe! ¡Lu pe! ¡Lu pe!".

Fu li me extiende una mano, y mi corazón da un vuelco. ¿Será su saludo secreto?

De repente, el sonido de la música techno ahoga el griterío en las gradas. Chillan unos violines y se escucha una voz con acento sureño.

"¿De dónde viniste, adónde te fuiste?

Joe, Ojos de Algodón?"

No puedo creer lo que estoy oyendo.

Fu Li me guiña un ojo y me acerca la mano.

—¿Lista, Lupe?

—¿Qué está . . . ? —chillo, dando un paso atrás—. ¿Ahora?

Toma mi guante y me lo pone en la cabeza, como una gorra.

—Vamos a enseñarles cómo se hace.

Sacudo las manos, que me tiemblan.

—Está bien, pero yo guío.

Se ríe y retira el brazo. Hago una reverencia y le extiendo la mano. Él hace una genuflexión y la toma. Salimos del *dugout* haciendo una caminata, y nuestros pasos están sincronizados. Los gritos de la gente son tan fuertes que apenas escucho la canción.

Miro a donde se supone que están sentados mi mamá y Paolo, por encima del *dugout*.

Pero no están sentados. También están bailando.

Algunos fanáticos se tropiezan haciendo un dos-à-dos.

Le doy una vuelta a Fu Li, y él se ríe. Bailamos hasta el montículo.

Se vuelve a oír: "¿De dónde viniste, adónde te fuiste? ¿De dónde viniste, Joe, Ojos de Algodón?".

Fu Li me sonríe, y las veo, como en la fotografía en la que mi papá sujeta el cangrejo. Veo las pequeñas arrugas alrededor de sus ojos. De pie allí en el montículo . . . lo recuerdo.

Mi papá no se daba por vencido. La sonrisa de Fu Li es como la de papá la primera vez que chiflé. La misma sonrisa de cuando me pinté todo el cuerpo y la cara sin querer. La misma sonrisa que tenía cuando bailaba con mamá en la cocina. Y es la misma sonrisa que tenía el día que bateé mi primera pelota de beisbol. Sé que Fu Li no es mi papá, pero . . .

Lo recuerdo.

Lucho contra las lágrimas que me empañan la vista. Esto es mejor que un saludo secreto y un abrazo.

Fu Li me quita el guante de la cabeza y me lo pasa, todavía sonriendo.

—Y ahora lanza un poco de fuego —dice.

Se da media vuelta y trota hasta el plato para atrapar.

Mi papá está parado junto a mí. Casi puedo sentir cómo me revuelve el pelo.

"Bueno, llegamos hasta aquí juntos, ¿verdad, Lupe?".

Se hace a un lado para darme el espacio que necesito para

jugar en el campo en el que él nunca tuvo la oportunidad de hacerlo.

"Centra el peso en la goma. Haz el *windup* con deliberación . . .", me susurro.

Incluso mientras me trago el jengibre, intentando no llorar, la multitud grita más fuerte.

El lanzamiento no es tan perfecto como lo será el día en que sea la primera chica mexichina o chinamex que lanza un juego sin hits en este campo.

Pero se acerca bastante.

AGRADECIMIENTOS

Agradezco infinitamente a tantas personas que, de una u otra manera, me han apoyado o han ayudado a que la historia de Lupe vea la luz.

Empiezo por mi mamá y mi papá. Todo lo que ustedes me han enseñado se plasma en lo que escribo. Cada día trato de seguir su ejemplo: amar a todos, no juzgar a nadie y ser amable. Mami: agradezco haber podido leerte este libro y haberte hecho reír un poquito, antes de tu partida.

A Mark, el amor de mi vida. ¿Cómo hice para encontrar, entre miles de millones, el compañero perfecto para mi vida, para nuestro jardín, para envejecer juntos y para escribir? Eres mi alma gemela. ¡Que Dios acompañe a nuestros hijos mientras nosotros envejecemos!

Mi Elena, mi Sophia. Son mis amores, y cada día me inspiran

para vivir y para escribir. Elena: tu naturaleza brava y tenaz te llevará lejos en la vida. Siempre estaré de tu lado. Sophia: tu corazón bondadoso y tu alma bella serán grandes herramientas en tu camino. Ustedes son dos personas fuertes, inteligentes y adorables. ¡Soy una madre afortunada!

Bethany y Max, mis nuevos niños: llenan mis días de felicidad y de orgullo. Sé que a veces los padres que terminamos teniendo no son los que esperábamos, pero ser su mamá es genial. Los amo. Muchísimo.

Mi hermana Melissa y mis primos (Tom, Steve, Angie y Rob) gracias a quienes mi infancia fue divertida, preciosa y llena de tantas ideas para mis historias.

Mai Nguyen, mi mejor amiga. No hacen falta muchas. Solo una. Cuánto me alegra tenerte.

Existen muchos tipos de familia. Y ahora tengo otra. Mi familia literaria:

The Papercuts: Cindy Roberts, Mark Maciejewski, Maggie Adams, Eli Isenberg, David Colburn, Jason Hine y Angie Lewis. Qué grupo tan ecléctico somos. Agradezco la honestidad y el apoyo que semanalmente damos al trabajo de cada uno de nosotros. ¡Por ustedes . . . renunciaría a mis marcadores codificadores!

¡NICK THOMAS! ¿Qué puedo decirte? . . . Qué encuentro especial. Qué viaje mágico. Agradezco tanto tu mirada que hizo que esta novela sea más rica y más sentida. Me has enseñado muchísimo. Siempre tan amable. Siempre tan sincero. ¡He disfrutado cada paso del camino a tu lado, amigo! No solo eres un editor excepcional. Eres un hombre audaz y agudo. ¡Adelante!

Allison Remcheck: eres un hada literaria. Cuánto agradezco que seas mi agente y ahora mi amiga. Eres el agente que todo escritor sueña para que luche por su trabajo.

Gracias a mi familia de agentes de Stimola Literary Studio, Rosemary, Peter y Allison H., por apoyarme. ¡Son el sostén de tantos otros!

Gracias, Levine Querido, por dar a Lupe esta oportunidad de conversar con el mundo. Arthur A. Levine: ¡has creado una familia fuerte, un hogar de excelencia! Muchísimas gracias por tus palabras de guía y por defender esas voces que necesitan ser escuchadas. Todo mi agradecimiento al resto del equipo: Alexandra Hernandez, Gerenta de Publicidad; Antonio Gonzalez Cerna, Director de Marketing, y Meghan Maria McCullough, Asistente Editorial, por todo el trabajo que han hecho tras bambalinas para mí y para mi libro. ¡Qué equipo de grandes trabajadores! Gracias por todo lo que hacen y por el apoyo. ¡Arriba el equipo de LQ!

Mason London: gracias por crear el arte de portada para Lupe. Supera todo lo que yo podría haber imaginado. ¡Realmente has capturado el espíritu de Lupe!

Anamika Bhatnagar: gracias por detectar esos errores y arreglar cada detalle. ¡Eres mágica!

Un enorme agradecimiento a Maeve Norton, diseñadora de este libro. ¡Gracias a Leslie Cohen y a Freesia Blizard de Producción de Chronicle Books por lograr que este libro sea tan bello!

Mil gracias a quienes ayudaron a traducir esta novela al español: Libia Brenda, Aurora Humarán e Yvonne Tapia. ¡Qué regalo!

Me alegra mucho esta puerta abierta a los niños que leen en español.

A la Sociedad de Escritores e Ilustradores de Libros para Niños (SCBWI): no me alcanzan las palabras para agradecerles todo lo que me han dado a lo largo del camino. Gracias a ustedes, he conocido a las mejores personas del mundo.

Las Musas: gracias por crear esa cálida y adorable comunidad de escritoras. Su apoyo y hermandad han llenado de calidez el mundo de mis palabras.

Marissa Graff: gracias por estar a mi derecha regalándome tu sabiduría editorial. Cuánto agradezco haberte encontrado en el camino de las palabras.

A mi mentora literaria, Gloria Kempton, la gurú que me enseñó a hacer las preguntas correctas para dar vida a los personajes y a las historias.

Gracias a mis lectores beta por haber leído la historia de Lupe y haberme ayudado a ser mejor. Melissa Koosman, Rob Vlock, Angela Albrecht, Rob Forsberg y Sophia Chow.

A mis colegas de crítica en línea, Hiromi Cota, Orlyn Carney, Birgitte Necessary, Pam Fulton, Fred Campagnoli, Patti Albaugh y Maribeth Durst: su amor literario firme ha hecho de mí una mejor escritora.

A Connor, lector extraordinario, gracias a tu perspectiva Niles refleja lo que tú sientes. Puse toda mi atención para escucharte. Ya eres un joven genial y serás un adulto todavía más genial.

A Liz LaFebre por la mirada experta y por presentarme a Connor.

Lyn Miller-Lachmann: gracias por la experiencia, por tus opiniones y por tomarte el tiempo para ayudar a que otra escritora aprenda. Soy tu fan. ¡Eres una escritora y cuentista increíble!

Mis maestros: el señor y la señora Presho, la señora Arnoldus, la señora Griffin y el tío Ted. De algún modo, todos ustedes alentaron mi amor por la lectura y por los libros. No podían haberle dado a una niña un regalo más preciado y que le permitió descubrir un mundo inmenso más allá de un pequeño pueblo desierto. Gracias.

Entrenadora Jeannette Montgomery, entrenador David Montgomery, papá: alentaron en mí el amor por el deporte, la disciplina y el trabajo duro.

Y a ti, estimado Lector o Lectora: gracias por leer. Si pudiera elegir cuál es el mensaje que quiere dejar este libro, sería este: Seas como seas, sé quien realmente eres. Sé la más sincera, única, bella versión de ti mismo, de ti misma. Como dijo un niño en un libro, alguna vez: "Si eres auténtico, te amarán las personas correctas".

ACERCA DE LA AUTORA

Donna Barba Higuera creció esquivando endemoniados polvos en los campos petroleros en la zona central de California. Ha pasado toda su vida fusionando el folklore y sus experiencias en las historias que llenan su imaginación. Ahora las teje para escribir libros de cuentos ilustrados y novelas.

Donna, con el tiempo, cambió el polvo de California central por las nieblas del Noreste del Pacífico. Vive allí con su esposo, cuatro niños, tres perros y dos ranas. Actualmente está trabajando en su libro debut de cuentos ilustrados y en una nueva novela para nivel medio.

La pueden encontrar en línea en www.dbhiguera.com.